Diogenes Taschenbuch 75/v

Eric Ambler

Die Angst reist mit

Roman
Aus dem Englischen von
Walter Hertenstein

Diogenes

Titel der englischen Originalausgabe
›Journey into Fear‹
Copyright © 1940 by Eric Ambler
Umschlagzeichnung von Tomi Ungerer

Deutsche Erstausgabe

Alle deutschen Rechte vorbehalten
Copyright © 1975 by
Diogenes Verlag AG Zürich
100/77/E/3
ISBN 3 257 20181 8

Viele habe ich aus Angst toll werden
sehen. Und es ist sicher, daß dieses
Gefühl auch den Besonnensten seltsam
verblendet und schrecklich verwirrt.

Montaigne

1. Kapitel

Der Dampfer *Sestri Levante* ragte hoch über die Kaimauer. Schneeregen, den ein böiger Wind vom Schwarzen Meer blies, hatte selbst das kleine Schutzdeck naß gemacht. In der Achterluke luden die türkischen Stauer, um die Schultern Sackleinwand gebunden, immer noch Fracht ein.

Graham sah den Steward mit seinem Koffer durch eine Tür gehen, auf der *Passagieri* stand, und wandte sich nach den beiden Männern um, von denen er sich am Fuße der Gangway verabschiedet hatte. Sie waren nicht an Bord gekommen, weil die Uniform des einen die Aufmerksamkeit der Passagiere auf Graham hätte ziehen können. Nun gingen sie über die Krangeleise auf die Lagerhäuser und Hafentore zu. Als sie bei den Lagerhäusern angekommen waren, drehten sie sich um. Graham hob den linken Arm. Sie winkten zurück und gingen weiter. Einen Augenblick stand er fröstelnd da und starrte hinaus in den Dunst, der die Kuppeln und Türme von Stambul einhüllte. Durch das Rattern und Knarren der Kranwinden tönte klagend die Stimme des türkischen Vorarbeiters, der in schlechtem Italienisch einem der Schiffsoffiziere etwas zurief. Graham erinnerte sich, daß man ihn ermahnt hatte, in seine Kabine zu gehen und bis zur Abfahrt des Schiffes dort zu bleiben. Er trat durch die Tür, in der der Steward verschwunden war. Der Mann wartete oben an einer kurzen Treppe auf ihn. Von den andern Passagieren war nichts zu sehen.

»*Cinque, signore?*«

»Ja.«

»*Da questa parte.*«

Graham folgte ihm hinunter.

Nummer 5, eine Einzelkabine, war so klein, daß Graham, neben Koje und Schrank samt Kleiderfach und Waschbecken, mit seinem Koffer gerade noch knapp Platz hatte.

Die Fassung des Bullauges war mit Grünspan bedeckt, und es roch stark nach Farbe. Der Steward schmiß den Koffer unter die Koje und drückte sich an Graham vorbei in den Gang hinaus.

»Favorisca di darmi il suo biglietto ed il suo passaporto, signore. Li portero al Commissario.«

Graham gab ihm Fahrkarte und Paß. Dann zeigte er auf das Bullauge und bedeutete dem Mann mit einer Handbewegung, es aufzuschrauben und zu öffnen.

»Subito, signore«, sagte der Steward und entfernte sich.

Graham setzte sich erschöpft auf die Koje. Es war das erstemal seit fast 24 Stunden, daß er allein war und nachdenken konnte. Vorsichtig zog er die verbundene rechte Hand aus der Manteltasche und betrachtete sie. Sie schmerzte gräßlich, und er spürte jeden Pulsschlag. Wenn ein Streifschuß schon so weh tat, dann konnte er seinem Schicksal dankbar sein, daß die Kugel ihn nicht voll getroffen hatte.

Er sah sich in der Kabine um und fand sich damit ab, daß er hier war, genau wie er sich abgefunden hatte mit den absonderlichen Vorgängen der vergangenen Nacht. Er akzeptierte widerspruchslos alles, was ihm seit seiner Rückkehr ins Hotel in Pera geschehen war. Ihm war bloß, als habe er etwas Wertvolles verloren. In Wirklichkeit hatte er nichts Wertvolles verloren, nur etwas Haut und Knorpel von seinem rechten Handrücken. Aber er hatte etwas entdeckt, nämlich die Furcht vor dem Tod.

Graham galt bei den Ehemännern der Freundinnen seiner Frau als Glückspilz. Er hatte eine gutbezahlte Stellung bei einer großen Waffenfabrik, ein hübsches Haus auf dem Land, keine Autostunde vom Büro entfernt, und eine Frau, die jedermann sympathisch fand. Dies alles war ihm freilich zu gönnen. Wenn er auch nicht so aussah, so war er doch ein begabter Ingenieur, ein wichtiger Mann sogar, falls das stimmte, was man hörte. Er war oft auf Geschäftsreisen im Ausland, und es hieß, er habe etwas mit Geschützen zu tun. Ein stiller, umgänglicher Mensch, und großzügig mit seinem

Whisky. Zwar konnte man sich nicht vorstellen, daß man ihm wirklich nahekam — er spielte Golf so schlecht wie Bridge —, aber er war immer freundlich, nicht überschwenglich, nur eben freundlich, ein bißchen wie ein teurer Zahnarzt, der einen ablenken will. Eigentlich sah er auch ein wenig aus wie ein teurer Zahnarzt. Er war mager und leicht vornübergebeugt, hatte graumeliertes Haar, trug gutgeschnittene Anzüge und lächelte liebenswürdig. Aber man konnte sich schwer vorstellen, daß eine Frau wie Stefanie ihn ohne sein Gehalt geheiratet hätte. Immerhin muß man zugeben, daß sie sehr gut miteinander auskamen. Da sah man wieder einmal ...

Graham selber war mit seinem Leben nicht unzufrieden. Als er 17 war, starb sein Vater, ein zuckerkranker Lehrer, und hinterließ ihm ein heiteres Gemüt, eine Lebensversicherung im Wert von 500 Pfund und eine mathematische Begabung. Dieses Vermächtnis ließ ihn den mürrischen Vormund, der sein Amt nur widerwillig ausübte, leichten Herzens ertragen, und ermöglichte ihm ein Universitätsstudium, das er, kaum 25, mit einem naturwissenschaftlichen Doktordiplom abschloß. Seine Dissertation über ein ballistisches Problem erschien in gekürzter Fassung in einer Fachzeitschrift. Mit 30 leitete er eine Versuchsabteilung seiner Firma und war erstaunt, daß er so viel Geld bekam für etwas, das ihm Spaß machte. Im selben Jahr hatte er Stefanie geheiratet.

Es wäre ihm nie in den Sinn gekommen, seine Einstellung zu seiner Frau anzuzweifeln. Es war für ihn die eines Mannes, der zehn Jahre verheiratet ist. Er hatte sie genommen, weil er möblierte Zimmer satt hatte, und sie hatte ihn genommen, weil sie von ihrem Vater, einem unleidigen Arzt in bedrückenden Verhältnissen, wegwollte. Er war angetan von ihrem guten Aussehen, ihrer guten Laune, ihrem Talent, mit dem Hauptpersonal umzugehen und Freundschaften zu schließen. Und wenn ihm diese Freunde manchmal lästig wurden, so suchte er die Schuld bei sich und nicht bei ihnen.

Stefanie ihrerseits akzeptierte ohne Groll, quasi selbstverständlich, die Tatsache, daß er an seiner Arbeit mehr interessiert war als an Menschen und Dingen. Sie war mit ihrem
Leben völlig zufrieden. Eine Atmosphäre freundlicher Zu-
neigung und gegenseitiger Achtung erfüllte diese Ehe, die
die beiden für so glücklich hielten, wie eine Ehe eben sein
kann.

Der Kriegsausbruch im September 1939 hatte keinerlei
störende Wirkung auf Grahams Alltag. Seit zwei Jahren
wußte er, daß dieses Ereignis unvermeidlich sein würde, so
unvermeidlich wie der Sonnenuntergang. Folglich war er,
als es eintrat, weder erstaunt noch entsetzt gewesen. Er
hatte die vermutlichen Auswirkungen auf sein Leben bis ins
kleinste berechnet, und im Oktober schon konnte er feststellen, daß er sich nicht geirrt hatte. Für ihn bedeutete der
Krieg mehr Arbeit, das war alles. Er berührte weder seine
wirtschaftliche noch seine persönliche Sicherheit. Es war völlig ausgeschlossen, daß man ihn zum Waffendienst heranzie-
hen würde, und die Wahrscheinlichkeit, von deutschen Bom-
ben in seinem Haus oder seinem Büro getötet zu werden,
war so gering, daß er sie außer acht lassen konnte. Als er
drei Wochen nach der Unterzeichnung des englisch-türki-
schen Bündnisvertrages erfuhr, er müsse für die Firma in
die Türkei fahren, störte ihn dabei nur die trübe Aussicht,
an Weihnachten nicht zu Hause zu sein.

Er war 32 gewesen, als er seine erste Geschäftsreise ins
Ausland unternommen hatte. Sie war erfolgreich verlaufen.
Seine Vorgesetzten hatten entdeckt, daß er neben seinen
technischen Fähigkeiten auch die bei solchen Spezialisten sel-
tene Fähigkeit besaß, die Sympathie ausländischer Regie-
rungsbeamter zu gewinnen. In den folgenden Jahren waren
gelegentliche Auslandsreisen ein Teil seiner beruflichen Tätigkeit geworden. Er reiste gern. Die Reise in eine fremde
Stadt machte ihm fast ebensoviel Freude, wie ihre Fremd-
artigkeit zu studieren. Er liebte es, mit Leuten aus anderen
Ländern zusammenzukommen, ein paar Brocken ihrer

Sprache zu lernen, und er ärgerte sich darüber, daß er beide so wenig verstand. Es hatte sich bei ihm eine gesunde Abneigung gegen das Wort ›typisch‹ herausgebildet.

Er war Mitte November über Paris und Istanbul nach Smyrna gefahren, und später nach Gallipoli. Ende Dezember hatte er seine Arbeit an diesen beiden Orten erledigt, und am ersten Januar machte er auf der Heimreise in Istanbul halt.

Es waren sechs anstrengende Wochen gewesen. Seine schwierige Aufgabe war dadurch noch erschwert worden, daß er komplizierte technische Dinge mit Hilfe von Dolmetschern hatte erörtern müssen. Die Schrecknisse der anatolischen Erdbebenkatastrophe hatten ihm fast ebenso zugesetzt wie seinen Gastgebern. Und schließlich war auch noch die Fahrt von Gallipoli nach Istanbul infolge von Überschwemmungen äußerst umständlich und beschwerlich gewesen. Als Graham endlich in Istanbul ankam, war er müde und deprimiert.

Auf dem Bahnhof holte ihn Kopeikin, der Vertreter der Firma in der Türkei, ab.

Kopeikin war 1924 mit 65 000 anderen russischen Flüchtlingen nach Istanbul gekommen und war Falschspieler, Mitinhaber eines Bordells und Uniformlieferant der Armee gewesen, bevor er — auf welche Weise, das wußte nur der Generaldirektor — die jetzige lukrative Vertreterstellung ergattert hatte. Graham fand ihn sympathisch. Er war ein rundlicher, quicklebendiger Mann mit großen, abstehenden Ohren, unverwüstlich guter Laune und unerschöpflicher Schlauheit.

Er quetschte überschwenglich Grahams Hand. »Haben Sie eine schlechte Reise gehabt? Das tut mir aber leid. Es freut mich sehr, daß Sie wieder hier sind. Wie sind Sie mit Fethi zurechtgekommen?«

»Recht gut, glaube ich. Nach Ihrer Beschreibung hatte ich's mir viel schlimmer vorgestellt.«

»Sie unterschätzen Ihr gewinnendes Auftreten, lieber

Freund. Er gilt als schwierig, ist aber ein wichtiger Mann. Doch nun wird alles glattgehen. Aber übers Geschäft wollen wir bei einem Glas reden. Ich habe ein Zimmer mit Bad für Sie bestellt, im Adler Palace, wie gewohnt. Für heute abend habe ich ein Abschiedsessen arrangiert. Sie sind mein Gast.«

»Das ist aber nett von Ihnen.«

»Ist mir doch ein Vergnügen, lieber Freund. Später können wir uns noch ein bißchen amüsieren. Ich kenne ein Nachtlokal, das momentan sehr populär ist – Le Jockey Cabaret. Es wird Ihnen bestimmt gefallen. Die Ausstattung ist hübsch und die Leute sind nett. Kein Pöbel. Ist das Ihr Gepäck?«

Graham seufzte innerlich. Er hatte sich vorgenommen, nach dem Nachtessen mit Kopeikin, etwa um 10 Uhr, ein heißes Bad zu nehmen und sich mit einem Tauchnitz-Kriminalroman ins Bett zu legen. Er hatte keine Lust, sich im Jockey Cabaret oder in irgendeinem andern Nachtlokal zu ›amüsieren‹. Als sie hinter dem Gepäckträger zu Kopeikins Wagen hinausgingen, sagte er: »Eigentlich möchte ich heute mal zeitig schlafen gehen, Kopeikin. Ich habe vier Nächte im Zug vor mir.«

»Aber lieber Freund, ein langer Abend wird Ihnen sehr gut bekommen. Außerdem geht Ihr Zug ja erst morgen früh um elf, und ich habe Schlafwagen für Sie bestellt. Sie können bis Paris durchschlafen, wenn Sie müde sind.«

Beim Essen im Pera-Palace-Hotel erzählte Kopeikin die neuesten Kriegsnachrichten. Für ihn waren die Sowjets immer noch die ›Juli-Mörder‹ Nikolaus' II., und Graham hörte viel von finnischen Siegen und russischen Niederlagen. Die Deutschen hatten ein paar britische Schiffe versenkt und ein paar Unterseeboote verloren. Die Holländer, Dänen, Schweden und Norweger kümmerten sich um ihre Landesverteidigung. Die Welt sah einem blutigen Frühjahr entgegen. Dann kam das Gespräch auf das Erdbeben. Um halb elf fand Kopeikin, es sei Zeit, ins Jockey Cabaret zu gehen.

Es lag im Beyoglu-Viertel, nicht weit von der Grande
Rue de Pera, in einer Straße, deren Häuser offensichtlich
um 1925 von einem französischen Architekten entworfen
worden waren. Kopeikin nahm Graham freundschaftlich
beim Arm, als sie hineingingen.

»Das ist ein sehr nettes Lokal«, sagte er. »Serge, der Besitzer, ist ein Freund; man wird uns also nicht übers Ohr
hauen. Ich werde Sie mit ihm bekannt machen.«

Für einen Mann seiner Art besaß Graham erstaunlich
ausgedehnte Kenntnisse vom Nachtleben der Großstädte.
Merkwürdigerweise schienen alle ausländischen Gastgeber
zu glauben, für einen englischen Ingenieur gebe es keine andere annehmbare Abendunterhaltung als Besuche in anrü-
chigen Nachtlokalen. In Buenos Aires und Madrid, in Val-
paraiso und Bukarest, in Rom und Mexiko war er in solchen Etablissements gewesen, und es gab keines, das sich
von den andern unterschieden hätte. Er konnte sich gut an
die Geschäftsfreunde erinnern, mit denen er bis in die Morgenstunden unverschämt teure Getränke getrunken hatte,
doch die Örtlichkeiten verschmolzen in seiner Erinnerung
zum Bild eines rauchigen Kellerraumes: in einer Ecke das
Podium mit der Band, in der Mitte die kleine Tanzfläche,
von Tischen eingerahmt, an einer Seite die Bar samt
Hockern, wo die Getränke angeblich billiger waren.

Wie er erwartet hatte, war Le Jockey Cabaret nicht anders. Die Wanddekorationen versuchten, etwas von der
Stimmung des Straßenbildes wiederzugeben. Es waren Ma-
lereien im kubistisch-surrealistischen Stil, ein buntes Durcheinander von schiefen Wolkenkratzern, grünen Augen, deren Blick man nicht entgehen konnte, saxophonspielenden
Schwarzen, aschblonden Hermaphroditen mit langen Ziga-
rettenspitzen, Telefonen und Osterinselmasken. Das Lokal
war voll und lärmig. Serge, ein Russe mit scharfen Zügen
und borstigem Haar, wirkte aufs erste wie ein Mann, dessen Temperament jeden Augenblick mit ihm durchgehen
wird. Seine kalten Augen straften jedoch diesen Eindruck

13

Lügen. Er hieß sie recht manierlich willkommen und führte sie zu einem Tisch an der Tanzfläche. Kopeikin bestellte eine Flasche Kognak. Die Band, die sich mit einer amerikanischen Tanzweise abgemüht hatte, brach jäh ab und spielte schwungvoll einen Rumba.

»Hier geht's sehr lustig zu«, sagte Kopeikin. »Möchten Sie tanzen? Mädchen sind genug da. Sagen Sie, welche Ihr Typ ist — dann spreche ich mit Serge.«

»Ach, machen Sie doch bitte keine Umstände! Ich möchte nicht allzulange bleiben.«

»Sie dürfen nicht immerzu an Ihre Reise denken. Trinken Sie noch einen Kognak, dann kommen Sie in Stimmung.« Er stand auf. »Ich werde jetzt mal tanzen und ein nettes Mädchen für Sie aussuchen.«

Graham fühlte sich schuldbewußt. Ihm war klar, daß er mehr Begeisterung hätte zeigen müssen. Schließlich war Kopeikin doch besonders liebenswürdig. Es machte ihm sicher keinen Spaß, einen von langer Bahnfahrt erschöpften Engländer, der lieber im Bett gelegen hätte, aufzuheitern. Entschlossen trank Graham noch einen Kognak. Es kamen noch mehr Gäste. Graham sah Serge sie herzlich begrüßen und hinter ihrem Rücken dem Kellner, der sie bedienen sollte, verstohlen Anweisungen geben — ein nüchterner Hinweis, daß der Laden weder zum Vergnügen des Wirtes noch zu dem der Gäste gedacht war. Graham wandte den Kopf und schaute Kopeikin beim Tanzen zu.

Das Mädchen war schlank und dunkel und hatte große Zähne. Das Abendkleid aus rotem Satin hing an ihr herunter, wie wenn es für eine größere Frau gemacht worden wäre. Das Mädchen lächelte eifrig. Kopeikin hielt beim Tanzen leichten Abstand und redete fortwährend. Dieser Dicke war, so schien es Graham, der einzige selbstbewußte Mann auf der Tanzfläche. Es war der ehemalige Bordellbesitzer, der sein Gewerbe immer noch verstand. Als die Musik verstummte, brachte er das Mädchen mit an Grahams Tisch.

»Das ist Maria«, sagte er. »Sie ist Araberin. Sieht man ihr doch nicht an?«

»Nein, wirklich nicht.«

»Sie spricht ein bißchen Französisch.«

»*Enchanté, Mademoiselle.*«

»*Monsieur.*« Ihre Stimme klang unerwartet rauh, aber sie hatte ein gewinnendes Lächeln. Sie war offensichtlich ein umgängliches Wesen.

»Armes Kind!« Kopeikin sagte es im Ton einer Gouvernante, die hofft, daß ihr Zögling ihr vor den Gästen keine Schande macht. »Sie hat gerade eine Angina hinter sich. Aber sie ist ein sehr nettes Mädchen mit guten Manieren. *Assieds-toi, Maria!*«

Sie setzte sich neben Graham. »*Je prends du Champagne*«, sagte sie.

»*Oui, oui, mon enfant. Plus tard*«, sagte Kopeikin ausweichend. »Sie kriegt eine Extraprovision, wenn wir Champagner bestellen«, bemerkte er zu Graham und schenkte ihr einen Kognak ein.

Sie hob das Glas ohne Einwand hoch und sagte: »Skål!«

»Sie hält Sie für einen Schweden«, sagte Kopeikin.

»Weshalb?«

»Sie hat ein Faible für Schweden, drum habe ich gesagt, Sie seien Schwede.« Er lachte vor sich hin. »Sie können nicht sagen, daß der Vertreter in der Türkei nichts für die Firma tue.«

Sie hatte den Männern verständnislos lächelnd zugehört. Als die Musik wieder anfing, wandte sie sich Graham zu und fragte ihn, ob er tanzen wolle.

Sie tanzte gut — so gut, daß sie auch ihm das Gefühl gab, gut zu tanzen. Er war nicht mehr so niedergeschlagen und bat sie um einen weiteren Tanz. Beim zweitenmal drückte sie ihren mageren Körper eng an ihn. Er sah, wie ein schmuddeliger Träger hinter dem roten Satin hervorkroch, und roch durch ihr Parfüm ihren warmen Körper. Er stellte fest, daß er schon genug von ihr hatte.

Sie begann eine Unterhaltung. Ob er Istanbul gut kenne? Ob er schon einmal dagewesen sei? Ob er Paris kenne? Und London? Er sei zu beneiden. Sie sei noch nie dort gewesen, aber sie hoffe, einmal hinzukommen. Und auch nach Stockholm. Ob er in Istanbul viele Freunde habe? Sie frage, weil ein Herr, der gleich nach ihm und seinem Bekannten ins Lokal gekommen sei, ihn zu kennen scheine. Dieser Herr sehe nämlich immerzu nach ihm.

Graham hatte gerade darüber nachgedacht, wie er wohl am schnellsten entkommen könne. Plötzlich wurde ihm klar, daß sie auf eine Antwort von ihm wartete. Ihr letzter Satz war in sein Bewußtsein vorgedrungen.

»Wer sieht immerzu nach mir?«

»Jetzt können wir ihn nicht sehen. Der Herr sitzt gerade an der Bar.«

»Sicherlich sieht er nach Ihnen.« Etwas anderes fiel Graham nicht ein.

Doch sie meinte es offensichtlich ernst. »Nein, er interessiert sich für Sie, Monsieur. Es ist der mit dem Taschentuch in der Hand.«

Sie waren an eine Stelle der Tanzfläche gekommen, von der aus man die Bar sehen konnte. Der Mann saß auf einem Hocker und hatte ein Glas Vermouth vor sich.

Es war ein kleiner, magerer Mann mit dummem, teigigem Gesicht, großen Nasenlöchern, vorspringenden Backenknochen und dicken Lippen, die er zusammenpreßte, als habe er wundes Zahnfleisch oder beherrsche sich nur mühsam. Er war sehr blaß, und die kleinen tiefliegenden Augen und die schütteren, gekräuselten Haare wirkten deshalb dunkler, als sie waren. Die Haare waren in Strähnen an den Schädel geklebt. Er trug einen zerknitterten braunen Anzug mit Schulterwattierung, ein weiches Hemd mit einem Kragen, den man kaum bemerkte, und eine neue graue Krawatte. Während Graham ihn beobachtete, wischte er sich mit einem Taschentuch die Oberlippe ab, als schwitze er in dem heißen Lokal.

»Jetzt scheint er nicht mehr nach mir zu sehen«, sagte Graham. »Tut mir leid, aber ich habe den Mann nie gesehen.«

»Das habe ich auch nicht angenommen, Monsieur.« Sie drückte mit dem Ellbogen seinen Arm an ihre Seite. »Aber ich wollte sicher sein. Ich kenne ihn auch nicht, aber ich kenne den Typ. Sie sind fremd hier, und vielleicht haben Sie Geld bei sich. In Istanbul ist es nicht so wie in Stockholm. Wenn solche Typen mehr als einmal nach einem sehen, ist es ratsam, sich in acht zu nehmen. Sie sind stark, aber ein Messer im Rücken ist für einen starken Mann dasselbe wie für einen schwachen.«

Ihr Ernst war grotesk. Er lachte, sah aber noch einmal nach dem Mann an der Bar. Der schlürfte seinen Vermouth. Ein harmloser Bursche. Das Mädchen wollte wahrscheinlich zeigen, daß sie selber keine bösen Absichten habe, wenn sie das auch etwas ungeschickt anstellte.

Er sagte: »Ich glaube, da brauche ich keine Angst zu haben.«

Sie lockerte den Druck ihres Armes. »Vielleicht nicht, Monsieur.« Es schien, als verliere sie plötzlich das Interesse an dem Thema. Die Band verstummte, und sie gingen wieder an den Tisch.

»Tanzt sie nicht sehr gut?« fragte Kopeikin.

»Sehr.«

Sie lächelte ihnen zu, setzte sich und trank ihr Glas aus, als habe sie Durst. Dann lehnte sie sich zurück. »Wir sind drei«, sagte sie und zählte die Runde mit einem Finger, damit sie es auch bestimmt verstünden. »Soll ich nicht vielleicht eine Freundin an den Tisch holen? Ein sehr sympathisches Mädchen. Meine beste Freundin.«

»Nachher vielleicht«, sagte Kopeikin. Er goß ihr noch einen Kognak ein.

In diesem Augenblick schmetterte die Band einen Tusch, und fast alle Lichter gingen aus. Ein Scheinwerfer zuckte vor dem Podium über die Tanzfläche.

»Die Attraktionen«, sagte Maria. »Die sind gut.«

Serge trat in das Scheinwerferlicht und leierte eine lange Ansage in türkischer Sprache herunter. Dann wies er mit großer Geste auf die Tür neben dem Podium. Zwei dunkelhaarige junge Männer in hellblauen Smokings schossen auf die Tanzfläche und steppten in einem solchen Tempo, daß sie bald außer Atem kamen. Mit zerzaustem Haar nahmen sie den lauen Beifall entgegen. Dann klebten sie falsche Bärte an und torkelten als alte Männer herum. Die Begeisterung des Publikums wurde nicht größer. Schweißtriefend verschwanden sie wieder, ziemlich verärgert, wie es Graham schien. Es folgte eine farbige langbeinige Schöne — eine Kautschukfrau, wie sich herausstellte. Ihre Darbietung war auf recht originelle Weise obszön und rief Beifall und Lachen hervor. Als Dreingabe ließ sie ihren Verrenkungen eine Schlangenbeschwörung folgen, mit der sie aber kein Glück hatte. Die Schlange, die sie aus einem vergoldeten Korb so vorsichtig herausnahm, als wäre sie eine ausgewachsene Anakonda, erwies sich als kleiner, altersschwacher Python, der in den Händen seiner Herrin einschlafen wollte. Schließlich wurde er wieder in seinen Korb versorgt, und die Schöne machte noch einige Verrenkungen. Als sie verschwunden war, trat der Besitzer wieder ins Scheinwerferlicht und machte eine Ansage, die mit Beifall aufgenommen wurde.

Das Mädchen flüsterte Graham ins Ohr: »Jetzt kommen Josette und ihr Partner José. Es sind Tänzer aus Paris. Heute ist ihre letzte Vorstellung. Sie haben großen Erfolg gehabt.«

Rotes Scheinwerferlicht beleuchtete die Tür, Trommelwirbel, die Band spielte ›An der schönen blauen Donau‹ und heraus glitten Tänzerin und Tänzer.

Für den übermüdeten Graham war ihr Tanz ebenso typisch für die Kellerlokale wie Bar und Podium samt Band: er rechtfertigte scheinbar die Getränkepreise. Daneben demonstrierte er, daß ein kleiner, ungesund aussehender

Mann, der eine breite Schärpe um den Bauch gewickelt hatte, mit einer 50 Kilo schweren Frau jonglieren kann wie mit einem Kind, wenn er die Gesetze der klassischen Mechanik befolgt. Das Besondere an Josette und ihrem Partner war, daß sie die übliche ›attraction‹ weniger gut beherrschten als ihre Kollegen, sie aber viel besser zur Wirkung brachten.

Die schlanke Frau, deren dichtes blondes Haar glänzte, hatte schöne Arme und schöne Schultern. Die schweren Lider der Augen, die beim Tanzen fast geschlossen waren, und die vollen Lippen, auf denen ein starres Bühnenlächeln lag, kontrastierten seltsam mit der Behendigkeit ihrer Bewegungen. Graham sah, daß sie keine Tänzerin war, sondern eine Frau, die Tänze eingeübt hatte und sie nun mit lässiger Sinnlichkeit vorführte. Sie verließ sich auf die Wirkung ihrer Jugend, ihre langen Beine und das Muskelspiel von Bauch und Hüften. Als Tanz war ihre Nummer nicht viel wert, als ›attraction‹ im Jockey Cabaret aber war sie ein voller Erfolg. Und das trotz ihres Partners.

Es war ein dunkelhaariger, ganz von seiner Aufgabe in Anspruch genommener Mann mit häßlichen, verkniffenen Lippen, glattem, bleichem Gesicht und der irritierenden Angewohnheit, vor jeder besonderen Anstrengung die Zunge in die Wange zu pressen. Er bewegte sich schwerfällig und war plump und ungeschickt. Immer wenn er seine Partnerin hochzuheben hatte, wechselte er unsicher den Griff, als taste er nach dem Schwerpunkt, und er hatte Mühe, sein Gleichgewicht zu bewahren.

Aber die Zuschauer achteten wenig auf ihn, und am Ende verlangten sie laut nach einer Zugabe. Der Wunsch wurde gewährt. Die Band spielte wieder einen Tusch. Mademoiselle Josette machte eine Verbeugung und nahm aus Serges Hand einen Blumenstrauß entgegen. Sie kam noch mehrere Male heraus, verbeugte sich und warf Kußhände ins Publikum.

»Die ist doch charmant, nicht?« sagte Kopeikin auf englisch, als das Licht wieder anging. »Ich habe Ihnen ja gesagt, hier wird was geboten.«

»Sie ist nicht übel, aber der ältliche Valentino kann einem leid tun.«

»José? Der kommt dabei ganz gut weg. Wollen wir das Mädchen zu einem Glas einladen?«

»Gern. Aber wird das nicht ein ziemlich teurer Spaß?«

»Nicht doch. Die kriegt keine Provision.«

»Ob sie auch kommt?«

»Aber sicher. Der *patron* hat mich ihr vorgestellt. Ich kenne sie gut. Ich glaube, Sie könnten sich für sie erwärmen. Diese Araberin ist etwas dumm. Josette ist sicherlich auch dumm, aber sie ist auf ihre Weise sehr reizvoll. Wenn ich nicht zu früh im Leben zu viel erfahren hätte, würde sie mir sehr gefallen.«

Maria sah ihm nach, als er über die Tanzfläche schritt, und schwieg einen Augenblick. Dann sagte sie: »Er ist sehr nett, Ihr Freund.«

Graham wußte nicht recht, ob das eine Feststellung, eine Frage oder ein schwacher Ansatz zu einer Unterhaltung sein sollte. Er nickte. »Ja, sehr nett.«

Sie lächelte. »Er kennt den Chef gut. Wenn Sie wollen, bittet er Serge, mich gehen zu lassen, wenn Sie Lust haben, und nicht erst, wenn hier zugemacht wird.«

Er lächelte so bedauernd, wie er konnte. »Ich muß leider meine Koffer packen, Maria, denn ich fahre morgen früh ab.«

Sie lächelte wieder. »Es macht nichts. Aber ich mag Schweden besonders gern. Kann ich noch einen Kognak haben, Monsieur?«

»Natürlich.« Er schenkte ihr das Glas voll.

Sie trank die Hälfte davon. »Gefällt Ihnen Mademoiselle Josette?«

»Sie tanzt sehr schön.«

»Sie ist sehr sympathisch. Das kommt daher, daß sie Erfolg hat. Wer Erfolg hat, ist auch sympathisch. Auf José ist niemand gut zu sprechen. Er ist Spanier und kommt aus

Marokko. Er ist eifersüchtig. Die sind alle gleich. Ich weiß nicht, wie sie es bei ihm aushalten kann.«

»Haben Sie nicht gesagt, die beiden seien aus Paris?«

»Sie haben in Paris getanzt. Josette ist aus Ungarn. Sie spricht verschiedene Sprachen — Deutsch, Spanisch, Englisch —, aber Schwedisch nicht, glaube ich. Sie hat viele reiche Freunde gehabt.« Maria machte eine Pause. »Sind Sie Kaufmann, Monsieur?«

»Nein, Ingenieur.« Er stellte belustigt fest, daß Maria nicht so dumm war, wie es schien, und daß sie genau wußte, warum Kopeikin ihn mit ihr allein gelassen hatte. Sie machte ihn indirekt, aber unmißverständlich darauf aufmerksam, daß Mademoiselle Josette sehr teuer war, die Verständigung mit ihr schwierig, und daß er es mit einem eifersüchtigen Spanier zu tun haben würde.

Sie trank ihr Glas wieder leer und starrte in die Richtung der Bar. »Meine Freundin fühlt sich anscheinend verlassen«, sagte sie. Sie wandte den Kopf und sah ihm ins Gesicht. »Geben Sie mir hundert Piaster, Monsieur?«

»Für was?«

»Als kleines Geschenk.« Sie lächelte, aber nicht ganz so freundlich wie zuvor.

Er gab ihr einen Hundert-Piaster-Schein. Sie faltete ihn zusammen, steckte ihn in ihre Handtasche und stand auf. »Entschuldigen Sie bitte, ich möchte mit meiner Freundin sprechen. Wenn Sie wollen, komme ich wieder.« Sie lächelte.

Er sah ihr rotes Satinkleid im Gedränge der Gäste an der Bar verschwinden. Gleich darauf kam Kopeikin wieder. »Wo ist die Araberin?«

»Sie will mit ihrer besten Freundin sprechen. Ich habe ihr hundert Piaster gegeben.«

»Hundert! Fünfzig wären reichlich gewesen. Aber vielleicht ist es ganz gut so. Josette sagt, wir sollen sie in ihrer Garderobe besuchen. Sie fährt morgen ab und hat noch zu packen.«

»Stören wir da nicht?«

»Aber, lieber Freund, sie freut sich darauf, Sie kennenzulernen. Sie hat Sie gesehen, während sie tanzte. Als ich ihr sagte, daß Sie Engländer seien, war sie begeistert. Den Kognak können wir hier stehenlassen.«

Mademoiselle Josettes Garderobe war ein Raum von etwa zweieinhalb Metern im Quadrat. Ein brauner Vorhang teilte ihn von der anderen Hälfte des Zimmers ab, die das Büro des Lokalinhabers zu sein schien. Die drei Wände zierte eine verblichene Tapete, rosa mit blauen Streifen, und da und dort, wo sich die Leute angelehnt hatten, war ein Fettfleck. Das Mobiliar bestand aus zwei Wiener Stühlen und zwei wackeligen Schminktischen, die mit Cremedosen und schmutzigen Tüchern bedeckt waren. Es roch nach kaltem Zigarettenrauch, Gesichtspuder und feuchter Polsterung.

Auf ein gebrummtes *»Entrez!«* von José, dem Partner, traten sie ein. Er stand von seinem Tisch auf und ging, immer noch mit Abschminken beschäftigt, hinaus, ohne sie eines Blickes zu würdigen. Aus irgendeinem Grunde zwinkerte Kopeikin seinem englischen Gast zu. Josette saß vorgebeugt da und betupfte mit einem feuchten Wattebausch eifrig ihre Augenbrauen. Sie hatte ihr Kostüm abgelegt und trug einen rosasamtenen Morgenrock. Ihr Haar war aufgebunden und frisch gebürstet. Es hing lose herab und Graham fand es außergewöhnlich schön. Sie begann langsam in sorgfältigem Englisch, wobei sie, um die Worte zu betonen, ihre Augenbrauen mit dem Wattebausch betupfte:

»Entschuldigen Sie bitte! Es ist diese gräßliche Schminke. Es ... *Merde!«*

Unwirsch warf sie den Wattebausch hin, stand plötzlich auf und wandte sich ihnen zu.

Im grellen Licht der elektrischen Birne, die über ihr hing, wirkte sie kleiner als auf der Tanzfläche und ein wenig mager. Graham dachte an die füllige Schönheit seiner Stefanie und sagte sich, daß die Frau, die er vor sich hatte, in zehn

Jahren sicher reizlos sein würde. Es war seine Gewohnheit, andere Frauen mit seiner eigenen zu vergleichen und sich so darüber hinwegzutäuschen, daß ihn andere Frauen immer noch interessierten. Für gewöhnlich erfüllte das seinen Zweck. Josette aber war kein gewöhnlicher Fall. Es spielte keine Rolle, wie sie in zehn Jahren aussehen mochte. Jetzt war sie eine reizvolle, selbstbewußte Frau mit weichem, lächelndem Mund, leicht vorstehenden blauen Augen und einer verträumten Sinnlichkeit, die den ganzen Raum zu erfüllen schien.

»Meine liebe Josette«, sagte Kopeikin, »das ist Mr. Graham.«

»Ihr Tanz hat mir sehr gefallen, Mademoiselle«, sagte Graham.

»Ja, das hat Kopeikin mir erzählt.« Sie zuckte die Achseln. »Es könnte besser sein. Aber es ist nett von Ihnen, mir ein Kompliment zu machen. Es heißt immer, Engländer seien nicht galant, aber das ist Unsinn.« Sie deutete auf das Durcheinander. »Ich fordere Sie nur ungern auf, sich in dieser gräßlichen Bude hinzusetzen — aber bitte, machen Sie es sich bequem! Kopeikin kann Josés Stuhl nehmen, und wenn Sie Josés Sachen wegschieben, haben Sie die Ecke seines Tisches für sich. Schade, daß wir draußen nicht gemütlich beisammensitzen können, aber da sind so viele Männer, die ein großes *chichi* machen, wenn man sich nicht an ihren Tisch setzt und ein Glas Champagner trinkt. Der Champagner hier ist ekelhaft. Ich möchte Istanbul nicht mit Kopfweh verlassen. Wie lange bleiben Sie hier, Mr. Graham?«

»Ich fahre auch morgen.« Ihr albernes Posieren amüsierte ihn. Innerhalb einer Minute war sie die große Schauspielerin gewesen, die reiche Verehrer empfängt, die liebenswürdige Dame aus der Gesellschaft und das enttäuschte Tanzgenie. Jede Geste, jede kleine Affektiertheit war genau berechnet. Sie schien immer noch beim Tanzen zu sein.

Nun spielte sie die teilnahmsvolle Beobachterin des Weltgeschehens. »Schrecklich, dieses viele Reisen! Und Sie kehren wieder in Ihren Krieg zurück. Ein Jammer! Diese gräßlichen Nazis! Wie furchtbar, daß immer Krieg sein muß. Und wenn es keine Kriege gibt, dann gibt es Erdbeben. Immer Tod. Das schadet dem Geschäft. Ich will vom Tod nichts wissen. Kopeikin schon eher, glaube ich. Vielleicht weil er Russe ist.«

»Der Tod ist mir egal«, sagte Kopeikin. »Mich interessiert nur, ob der Kellner die Getränke bringt, die ich bestellt habe. Darf ich Ihnen eine Zigarette anbieten?«

»Gern. Danke schön. Die Kellner hier sind unmöglich. In London gibt es sicher bessere Lokale, nicht wahr, Mr. Graham?«

»Die Kellner taugen auch dort nichts. Kellner taugen wahrscheinlich selten etwas. Aber ich dachte, Sie seien schon in London gewesen. Ihr Englisch . . .«

Sie lächelte nachsichtig über seine indiskrete Frage, deren Reichweite er nicht ahnen konnte. Ebensogut hätte man die Pompadour fragen können, wer ihre Rechnungen bezahle. »Ich habe es in Italien von einem Amerikaner gelernt. Ich habe viel für die Amerikaner übrig. Sie sind so geschäftstüchtig und dabei doch so großzügig und ehrlich. Ehrlichkeit ist sehr wichtig. Hat es Spaß gemacht, mit dieser kleinen Maria zu tanzen, Mr. Graham?«

»Sie tanzt sehr gut. Sie scheint Sie sehr zu bewundern. Sie sagt, Sie hätten hier großen Erfolg, und das stimmt ja auch.«

»Großen Erfolg? Hier?« Das enttäuschte Genie zog die Brauen hoch. »Hoffentlich haben Sie ihr etwas Geld gegeben, Mr. Graham?«

»Er hat ihr doppelt soviel gegeben, als nötig gewesen wäre«, sagte Kopeikin. »Ach, da kommen die Getränke!«

Sie sprachen eine Zeitlang von Leuten, die Graham nicht kannte, und vom Krieg. Er stellte fest, daß hinter all ihrem Getue eine gerissene Person steckte, und fragte sich, ob der Amerikaner in Italien seine ›Ehrlichkeit‹ nicht vielleicht eines Tages bedauert hatte. Nach einer Weile hob Kopeikin sein Glas.

»Ich trinke«, sagte er etwas feierlich, »auf Ihre Reisen!«
Dann stellte er das Glas ab, ohne getrunken zu haben.
»Nein«, sagte er mißgestimmt. »Es ist zu dumm! Mein
Herz ist nicht bei diesem Trinkspruch. Ich finde es ganz
einfach schade, daß es zwei Reisen sind. Sie fahren beide
nach Paris, Sie sind beide meine Freunde. Damit« — er
klopfte sich auf den Bauch — »haben Sie viel gemeinsam.«

Graham gab sich Mühe, kein erschrockenes Gesicht zu
machen, und lächelte. Sie war zweifellos sehr reizvoll, und
es war angenehm, ihr — so wie jetzt — gegenüber zu sitzen.
Doch der Gedanke, daß die Bekanntschaft länger dauern
könnte, war ihm einfach nicht in den Sinn gekommen. Er
fand ihn verwirrend. Er sah, daß sie ihn mit Augen, in denen Heiterkeit lag, beobachtete, und hatte das unbehagliche
Gefühl, sie wisse genau, was ihm durch den Kopf ging.

Er versuchte, das Beste aus der Situation zu machen.
»Eben diesen Vorschlag wollte ich gerade machen. Ich finde,
Sie hätten das mir überlassen sollen, Kopeikin. Mademoi-
selle wird sich fragen, ob ich genauso ehrlich bin wie ihr
Amerikaner.« Er lächelte sie an. »Ich fahre mit dem Elf-
Uhr-Zug.«

»Und 1. Klasse, Mr. Graham?«

»Ja.«

Sie drückte die Zigarette aus. »Dann können wir die
Reise aus zwei Gründen nicht zusammen machen. Ich fahre
nicht mit demselben Zug, und zudem fahre ich immer 2.
Klasse. Vielleicht ist es aber ganz gut so. José würde während der ganzen Fahrt mit Ihnen Karten spielen, und Sie
würden Ihr Geld loswerden.«

Sie wünschte offensichtlich, daß sie ihre Gläser leerten
und gingen. Graham war merkwürdig enttäuscht. Er wäre
gerne noch geblieben. Außerdem wußte er, daß er sich ungeschickt benommen hatte.

»Vielleicht«, sagte er, »können wir uns in Paris treffen.«

»Vielleicht.« Sie stand auf und lächelte ihm freundlich zu.
»Ich werde im Hôtel des Belges an der Trinité wohnen,

wenn es noch in Betrieb ist. Ich hoffe, ich sehe Sie mal wieder. Wie ich von Kopeikin höre, sind Sie als Ingenieur berühmt.«

»Kopeikin übertreibt — wie er auch übertrieben hat, als er sagte, wir würden Sie und Ihren Partner nicht beim Packen stören. Ich wünsche Ihnen gute Reise!«

»Ich habe mich sehr gefreut, Sie kennenzulernen. Es war sehr nett von Ihnen, Kopeikin, daß Sie Mr. Graham zu mir gebracht haben.«

»Der Vorschlag ist von Mr. Graham ausgegangen«, sagte Kopeikin. »Auf Wiedersehen, meine liebe Josette, und *bon voyage!* Wir würden gerne noch bleiben, aber es ist schon spät, und ich habe ihm gesagt, daß er unbedingt noch ein wenig schlafen muß. Er würde sonst hierbleiben und reden bis ihm sein Zug wegfährt.«

Sie lachte. »Sie sind doch ein netter Kerl, Kopeikin. Wenn ich das nächstemal nach Istanbul komme, erfahren Sie's als erster. *Au r'voir*, Monsieur Graham, und *bon voyage!*« Sie reichte ihm die Hand.

»Hôtel des Belges an der Trinité«, sagte er. »Ich werde daran denken.« Was er sagte, war nicht sehr weit von der Wahrheit entfernt. Es war sehr wahrscheinlich, daß er in den zehn Minuten Taxifahrt von der Gare de l'Est zur Gare St. Lazare daran denken würde.

Sie drückte sanft seine Finger. »Das glaube ich«, sagte sie. »*Au r'voir*, Kopeikin. Sie wissen, wie man hier rauskommt?«

»Ich muß gestehen«, sagte Kopeikin, während sie auf ihre Rechnung warteten, »daß ich ein wenig enttäuscht bin von Ihnen, lieber Freund. Sie haben sie sehr beeindruckt und hätten sie um den Finger wickeln können. Sie hätten sie nur zu fragen brauchen, wann ihr Zug geht.«

»Ich habe ihr bestimmt gar keinen Eindruck gemacht. Offen gestanden, war ich ihr gegenüber etwas verlegen. Mit solchen Frauen kenne ich mich nicht aus.«

»Solche Frauen — wie Sie sagen — schätzen Männer, die

ihnen gegenüber etwas verlegen sind. Ihre Schüchternheit war charmant.«

»Um Gottes willen! Na, jedenfalls habe ich ja gesagt, ich wolle sie in Paris treffen.«

»Lieber Freund, sie weiß ganz genau, daß Sie nicht im geringsten daran denken, sie in Paris zu treffen. Es ist wirklich schade. Ich kenne sie als sehr wählerisch. Sie haben bei ihr alle Chancen gehabt und diese Tatsache ignoriert.«

»Lieber Himmel, haben Sie denn vergessen, daß ich verheiratet bin?«

Kopeikin hob beide Hände. »Typisch englisch! Da nützt alles Reden nichts. Da kann man nur dastehen und sich wundern.« Er seufzte tief. »Hier kommt die Rechnung.«

Beim Hinausgehen kamen sie an Maria vorbei, die mit ihrer besten Freundin, einer Türkin mit traurigen Augen, an der Bar saß. Ein Lächeln grüßte sie. Graham stellte fest, daß der Mann mit dem zerknitterten braunen Anzug verschwunden war. Auf der Straße war es kalt. Ein Wind war aufgekommen und fuhr durch die an der Mauer befestigten Telefondrähte, daß sie ächzten. Um 3 Uhr morgens wirkte die Stadt Solimans des Prächtigen wie ein Bahnhof, nachdem der letzte Zug abgefahren ist.

»Wir kriegen Schnee«, sagte Kopeikin. »Ihr Hotel ist hier ganz in der Nähe. Wir können zu Fuß gehen, wenn Sie wollen.« Sie zogen los, und er fuhr fort: »Hoffentlich kriegen Sie nicht unterwegs Schnee. Voriges Jahr ist ein Simplon-Orient-Expreß drei Tage bei Saloniki steckengeblieben.«

»Ich werde mir eine Flasche Kognak mitnehmen.«

Kopeikin brummte. »Trotzdem, ich beneide Sie nicht um die Fahrt. Vielleicht werde ich langsam alt. Außerdem — um diese Zeit zu fahren . . .«

»Ach, ich bin auf die Fahrerei eingestellt. Ich langweile mich nicht so schnell.«

»An Langeweile habe ich auch nicht gedacht. Wenn Krieg ist, kann allerlei Unangenehmes passieren.«

»Wahrscheinlich schon.«

Kopeikin knöpfte sich den Mantelkragen hoch. »Ich will Ihnen nur ein Beispiel geben. Im vorigen Krieg reiste ein österreichischer Freund, der geschäftlich in Zürich zu tun gehabt hatte, zurück nach Berlin. Im Abteil saß ein Mann, der ihm erzählte, er sei Schweizer und komme aus Lugano. Während der Fahrt unterhielten sie sich ausführlich. Dieser Schweizer erzählte meinem Freund von seiner Frau und seinen Kindern, seinem Geschäft und seinem Haus. Es schien ein sehr netter Mann zu sein. Aber kurz nachdem sie über die Grenze waren, hielt der Zug auf einer kleinen Station, und Militär und Polizei kamen ins Abteil. Sie verhafteten den Schweizer. Mein Freund mußte auch mit aussteigen, weil er mit dem Schweizer zusammengewesen war. Er regte sich nicht weiter auf. Seine Papiere waren in Ordnung. Er war ein guter Österreicher. Aber der Mann aus Lugano war außer sich vor Angst. Er wurde ganz bleich und heulte wie ein Kind. Später hat man meinem Freund erzählt, der Mann sei kein Schweizer gewesen, sondern ein italienischer Spion, und er würde erschossen werden. Mein Freund war erschüttert. Sehen Sie, wenn einer von etwas spricht, das er liebt, so merkt man's. Alles, was dieser Mann von seiner Frau und seinen Kindern erzählt hatte, war zweifellos wahr — nur eines nicht: seine Familie saß in Italien und nicht in der Schweiz. Krieg«, setzte er feierlich hinzu, »ist nicht schön.«

»Richtig.« Sie standen vor dem Adler-Palace-Hotel. »Wollen Sie nicht noch auf einen Schluck mit raufkommen?«

Kopeikin schüttelte den Kopf. »Es ist sehr nett, daß Sie das vorschlagen, aber Sie müssen schlafen gehen. Ich habe schon ein schlechtes Gewissen, weil ich so lange mit Ihnen aus gewesen bin. Aber unser gemeinsamer Abend war für mich ein Vergnügen.«

»Für mich auch. Ich bin Ihnen sehr dankbar.«

»Nichts zu danken. Verabschieden wollen wir uns jetzt

noch nicht. Ich bringe Sie morgen früh zum Bahnhof. Können Sie um 10 Uhr fertig sein?«

»Ohne weiteres.«

»Dann gute Nacht, lieber Freund!«

»Gute Nacht, Kopeikin!«

Graham ging hinein, trat an die Portierloge, ließ sich seinen Schlüssel geben und bat den Nachtportier, ihn um acht Uhr zu wecken. Dann stieg er, da der Fahrstuhl nachts außer Betrieb war, müde die Treppen zu seinem Zimmer im zweiten Stock empor.

Es lag am Ende des Korridors. Er steckte den Schlüssel ins Schloß, drehte ihn herum, stieß die Tür auf und tastete mit der rechten Hand an der Wand nach dem Lichtschalter.

Im nächsten Augenblick zuckte ein Blitz durch die Dunkelheit, und es gab einen ohrenbetäubenden Knall. Ein Stück Wandverputz traf ihn an der Wange. Ehe er sich rühren oder auch nur denken konnte, blitzte und krachte es wieder, und es war, als würde eine weißglühende Metallstange plötzlich auf seinen Handrücken gepreßt. Er schrie auf vor Schmerz und stolperte vorwärts — aus dem Licht, das vom Korridor hereinfiel, in die Dunkelheit des Zimmers. Wieder knallte es, und etwas Verputz von der Wand hinter ihm fiel zu Boden.

Dann war es still. Er lehnte halb zusammengesunken an der Wand, neben dem Bett, und seine Ohren summten noch von den Detonationen. Er nahm undeutlich das offene Fenster wahr und eine Gestalt, die sich dort bewegte. Seine Hand war gefühllos, aber er spürte Blut an den Fingern hinuntertröpfeln.

Er rührte sich nicht. Sein Herz schlug heftig. Die Luft stank nach Pulverdampf. Dann gewöhnten sich seine Augen an die Dunkelheit, und er sah, daß die Gestalt, die im Zimmer gewesen war, sich durch das Fenster entfernt hatte.

Er wußte, daß neben dem Bett noch ein Lichtschalter sein mußte. Seine linke Hand tastete an der Wand entlang darauf zu. Da berührte sie das Telefon. Fast ohne zu wissen, was er tat, hob er den Hörer ab. Er hörte das Knacken, als der Nachtportier sich am Klappenschrank einschaltete.

»Zimmer 36«, sagte Graham und bemerkte mit Erstaunen, daß er schrie. »Es ist etwas passiert. Ich brauche Hilfe.«

Er legte den Hörer auf, tappte auf das Badezimmer zu und schaltete dort das Licht an. Blut rann aus einer großen Schramme an seinem Handrücken. Durch die Welle von Übelkeit, die ihm von der Magengrube emporquoll, hörte er, wie Türen aufgerissen wurden und erregte Stimmen im Korridor durcheinanderschrien. Jemand hämmerte an die Tür.

2. Kapitel

Die Stauer waren mit dem Laden fertig und machten die Luken zu. Einer der Krane, der die stählernen Schalkleisten an Ort und Stelle hob, war noch in Betrieb. Wenn sie in ihre Lager einrasteten, vibrierte das Schott, an dem Graham lehnte.

Ein weiterer Passagier war an Bord gekommen, und der Steward hatte ihn zu einer Kabine gebracht, die weiter hinten lag. Der Neuankömmling hatte eine Brummstimme und sprach in unsicherem Italienisch mit dem Steward.

Graham stand auf und bemühte sich, mit seiner unverbundenen Hand eine Zigarette aus der Tasche zu ziehen. Es wurde ihm allmählich zu eng in der Kabine. Er sah auf seine Uhr. Das Schiff sollte erst in einer Stunde in See stechen. Er wünschte, er hätte Kopeikin gebeten, mit an Bord zu kommen. Er versuchte, an seine Frau in England zu denken und sich vorzustellen, wie sie mit ihren Freundinnen beim Tee saß. Doch es war, als stünde jemand hinter ihm, hielte ein Stereoskop vor sein geistiges Auge und schöbe ein Bild nach dem anderen zwischen ihn und sein gewohntes Leben, um ihn davon zu trennen: Bilder von Kopeikin und dem Jockey Cabaret, von Maria und dem Mann in dem zerknitterten Anzug, von Josette und ihrem Partner, von zuckenden Blitzen in einem Meer von Dunkelheit und von bleichen, verstörten Gesichtern im Korridor des Hotels. Zu dieser Stunde der Nacht hatte er noch nicht gewußt, was er dann in den kalten, scheußlichen Morgenstunden erfahren hatte. Zunächst war ihm die Geschichte ganz anders erschienen — unangenehm, ausgesprochen unangenehm, aber doch verständlich, erklärlich. Jetzt war ihm zumute, als habe ihm ein Arzt eröffnet, er leide an einer furchtbaren, tödlichen Krankheit, als habe ihn eine andere Welt erfaßt, eine Welt, von der er nur wußte, daß sie scheußlich war.

Die Hand, die das Streichholz an die Zigarette hielt, zitterte. ›Ich brauche Schlaf‹, dachte er.

Als die Welle der Übelkeit verebbte und er fröstelnd im Hotelbadezimmer stand, begannen durch die Watteschicht, die sich um sein Gehirn gelegt zu haben schien, wieder Laute zu dringen. Da war ein unregelmäßiges Pochen, das von weit her kam. Es wurde ihm klar, daß irgend jemand immer noch an die Zimmertür klopfte.

Er wickelte ein Handtuch um seine Hand, ging ins Zimmer zurück und knipste das Licht an. Während er das tat, verstummte das Klopfen, und er hörte das Klirren von Metall. Jemand hatte einen Hauptschlüssel geholt. Die Tür ging auf.

Als erster trat der Nachtportier herein und blickte sich unsicher um. Hinter ihm im Korridor waren die Leute aus den Nachbarzimmern, die nun zurückwichen — aus Angst, das zu sehen, was sie zu sehen hofften. Dann drängte sich ein kleiner, dunkelhaariger Mann, der einen roten Morgenrock über einem blaugestreiften Schlafanzug trug, am Nachtportier vorbei. Graham erkannte in ihm den Mann, der ihm sein Zimmer gezeigt hatte.

»Hier sind Schüsse gefallen«, begann er in französischer Sprache. Dann sah er Grahams Hand und wurde weiß. »Ich ... Sie sind verwundet! Sie sind ...«

Graham setzte sich aufs Bett. »Nicht schlimm. Wenn Sie einen Arzt rufen, damit er mir die Hand richtig verbindet, erzähle ich Ihnen, was passiert ist. Doch vorerst das Wichtigste: der Mann, der geschossen hat, ist aus dem Fenster geklettert. Vielleicht können Sie ihn noch erwischen. Was ist denn unter dem Fenster?«

»Aber ...«, begann der Mann mit schriller Stimme. Er brach ab und riß sich sichtlich zusammen. Dann wandte er sich an den Nachtportier und sagte in türkischer Sprache etwas zu ihm. Der Portier ging hinaus und machte die Tür hinter sich zu. Man hörte, wie sich draußen erregtes Stimmengewirr erhob.

»Und dann muß der Direktor benachrichtigt werden«, sagte Graham.

»Pardon, Monsieur, wir haben ihn schon benachrichtigt. Ich bin der Geschäftsführer.« Er rang die Hände. »Was ist denn passiert? Ihre Hand, Monsieur ... Aber der Arzt wird ja gleich da sein.«

»Gut. Inzwischen muß ich Ihnen erzählen, was passiert ist. Ich bin heute abend mit einem Bekannten aus gewesen. Vor ein paar Minuten bin ich zurückgekommen. Als ich die Tür hier aufmachte, hat jemand, der dicht am Fenster stand, drei Schüsse auf mich abgegeben. Der zweite hat mich an der Hand getroffen. Die beiden anderen sind in die Wand gegangen. Ich habe seine Schritte gehört, aber sein Gesicht habe ich nicht gesehen. Es muß wohl ein Dieb gewesen sein, den ich gestört habe, als ich plötzlich ins Zimmer kam.«

»Das ist ja unerhört!« sagte der Geschäftsführer aufgebracht. Dann wechselte sein Gesichtsausdruck. »Ein Dieb! Ist etwas gestohlen worden, Monsieur?«

»Ich habe noch nicht nachgesehen. Mein Koffer steht da drüben. Er war abgeschlossen.«

Der Geschäftsführer lief durchs Zimmer und kniete sich vor den Koffer. »Er ist noch zu«, verkündete er mit einem Seufzer der Erleichterung.

Graham suchte in seiner Tasche. »Hier sind die Schlüssel. Machen Sie ihn doch mal auf!«

Der Mann tat es. Graham warf einen Blick auf den Kofferinhalt. »Er ist unberührt.«

»Gott sei Dank!« Er zögerte. Offensichtlich überlegte er rasch. »Sie sagen, Ihre Hand sei nicht schlimm verletzt, Monsieur?«

»Nein, ich glaube nicht.«

»Das ist ja noch ein Glück! Als wir die Schüsse hörten, haben wir etwas ganz Schreckliches befürchtet, Monsieur. Sie können sich ja vorstellen ... Aber es ist schon schlimm genug.« Er trat ans Fenster und sah hinaus. »Dieses

33

Schwein! Er muß sofort durch den Garten entwischt sein. Es hat keinen Zweck, nach ihm zu suchen.« Er zuckte resigniert die Achseln. »Jetzt ist er weg, und man kann nichts machen. Ich brauche Ihnen nicht zu versichern, Monsieur, wie sehr wir bedauern, daß Ihnen das gerade im Adler Palace passieren mußte. So etwas ist hier noch nie vorgekommen.« Er zögerte, dann fuhr er rasch fort: »Selbstverständlich werden wir alles tun, um Ihnen über dieses furchtbare Erlebnis hinwegzuhelfen, soweit das in unserer Macht steht. Ich habe dem Portier gesagt, er soll Ihnen einen Whisky bringen, sobald er nach dem Arzt telefoniert hat. Englischen Whisky! Wir haben einen Vorrat für besondere Anlässe. Glücklicherweise ist nichts gestohlen worden. Wir haben nicht voraussehen können, daß so etwas passieren würde, aber wir werden selbstverständlich dafür sorgen, daß Ihnen jede ärztliche Betreuung zuteil wird. Und natürlich berechnen wir Ihnen den Aufenthalt hier nicht. Aber . . .«

»Aber die Polizei wollen Sie nicht holen, damit das Hotel nicht ins Gerede kommt. Habe ich recht?«

Der Geschäftsführer lächelte nervös. »Das würde ja doch nichts nützen, Monsieur. Die Polizei würde nur Fragen stellen und allen Beteiligten Unannehmlichkeiten bereiten.« Er hatte eine Eingebung. »*Allen* Beteiligten, Monsieur!« wiederholte er mit Nachdruck. »Sie sind Geschäftsmann. Morgen früh wollen Sie abreisen. Aber wenn die Polizei hineingezogen wird, wäre das wohl nicht so einfach, Verzögerungen wären nicht zu vermeiden. Und was käme dabei heraus?«

»Daß der Mann gefaßt wird, der auf mich geschossen hat.«

»Aber wie denn, Monsieur? Sie haben sein Gesicht nicht gesehen. Sie könnten ihn nicht wiedererkennen. Es ist nichts gestohlen worden — also führt nichts auf seine Spur.«

Graham zögerte. »Aber wie ist das mit dem Arzt, den Sie holen lassen? Wenn der nun der Polizei meldet, daß hier jemand mit einer Schußwunde ist?«

»Der Arzt wird von der Hotelverwaltung reichlich entschädigt werden, Monsieur.«

An der Tür klopfte es, und der Portier brachte Whisky, Sodawasser und Gläser herein und stellte sie auf den Tisch. Er sagte etwas zu dem Geschäftsführer, der nickte und ihn wieder hinausschickte.

»Der Arzt ist schon unterwegs, Monsieur.«

»Gut. Nein, ich möchte keinen Whisky. Aber trinken Sie doch einen! Sie sehen so aus, als könnten Sie einen brauchen. Ich möchte mal telefonieren. Könnten Sie den Portier bitten, die Crystal Apartments in der Rue d'Italie anzurufen? Ich glaube, die Nummer ist 44 907. Ich möchte Monsieur Kopeikin sprechen.«

»Aber gewiß, Monsieur, ganz wie Sie wünschen.« Er ging zur Tür und rief dem Portier etwas nach. Es folgte ein Gespräch, von dem Graham nichts verstand. Dann kam der Geschäftsführer zurück und goß sich reichlich Whisky ein.

Er nahm den Angriff wieder auf. »Ich glaube, es wäre klüger, sich nicht an die Polizei zu wenden, Monsieur. Ihre Verletzung ist harmlos. Mit der Polizei aber ist es so eine Sache, nicht wahr?«

»Ich weiß noch nicht, was ich tun werde«, zischte Graham. Er hatte starke Kopfschmerzen und in seiner Hand begann es zu klopfen. Der Geschäftsführer ging ihm langsam auf die Nerven.

Das Telefon klingelte. Er rutschte auf dem Bett darauf zu und nahm den Hörer ab.

»Sind Sie es, Kopeikin?«

Er hörte ein verdutztes Brummen. »Graham? Was gibt's denn? Ich bin eben zur Tür hereingekommen. Wo sind Sie?«

»Ich sitze auf meinem Bett. Hören Sie zu! Es ist etwas ganz Blödes passiert. Als ich in mein Zimmer kam, war ein Einbrecher dort. Er versuchte, mich mit einem Revolver abzuknallen, bevor er aus dem Fenster sprang. Ich wurde in die Hand getroffen.«

»Gütiger Gott! Hat es Sie schlimm erwischt?«

»Nein, es ist bloß ein Streifschuß an der rechten Hand. Es ist mir aber mies. Ich habe einen ganz schönen Schreck gekriegt.«

»Sie Ärmster! Erzählen Sie mir doch bitte genau, was vorgefallen ist.«

Graham tat es. »Mein Koffer war verschlossen«, sagte er dann. »Es fehlt nichts daraus. Ich muß ein bißchen zu früh zurückgekommen sein. Aber es ergeben sich Komplikationen. Die Knallerei scheint das halbe Hotel aus dem Schlaf gerissen zu haben, samt dem Geschäftsführer, der hier rumsteht und Whisky trinkt. Sie haben nach einem Arzt geschickt, damit er mir die Wunde verbindet, aber das ist auch alles. Den Einbrecher haben sie nicht verfolgt. Ich glaube kaum, daß sie ihn erwischt hätten, aber vielleicht hätten sie ihn gesehen. Ich sah ihn nicht. Sie sagen, er sei durch den Garten entkommen. Also Sie sehen: Die Leute hier holen die Polizei nicht, wenn ich nicht Krach schlage und es verlange. Begreiflicherweise liegt ihnen nicht daran, daß die Polizei ins Haus kommt und der Ruf des Hotels dadurch leidet. Sie haben mir gesagt, wenn ich Anzeige erstattete, würde die Polizei mich nicht mit dem 11-Uhr-Zug fahren lassen. Das kann schon sein. Aber ich weiß mit den Gesetzen hier nicht Bescheid, und ich möchte mich nicht in ein schiefes Licht bringen, indem ich die Anzeige unterlasse. Sie haben die Absicht, den Arzt zu schmieren. Aber das ist ihre Sache. Die Frage ist: Was mache *ich*?«

Kopeikin schwieg einen Moment. Dann sagte er langsam: »Ich glaube, Sie sollten zunächst gar nichts machen. Überlassen Sie die Sache mir! Ich werde mich mit einem Freund darüber unterhalten. Er hat Beziehungen zur Polizei und ist sehr einflußreich. Sobald ich mit ihm gesprochen habe, komme ich zu Ihnen ins Hotel.«

»Aber das ist doch gar nicht nötig, Kopeikin. Ich . . .«

»Entschuldigen Sie, lieber Freund, aber das ist nötig. Lassen Sie sich verarzten, und bleiben Sie in Ihrem Zimmer, bis ich komme.«

»Ich hatte nicht die Absicht auszugehen«, sagte Graham bissig. Doch Kopeikin hatte schon aufgelegt.

Als er gerade den Hörer zurücklegte, erschien der Arzt, ein magerer, stiller Mann mit fahlem Gesicht, der einen Mantel mit schwarzem Lammfellkragen über seinem Schlafanzug trug. Hinter ihm kam der Hoteldirektor, ein massiger Mensch mit mürrischem Gesicht, der zu glauben schien, das Ganze sei ein Scherz, eigens ausgeheckt, um ihn zu ärgern.

Er glotzte Graham feindselig an, aber bevor er den Mund aufmachen konnte, sprudelte der Geschäftsführer seinen Bericht über den Vorfall heraus, gestikulierend und Augen rollend. Der Direktor stieß beim Zuhören erregte Laute aus und sah Graham nicht mehr feindselig an, sondern mit wachsender Besorgnis. Schließlich machte der Geschäftsführer eine Pause und sprach dann bedeutungsvoll auf französisch weiter.

»Monsieur fährt mit dem 11-Uhr-Zug. Er möchte sich Unannehmlichkeiten ersparen und wird deshalb in dieser Sache die Polizei nicht bemühen. Ich glaube, daß auch Monsieur le Directeur das klug finden.«

»Sehr klug«, stimmte der Direktor im Tone überlegener Weisheit zu, »und höchst diskret.« Er straffte die Schultern. »Monsieur, wir bedauern es außerordentlich, daß Sie das Opfer dieses schmerzhaften, unangenehmen und peinlichen Zwischenfalles geworden sind. Aber selbst das beste Luxushotel kann sich nicht gegen Diebe sichern, die durchs Fenster geklettert kommen. Trotzdem«, fuhr er fort, »ist sich das Adler-Palace-Hotel seiner Verantwortung gegenüber seinen Gästen bewußt. Wir werden das menschenmögliche tun, um die Angelegenheit in Ordnung zu bringen.«

»Ich wäre schon zufrieden, wenn es möglich wäre, dem Arzt zu sagen, daß er sich um meine Hand kümmern soll.«

»Ach richtig, der Arzt! Bitte tausendmal um Entschuldigung!«

Der Arzt, der mit düsterer Miene im Hintergrund gestanden hatte, trat jetzt heran und erteilte auf türkisch knappe Anweisungen. Der Geschäftsführer schloß die Fenster, drehte die Heizung auf und holte eine Emailschüssel, die im Badezimmer mit heißem Wasser gefüllt wurde. Der Arzt nahm das Handtuch von Grahams Hand, tupfte das Blut ab und untersuchte die Wunde. Dann sah er auf und sagte etwas zu dem Direktor.

»Er sagt, es sei nichts Schlimmes, Monsieur«, berichtete der Direktor erfreut, »nichts weiter als eine Schramme.«

»Das habe ich mir gedacht. Gehen Sie ruhig wieder zu Bett, wenn Sie wollen. Ich möchte bloß noch einen heißen Kaffee. Ich friere.«

»Sofort, Monsieur.« Er schnippte mit den Fingern, und der Geschäftsführer sauste los. »Sonst vielleicht noch etwas, Monsieur?«

»Nein, danke, nichts weiter. Gute Nacht!«

»Ganz zu Ihren Diensten, Monsieur. Ein höchst bedauerlicher Vorfall. Gute Nacht!«

Er ging. Der Arzt reinigte die Wunde sorgfältig und verband sie. Graham bedauerte, daß er Kopeikin angerufen hatte. Die Geschichte war vorbei. Unterdessen war es vier Uhr geworden, und er hätte noch ein paar Stunden schlafen können. Leider würde Kopeikin herkommen. Er gähnte mehrmals. Als der Arzt die Hand verbunden hatte, tätschelte er beruhigend den Verband und sah auf. Seine Lippen bewegten sich. Schleppend sagte er: »*Maintenant, il faut dormir.*«

Graham nickte. Der Arzt erhob sich und packte mit der Miene eines Mannes, der einem schwierigen Patienten so gut wie möglich geholfen hat, wieder seine Tasche. Dann blickte er auf seine Uhr und seufzte. »*Très tard*«, sagte er. »*Gidecegim. Adiyo, efendi!*«

Graham kratzte sein Türkisch zusammen: »*Adiyo, hekim efendi! Çok teşekkür ederim.*«

»*Birşey degil. Adiyo!*« Er verbeugte sich und ging.

Kurz darauf scharwenzelte der Geschäftsführer herein,

servierte den Kaffee mit einer routinierten Geste, die andeutete, daß auch er sich wieder zu Bett begeben wolle, und nahm die Whiskyflasche weg.

»Die können Sie da lassen«, sagte Graham. »Ein Bekannter von mir wird mich gleich besuchen kommen. Vielleicht sagen Sie dem Portier . . .«

Während er noch sprach, klingelte das Telefon, und der Nachtportier meldete Kopeikin. Der Geschäftsführer zog sich zurück.

Kopeikin trat mit unnatürlich ernstem Gesicht ins Zimmer.

»Lieber Freund!« begrüßte er ihn. Er sah sich um. »Wo ist der Arzt?«

»Der ist eben gegangen. Nur ein Streifschuß. Nicht weiter schlimm. Ich bin ein bißchen durcheinander, aber sonst fehlt mir nichts. Es ist furchtbar nett von Ihnen, daß Sie mitten in der Nacht noch kommen. Die dankbare Direktion hat mir eine Flasche Whisky gestiftet. Setzen Sie sich und bedienen Sie sich! Ich trinke Kaffee.«

Kopeikin ließ sich in einen Sessel fallen. »Erzählen Sie mir genau, wie sich das abgespielt hat!«

Graham erzählte es ihm. Kopeikin stemmte sich aus dem Sessel hoch und trat ans Fenster. Plötzlich bückte er sich und hob etwas auf. Es war eine kleine Patronenhülse aus Messing. »Aus einer automatischen Pistole, Kaliber 9 Millimeter«, bemerkte er. »Ein unangenehmes Ding!« Er ließ die Hülse wieder zu Boden fallen, machte das Fenster auf und sah hinaus.

Graham seufzte. »Es hat doch keinen Sinn, den Detektiv zu spielen, Kopeikin. Der Mann ist in meinem Zimmer gewesen, ich habe ihn gestört, und da hat er auf mich geschossen. Kommen Sie, machen Sie das Fenster wieder zu und trinken Sie einen Whisky.«

»Nur zu gern, lieber Freund, nur zu gern. Sie dürfen mir meine Neugier nicht übelnehmen.«

Graham kam sich ein wenig undankbar vor. »Es ist sehr

lieb von Ihnen, sich so zu bemühen, Kopeikin. Es tut mir leid, daß ich für nichts soviel Umstände gemacht habe.«

»Es ist gut, daß Sie das getan haben.« Seine Miene war ernst. »Leider müssen noch viel mehr Umstände gemacht werden.«

»Sie meinen, wir sollten zur Polizei gehen? Zu was soll das gut sein? Außerdem geht um 11 Uhr mein Zug, und den möchte ich nicht verpassen.«

Kopeikin trank noch einen Schluck Whisky und setzte sein Glas hart auf den Tisch. »Ich muß Ihnen leider sagen, lieber Freund, daß Sie unter keinen Umständen mit dem 11-Uhr-Zug fahren können.«

»Was soll denn das nun heißen? Selbstverständlich kann ich fahren. Ich bin doch vollkommen gesund.«

Kopeikin sah ihn streng an. »Gott sei Dank sind Sie das. Aber das ändert nichts an den Tatsachen.«

»Tatsachen?«

»Ist Ihnen aufgefallen, daß sowohl Ihr Zimmerfenster wie die Läden davor aufgebrochen worden sind?«

»Nein, die habe ich mir nicht angesehen. Und wenn schon?«

»Wenn Sie aus dem Fenster gucken, sehen Sie, daß darunter eine Terrasse liegt, von der man in den Garten kommt; über der Terrasse ist ein Stahlgestell, das fast bis an die Balkons des zweiten Stocks reicht. Im Sommer ist es mit Strohgeflecht belegt, damit die Leute auf der Terrasse im Schatten essen und trinken können. Dieser Mann ist offenbar mit Hilfe dieses Gestells heraufgeklettert. Das ist leicht. Das brächte ja ich fast fertig. Auf diese Weise hätte er die Balkons sämtlicher Hotelzimmer in diesem Stockwerk erreichen können. Können Sie mir nun sagen, warum er ausgerechnet in eines der wenigen Zimmer mit verriegelten Läden und Fenstern einbricht?«

»Nein, das kann ich natürlich nicht. Ich habe immer gehört, Verbrecher seien Dummköpfe.«

»Sie sagen, es sei nichts gestohlen worden. Der Mann hat

Ihren Koffer nicht aufgemacht. Reiner Zufall, daß Sie gerade rechtzeitig gekommen sind und ihn daran gehindert haben.«

»Ein glücklicher Zufall. Ach, lieber Himmel, reden wir doch von was anderem, Kopeikin! Der Mann ist entwischt. Damit ist die Geschichte erledigt.«

Kopeikin schüttelte den Kopf. »Leider nicht, lieber Freund. Haben Sie nicht auch den Eindruck, daß es ein sehr merkwürdiger Dieb gewesen sein muß? Der Mann benimmt sich, wie sich noch kein anderer Hoteldieb benommen hat. Der bricht gewaltsam ein, obendrein durch ein verriegeltes Fenster. Wären Sie im Bett gewesen, hätte er Sie bestimmt aufgeweckt. Er muß also gewußt haben, daß Sie nicht im Zimmer waren. Er muß außerdem Ihre Zimmernummer festgestellt haben. Besitzen Sie eine Kostbarkeit, die einem Dieb so mühevolle Vorbereitungen wert sind? Nein. Ein merkwürdiger Dieb. Außerdem schleppt er eine Pistole mit, die mindestens ein Kilo wiegt, und gibt damit drei Schüsse auf Sie ab.«

»Na und?«

Kopeikin sprang wütend von seinem Sessel hoch. »Lieber Freund, haben Sie noch nicht begriffen, daß der Mann Sie erschießen wollte, und daß er einzig und allein zu diesem Zweck hergekommen ist?«

Graham lachte. »Dann kann ich nur sagen, daß er ein lausiger Schütze ist. Nun hören Sie mal zu, Kopeikin! Kennen Sie die Legende, die sich hartnäckig in allen nicht-angelsächsischen Ländern der Welt hält? Es heißt, alle Amerikaner und Engländer seien Millionäre und ließen überall große Summen Bargeld herumliegen. Seien Sie mir nicht böse, aber jetzt möchte ich noch ein paar Stunden schlafen. Es war sehr nett von Ihnen, daß Sie hergekommen sind, Kopeikin, und ich bin Ihnen sehr dankbar, aber jetzt . . .«

»Haben Sie schon mal versucht«, fragte Kopeikin, »in einem dunklen Raum mit einer schweren Pistole auf jemanden zu schießen, der gerade zur Tür reinkommt? Vom Korridor fällt kein direktes Licht herein, nur ein Schimmer. Haben Sie's schon einmal probiert? Nein. Es mag sein, daß Sie den Mann sehen können; aber ob Sie ihn auch treffen, ist eine andere Frage. Unter diesen Umständen kann auch ein guter Schütze beim erstenmal leicht vorüberschießen, wie es hier der Fall war. Dieser Fehlschuß macht ihn vielleicht nervös. Vielleicht weiß er nicht, daß Engländer normalerweise keine Schußwaffen bei sich tragen, und rechnet damit, daß Sie zurückschießen. Er schießt schnell noch einmal und trifft Ihre Hand. Sie schreien wahrscheinlich vor Schmerz. Er denkt wahrscheinlich, er habe Sie schwer verwundet. Er schießt ein drittes Mal — kann ja nichts schaden — und verzieht sich dann.«

»Unsinn, Kopeikin! Ich glaube, Sie sind nicht ganz bei sich. Aus welchem Grund könnte wohl jemand mich ermorden wollen? Ich bin doch der harmloseste Mensch auf der Welt.«

Kopeikin starrte ihn kalt an. »Sind Sie das?«

»Was soll denn *das* nun wieder heißen?«

Kopeikin überging die Frage. Er trank seinen Whisky aus. »Ich habe Ihnen gesagt, ich würde einen Freund anrufen. Das habe ich getan.« Er knöpfte sich langsam den Mantel zu. »Ich muß Ihnen leider sagen, lieber Freund, daß wir jetzt sofort zu ihm gehen müssen. Ich wollte es Ihnen sachte beibringen, aber jetzt muß ich wohl offen reden. Heute nacht hat jemand Sie ermorden wollen. Es muß auf der Stelle etwas unternommen werden.«

Graham sprang auf. »Sind Sie wahnsinnig?«

»Nein, lieber Freund, ich bin nicht wahnsinnig. Sie haben mich gefragt, warum jemand Sie ermorden wollte. Es gibt einen guten Grund. Leider kann ich mich nicht genauer äußern. Ich habe meine offiziellen Anweisungen.«

Graham setzte sich wieder. »Kopeikin, ich werde noch verrückt. Wollen Sie mir nicht verraten, von was Sie da quasseln? Freund? Mord? Offizielle Anweisungen? Was soll der ganze Unsinn?«

Kopeikin schaute peinlich berührt drein. »Es tut mir leid, lieber Freund. Ich verstehe, wie Ihnen zumute ist. Ich will Ihnen wenigstens soviel sagen: Ich bin mit diesem Freund eigentlich gar nicht befreundet. Er ist mir sogar unsympathisch. Aber er ist der Chef der Türkischen Geheimpolizei. Er heißt Oberst Haki, sein Büro liegt in Galata, und dort erwartet er uns jetzt zu einer Besprechung dieses Vorfalls. Ich kann Ihnen auch verraten, daß ich annahm, Sie würden vielleicht nicht kommen wollen, und daß ich ihm das gesagt habe. Seine Antwort war – pardon! –, wenn Sie nicht kämen, würden Sie eben geholt werden. Lieber Freund, es hat keinen Zweck, daß Sie wütend werden. Es handelt sich um ganz besondere Umstände. Wenn ich nicht gewußt hätte, daß es in Ihrem und auch in meinem Interesse nötig war, ihn anzurufen, hätte ich's nicht getan. Also, lieber Freund, draußen wartet ein Taxi. Wir müssen gehen.«

Graham stand langsam wieder auf. »Na schön. Ich muß sagen, Sie setzen mich in Erstaunen. Freundliche Besorgnis könnte ich verstehen und anerkennen. Aber das ... nein, Hysterie hätte ich wirklich nicht von Ihnen erwartet. Den Chef der Geheimpolizei mitten in der Nacht aus dem Bett zu holen, das ist doch übergeschnappt. Ich kann nur hoffen, daß er sich nichts daraus macht, wenn er zum Narren gehalten wird.«

Kopeikin lief rot an. »Ich bin weder hysterisch noch übergeschnappt, mein Freund. Ich habe eine unangenehme Pflicht, und ich erfülle sie. Entschuldigen Sie, daß ich das sage, aber ich finde ...«

»Ich kann so ziemlich alles entschuldigen, nur Dummheit nicht«, zischte Graham. »Aber das ist Ihre Sache. Ach, würden Sie mir bitte in den Mantel helfen?«

Verstockt schweigend fuhren sie nach Galata. Kopeikin grollte. Graham hockte in seiner Ecke, starrte trübselig auf die dunklen, kalten Straßen hinaus und wünschte, er hätte Kopeikin nicht angerufen. In einem Hotel von einem Gelegenheitsdieb angeschossen zu werden, war schon dumm genug. Aber in den frühen Morgenstunden zum Chef der Geheimpolizei zitiert zu werden, um ihm davon zu erzählen, das war mehr als dumm, das war blödsinnig. Außerdem war er auch wegen Kopeikin besorgt. Wenn er sich wie ein Idiot benahm, so war das seine Sache. Aber es war gefährlich, das vor einem Mann zu tun, der einem geschäftlich schaden konnte. Es war Graham auch peinlich, daß er unhöflich gewesen war.

Er drehte sich zu Kopeikin. »Was ist denn dieser Oberst Haki für ein Mensch?«

Kopeikin brummte. »Sehr chic, ein Mann von Welt und Weiberheld. Es kursiert die Geschichte, er könne auf einen Sitz zwei Flaschen Whisky trinken, ohne blau zu werden. Möglich ist es. Er hat zu den Atatürk-Leuten gehört. In der provisorischen Regierung von 1919 war er Deputierter. Es kursiert noch eine Geschichte: Er habe Häftlinge umgebracht, indem er sie zu zweit aneinandergefesselt in den Fluß schmeißen ließ, um Proviant und Munition zu sparen. Ich glaube nicht alles, was man mir sagt, und ich bin auch kein Tugendbold, aber, wie gesagt: er ist mir nicht sympathisch. Aber gescheit ist er schon. Na, Sie werden ja selber sehen. Sie können französisch mit ihm reden.«

»Ich verstehe immer noch nicht . . .«

»Sie werden schon.«

Bald darauf hielten sie hinter einem großen amerikanischen Wagen, der die enge Straße, in die sie eingebogen waren, beinahe blockierte. Sie stiegen aus. Graham sah sich vor einer Doppeltür, die der Eingang eines billigen Hotels hätte sein können. Kopeikin drückte auf einen Klingelknopf.

Fast im selben Augenblick wurde der eine Türflügel vom Hausmeister aufgemacht, der sichtlich eben erst aus dem Bett geholt worden war, so verschlafen sah er aus.

»*Haki efendi evde midir?*« fragte Kopeikin.

»*Efendi evde. Yukarda.*« Der Mann wies auf die Treppe. Sie gingen hinauf.

Oberst Hakis Büro lag am Ende eines Korridors im obersten Stockwerk. Auf dem Korridor kam ihnen der Oberst selbst entgegen.

Er war ein großer Mann mit sehnigen Wangen, kleinem Mund und grauem Haar in preußischem Schnitt. Ein schmales Stirnbein, eine lange Hakennase und eine leicht vorgebeugte Haltung gaben ihm etwas Geierhaftes. Er trug einen tadellos sitzenden Offiziersrock, weite Reithosen und sehr enge, blanke Kavalleriestiefel; er hatte den wiegenden Gang eines Mannes, der viel reitet. Abgesehen von der auffallenden Blässe seines Gesichts und den Stoppeln an seinem Kinn deutete nichts an ihm darauf hin, daß er vor kurzem auch geschlafen hatte. Seine grauen Augen waren hellwach. Sie musterten Graham aufmerksam.

»*Ah! Nasil-şiniz. Fransizca konuş-abilir misin.* Ja? Freut mich, Mr. Graham. Richtig, Ihre Wunde!« Lange, gummiartige Finger drückten mit beträchtlicher Kraft Grahams unverbundene Hand. »Hoffentlich schmerzt sie nicht zu sehr. Es muß etwas unternommen werden gegen diesen Lump, der Ihnen nach dem Leben trachtet.«

»Es tut mir leid«, sagte Graham, »daß wir Ihre Nachtruhe unnötigerweise gestört haben, Herr Oberst. Der Mann hat nichts gestohlen.«

Oberst Haki warf einen fragenden Blick auf Kopeikin.

»Ich habe ihn nicht informiert«, sagte Kopeikin gelassen. »Auf Ihren Wunsch übrigens, Herr Oberst. Er glaubt jetzt wohl, daß ich entweder verrückt oder hysterisch sei.«

Oberst Haki lachte leise. »Es ist das Schicksal der Russen, mißverstanden zu werden. Kommen Sie doch in mein Büro, da wollen wir die Sache besprechen.«

Sie folgten ihm — Graham mit der wachsenden Überzeugung, in einem Alptraum zu sein, aus dem er jeden Augenblick aufwachen würde, um festzustellen, daß er beim Zahnarzt war. Der Korridor war auch so kahl und nüchtern wie die Korridore, die man im Traume sieht. Nur roch es stark nach abgestandenem Zigarettenrauch.

Oberst Hakis Büro war geräumig und kalt. Sie setzten

sich vor seinen Schreibtisch, ihm gegenüber. Er schob ihnen eine Schachtel Zigaretten hin, lehnte sich in seinem Sessel zurück und schlug die Beine übereinander.

»Sie müssen sich darüber im klaren sein, Mr. Graham«, sagte er plötzlich, »daß vorhin ein Mordanschlag auf Sie verübt worden ist.«

»Wieso?« fragte Graham nervös. »Es tut mir leid, aber das sehe ich nicht ein. Als ich in mein Zimmer kam, fand ich einen Mann, der durchs Fenster eingestiegen war. Offenbar wollte er irgend etwas stehlen. Ich habe ihn dabei gestört. Er hat auf mich geschossen und sich dann aus dem Staub gemacht. Das ist alles.«

»Soviel ich weiß, haben Sie bei der Polizei keine Anzeige erstattet.«

»Ich war der Meinung, eine Anzeige hätte keinen Zweck. Ich habe ja das Gesicht des Mannes nicht gesehen. Außerdem fahre ich heute mit dem 11-Uhr-Zug nach England, und ich wollte eine Verzögerung vermeiden. Sollte ich in irgendeiner Weise gegen das Gesetz verstoßen haben, so tut es mir leid.«

»*Zarar yok!* Das spielt keine Rolle.« Der Oberst zündete sich eine Zigarette an und blies Rauch zur Decke empor. »Ich muß meine Pflicht erfüllen, Mr. Graham«, sagte er. »Diese Pflicht besteht darin, Sie zu schützen. Leider muß ich Ihnen sagen, daß Sie nicht mit dem 11-Uhr-Zug fahren können.«

»Mich schützen? Vor *was* denn?«

»Ich werde Ihnen einige Fragen stellen, Mr. Graham. Das ist einfacher. Sie arbeiten bei der englischen Waffenfabrik Cator und Bliss Ltd.?«

»Ja. Kopeikin vertritt die Firma in der Türkei.«

»Richtig. Soviel ich weiß, sind Sie Experte für Schiffsgeschütze, Mr. Graham?«

Graham zögerte. Er hatte, wie viele Ingenieure, eine Abneigung gegen das Wort ›Experte‹. Sein Generaldirektor bezeichnete ihn manchmal so, wenn er an ausländische Ma-

rinedienststellen schrieb; aber in solchen Fällen konnte er
sich mit der Überlegung trösten, daß sein Generaldirektor
auch imstande war, ihn einen Vollblut-Zulu zu nennen, um
einem Kunden damit zu imponieren. Sonst aber ärgerte er
sich über das Wort mehr als nötig war.

»Nun, Mr. Graham?«

»Ich bin Ingenieur. Schiffsgeschütze sind mein Fachge-
biet.«

»Wie Sie wollen. Jedenfalls hat die Firma Cator und
Bliss irgendeinen Auftrag von meiner Regierung. Gut. Nun
weiß ich zwar nicht genau, worin der Auftrag besteht« —
die Hand, die die Zigarette hielt, machte eine vage, etwas
affektierte Geste —, »das ist Sache des Marineministeriums.
Doch über gewisse Dinge bin ich informiert. Ich weiß, daß
einige unserer Kriegsschiffe mit neuen Geschützen und Tor-
pedorohren ausgerüstet werden sollen, und daß Sie hier
sind, um das mit unseren Marinewerftexperten zu besprechen. Ich weiß auch, daß unsere Dienststellen die Lieferung
der Neubestückung bis zum Frühjahr verlangt haben. Ihre
Firma hat diese Forderung akzeptiert. Wissen Sie das?«

»Ich weiß seit zwei Monaten kaum noch etwas anderes.«

»*Iyi dir!* Ich muß Ihnen wohl nicht sagen, Mr. Graham,
daß das Marineministerium nicht aus einer Laune heraus
auf diesem Termin besteht. Die internationale Lage erfor-
dert es, daß wir die Neubestückung zum erwähnten Zeit-
punkt in unseren Werften haben.«

»Auch das ist mir bekannt.«

»Ausgezeichnet. Dann werden Sie verstehen, was jetzt
kommt. Die Marinedienststellen in Deutschland und Italien
und Rußland wissen genau, daß diese Kriegsschiffe neu ausgerüstet werden, und sobald das geschehen ist, oder sogar
schon vorher, werden ihre Agenten zweifellos die Einzelheiten herausbekommen, die bis jetzt nur einigen wenigen bekannt sind, darunter Ihnen. Das ist unwichtig. Keine Marine kann so etwas geheimhalten, und keine Marine bildet
sich ein, das zu können. Es wäre für uns vielleicht sogar aus

verschiedenen Gründen von Vorteil, die Einzelheiten selber zu veröffentlichen. Aber« — er hob einen langen, gepflegten Finger — »im Augenblick sind Sie in einer eigentümlichen Lage, Mr. Graham.«

»Da muß ich Ihnen allerdings recht geben.«

Die kleinen grauen Augen des Obersten sahen ihn kalt an. »Ich bin nicht hier, um Witze zu machen, Mr. Graham.«

»Ich bitte um Entschuldigung.«

»Schon gut. Bitte nehmen Sie sich doch noch eine Zigarette. Also wie gesagt, im Augenblick sind Sie in einer eigentümlichen Lage. Sagen Sie: Haben Sie sich in Ihrer Arbeit jemals für unersetzlich gehalten, Mr. Graham?«

Graham lachte. »Wahrhaftig nicht! Ich könnte Ihnen Dutzende von Leuten mit meinen Fachkenntnissen nennen.«

»Dann«, sagte Oberst Haki, »darf ich Sie darauf aufmerksam machen, Mr. Graham, daß Sie im Augenblick tatsächlich unersetzlich sind. Nehmen wir mal an, Ihr Dieb hätte etwas genauer geschossen und Sie säßen jetzt nicht hier bei mir, sondern lägen auf dem Operationstisch im Spital, mit einer Kugel in der Lunge. Wie würde sich das auf die Aufgabe auswirken, die Sie zu erfüllen haben?«

»Die Firma würde selbstverständlich sofort jemand anders herschicken.«

»So?« rief Oberst Haki mit gespieltem Erstaunen. »Das wäre ja großartig. Echt englischer Sportsgeist! Einer fällt, sofort tritt ein anderer unerschrocken an seine Stelle. Aber langsam!« Der Oberst hob einhaltgebietend den Arm. »Ist denn das nötig? Mr. Kopeikin könnte doch sicherlich dafür sorgen, daß Ihre Unterlagen nach England kommen. Dort könnten doch Ihre Kollegen aus Ihren Notizen, Skizzen und Plänen das Notwendige herausfinden, auch wenn die betreffenden Schiffe nicht von Ihrer Firma gebaut wurden, nicht?«

Graham lief rot an. »Ihrem Ton nach wissen Sie genau, daß es nicht so einfach ginge. Über gewisse Dinge durfte ich ja überhaupt keine Aufzeichnungen machen.«

Oberst Haki wippte auf seinem Stuhl. »Ja, Mr. Graham«, er lächelte aufgeräumt, »das weiß ich. Ein anderer Experte müßte hergeschickt werden und Ihre Arbeit zum Teil noch mal machen.« Sein Stuhl kippte krachend nach vorn. »Und mittlerweile«, sagte er durch die Zähne, »wäre der Frühling da, und diese Schiffe lägen immer noch in den Werften von Izmir und Gallipoli und würden auf ihre neuen Geschütze und Torpedorohre warten. Hören Sie mir jetzt zu, Mr. Graham! Die Türkei und Großbritannien sind verbündet. Es liegt im Interesse der Feinde Ihres Landes, daß die Kampfkraft der türkischen Marine, wenn der Schnee schmilzt und der Regen aufhört, noch unverändert dieselbe ist wie heute. *Unverändert dieselbe wie heute!* Sie werden alles unternehmen, um das zu erreichen. *Alles,* Mr. Graham! Haben Sie mich verstanden?«

Graham war beklommen zumute. Er versuchte zu lächeln. »Tönt das nicht ein bißchen nach Kolportage? Wir haben keine Beweise für Ihre Behauptungen. Und schließlich haben wir es hier mit der Wirklichkeit zu tun, nicht mit . . .« Er zögerte.

»Nicht womit, Mr. Graham?« Der Oberst beobachtete ihn wie eine Katze, die sich auf eine Maus stürzen will.

». . . Kintopp wollte ich sagen, aber das schien mir ein bißchen zu unhöflich.«

Oberst Haki stand jäh auf. »Kolportage! Beweise! Wirklichkeit! Kintopp! Unhöflich!« Er nahm die Worte mit Abscheu in den Mund, als wären sie obszön. »Es ist mir egal, was Sie sagen, Mr. Graham. Was mich interessiert, ist Ihr Kadaver. Solange Leben in ihm steckt, ist er für die türkische Republik von Wert. Ich werde, so gut ich kann, dafür sorgen, daß er am Leben bleibt. In Europa herrscht Krieg. Ist Ihnen wenigstens *das* klar?«

Graham schwieg.

Der Oberst starrte ihn einen Augenblick an und fuhr dann in ruhigerem Ton fort: »Vor etwas mehr als einer Woche, als Sie noch in Gallipoli waren, entdeckten wir, das heißt meine Agenten, einen Plan, Sie dort zu ermorden. Das Ganze war sehr ungeschickt und dilettantisch. Sie sollten entführt und abgestochen werden. Da wir nicht so dumm sind und alles, was uns nicht behagt, als Kolportage abtun, gelang es uns, aus den Verhafteten herauszubekommen, daß sie von einem deutschen Agenten aus Sofia bezahlt worden waren — einem gewissen Moeller, über den wir schon seit einiger Zeit im Bilde sind. Er hat sich früher als Amerikaner ausgegeben, bis die amerikanische Gesandtschaft protestiert hat. Dann nannte er sich Fielding. Er legt sich ganz nach Belieben Namen und Nationalitäten zu. Jedenfalls habe ich Mr. Kopeikin hergebeten und ihm davon erzählt, habe ihn aber ersucht, Ihnen nichts zu sagen. Je weniger über solche Sachen gesprochen wird, desto besser, und außerdem wäre es ungeschickt gewesen, Sie bei Ihrer schwierigen Arbeit zu stören. Aber ich glaube, da habe ich einen Fehler gemacht. Ich hatte Grund zu der Annahme, dieser Moeller würde sich mit etwas anderem befassen. Als Mr. Kopeikin mich vernünftigerweise sofort anrief, nachdem er von dem neuen Anschlag gehört hatte, ist mir klar geworden, daß ich die Zielstrebigkeit dieses Herrn aus Sofia unterschätzt hatte. Er hat es also noch einmal versucht. Ich zweifle nicht, daß er es auch ein drittes Mal versuchen wird, wenn wir ihm eine Möglichkeit geben.« Er lehnte sich in seinem Stuhl zurück. »Verstehen Sie jetzt, Mr. Graham? Hat Ihr kompliziertes Gehirn erfaßt, was ich sagen will? Die Sache ist ganz einfach: Jemand will Sie umbringen.«

3. Kapitel

Mit seinem eigenen Tod hatte Graham sich nur beschäftigt, wenn es um Lebensversicherungspolicen ging, und dabei war er stets von der Überzeugung ausgegangen, er werde eines Tages im Bett eines natürlichen Todes sterben. Gewiß, auch Unfälle kamen vor; doch er war ein vorsichtiger Autofahrer, ein aufmerksamer Fußgänger und ein guter Schwimmer; er ritt nicht und kletterte nicht auf Berge, er litt nicht an Schwindelanfällen, er ging nicht auf Großwildjagd, und er hatte nie auch nur den leisesten Wunsch verspürt, sich vor einen fahrenden Zug zu werfen. Kurzum: Seine Überzeugung schien begründet zu sein. Der Gedanke, daß irgend jemand auf der Welt seinen Tod auch nur wünschen könnte, war ihm noch nie in den Sinn gekommen. In diesem Fall hätte er wahrscheinlich schleunigst einen Psychiater aufgesucht. Als er nun vernahm, daß jemand seinen Tod nicht nur wünschte, sondern alles tat, um ihn zu ermorden, war er ebenso tief erschüttert, wie wenn man ihm klipp und klar bewiesen hätte, daß a^2 nicht mehr $= b^2 + c^2$ war, oder daß seine Frau einen Liebhaber hatte.

Graham pflegte von seinen Mitmenschen nur das Beste zu halten, und sein erster unwillkürlicher Gedanke war, daß er etwas Abscheuliches getan haben müsse, wenn ihn jemand ermorden wollte. Denn die bloße Tatsache, daß er seiner Arbeit nachging, konnte doch kein ausreichender Grund sein. Er war bestimmt nicht gefährlich, sagte er sich. Zudem hatte er eine Frau, die auf ihn angewiesen war. Nein, es schien unmöglich, daß ihm jemand nach dem Leben trachten sollte. Es mußte sich um irgendeinen fürchterlichen Irrtum handeln.

»Ja, ich verstehe«, hörte er sich sagen. Er verstand überhaupt nichts. Es war so widersinnig. Er sah, wie Oberst Haki ihn anblickte, ein frostiges Lächeln um den kleinen Mund.

»Erschrocken, Mr. Graham? Sie hören das nicht gern, was? Es ist auch nicht schön. Krieg ist Krieg. Aber es ist etwas anderes, wenn Sie als Soldat an der Front sind. Da kommt es dem Feinde nicht darauf an, gerade Sie abzuknallen, weil Sie Mr. Graham sind. Ihr Nebenmann ist ihm auch recht, es ist alles ganz unpersönlich. Wenn jedoch gerade Sie als Opfer ausersehen sind, ist es nicht so leicht, den Mut zu bewahren. Ich verstehe das, glauben Sie mir! Aber andererseits sind Sie auch im Vorteil gegenüber einem Soldaten. Sie brauchen nur sich selber zu verteidigen. Sie brauchen nicht aufs freie Feld hinauszutreten und anzugreifen. Sie brauchen keine Stellung oder Festung zu halten. Sie können sich aus dem Staube machen, ohne ein Feigling zu sein. Sie müssen sicher nach London kommen. Aber von Istanbul nach London ist ein weiter Weg. Sie müssen, wie der Soldat, Vorsichtsmaßregeln gegen Überraschungen treffen. Sie müssen Ihren Feind kennen. Verstehen Sie mich?«

»Ja, ich verstehe.«

In seinem Hirn war jetzt eisige Ruhe, aber sein Körper schien ihm nicht mehr zu gehorchen. Es war ihm klar, daß er sich möglichst stoisch verhalten mußte, aber immer wieder füllte sich sein Mund mit Speichel, so daß er mehrmals schluckte, und seine Hände und Beine zitterten. Er kam sich wie ein Schuljunge vor, der sich fürchtet.

Ein Mann hatte dreimal auf ihn geschossen. Was für einen Unterschied machte es da schon, ob der Mann ein Dieb war oder einen Mord plante: Er hatte dreimal geschossen — das war der Tatbestand. Und doch machte es einen Unterschied.

»Dann wollen wir mal mit dem anfangen, was sich eben abgespielt hat«, hörte er Oberst Haki sagen, dem die Situation offensichtlich Spaß machte. »Wie Mr. Kopeikin sagt, haben Sie den Mann, der auf Sie geschossen hat, nicht gesehen.«

»Nein. Es war dunkel im Zimmer.«

Kopeikin mischte sich ein. »Ich habe Patronenhülsen gefunden. Kaliber 9 Millimeter — aus einer automatischen Pistole.«

»Viel weiter bringt uns das auch nicht. Es ist Ihnen gar nichts an ihm aufgefallen, Mr. Graham?«

»Nein, leider gar nichts. Alles ging so schnell. Ehe ich's recht begreifen konnte, war er schon weg.«

»Aber er hatte doch wahrscheinlich schon einige Zeit im Zimmer auf Sie gewartet. Ist Ihnen vielleicht irgendein Geruch aufgefallen?«

»Nein. Es roch nur nach Pulverdampf.«

»Um welche Zeit sind Sie in Istanbul angekommen?«

»Um 6 Uhr abends ungefähr.«

»Und erst um 3 Uhr früh sind Sie wieder ins Hotel gekommen. Bitte erzählen Sie mir, wo Sie in der Zwischenzeit gewesen sind!«

»Gern. Kopeikin hat mir Gesellschaft geleistet. Er hat mich vom Bahnhof abgeholt, und wir sind mit einem Taxi zum Adler Palace gefahren. Dort habe ich meinen Koffer abgestellt und mich gewaschen. Dann haben wir etwas getrunken und später gegessen. Wie hieß doch gleich die Bar, Kopeikin?«

»Rumca-Bar.«

»Ja, richtig. Von da sind wir zum Pera Palace gegangen und haben gegessen. Kurz vor elf Uhr sind wir dort weg und zum Jockey Cabaret gegangen.«

»Le Jockey Cabaret! Ich muß mich sehr wundern! Was haben Sie dort gemacht?«

»Wir haben mit einer Araberin getanzt — Maria hieß sie — und haben uns die Vorstellung angesehen.«

»Wir? Zwei Männer und nur ein Mädchen?«

»Ich war ziemlich müde und hatte keine große Lust zum Tanzen. Später haben wir noch mit einer der Kabarett-Tänzerinnen — Josette — in ihrer Garderobe ein Glas getrunken.« Graham kam sich vor wie ein Detektiv, der bei einem Scheidungsprozeß eine Zeugenaussage macht.

»War sie nett, diese Josette?«

»Sehr attraktiv.«

Der Oberst lachte — wie ein Arzt, der seinem Patienten Mut machen will. »Blond oder brünett?«

»Blond.«

»Ah! Ich muß doch mal ins Jockey gehen. Ich habe was versäumt. Und was war dann?«

»Dann sind Kopeikin und ich aufgebrochen. Wir gingen zu Fuß zum Adler Palace zurück, und dort hat Kopeikin sich von mir verabschiedet und ist nach Hause gegangen.«

Der Oberst war erstaunt und belustigt. »Sie haben diese tanzende Blonde sitzenlassen?« Er schnippte mit den Fingern. »Einfach so? Ganz ohne . . . kleine Späße?«

»Ja, ganz ohne kleine Späße.«

»Ach richtig. Sie haben mir ja gesagt, Sie seien müde gewesen.« Er schwang sich auf dem Stuhl herum zu Kopeikin. »Diese Mädchen — die Araberin und diese Josette —, was wissen Sie von denen?«

Kopeikin strich sich über das Kinn. »Ich kenne Serge, den Inhaber des Jockey Cabaret. Der hat mich vor einiger Zeit mit Josette bekanntgemacht. Ich glaube, sie stammt aus Ungarn. Ich weiß nichts Nachteiliges über sie. Die Araberin kommt aus einem Haus in Alexandria.«

»Na gut. Mit denen werden wir uns noch befassen.« Er wandte sich wieder an Graham. »Nun wollen wir mal sehen, Mr. Graham, was wir von Ihnen über den Feind herausbekommen können. Sie sagen, Sie seien müde gewesen?«

»Ja.«

»Aber die Augen haben Sie doch offen gehabt?«

»Ja, natürlich.«

»Hoffentlich. Es ist Ihnen wohl klar, daß Ihnen seit Ihrer Abreise von Gallipoli ständig jemand gefolgt ist?«

»Das war mir nicht klar.«

»So muß es aber gewesen sein. Der Feind hat Ihr Hotel und Ihre Zimmernummer gekannt. Er hat gewartet, bis Sie zurückgekommen sind. Er muß von jedem Ihrer Schritte seit Ihrer Ankunft gewußt haben.«

Plötzlich stand er auf, ging in die Ecke zum Aktenschrank, nahm eine gelbe Mappe heraus, kehrte mit ihr zurück und warf sie vor Graham auf die Schreibtischplatte. »Mr. Graham, in dieser Mappe finden Sie Fotos von 15 Männern. Manche sind klar und deutlich, die meisten sind unscharf und verschwommen. Sie müssen sie sehr aufmerksam anschauen. Bitte, erinnern Sie sich, wie Sie gestern in Gallipoli in den Zug gestiegen sind, und vergegenwärtigen Sie sich alle Gesichter, die Sie — wenn auch nur flüchtig — von diesem Augenblick bis heute früh um 3 Uhr gesehen haben. Dann nehmen Sie sich die Fotos hier vor und sehen Sie, ob Sie eines von diesen Gesichtern wiedererkennen! Nachher kann Mr. Kopeikin sie anschauen, aber ich möchte, daß Sie sie zuerst sehen.«

Graham schlug die Mappe auf. Er fand darin eine Anzahl dünner weißer Karten, ungefähr im Format der Mappe. Auf der oberen Hälfte jedes Blattes war eine Fotografie aufgeklebt. Die Bilder waren alle gleich groß, jedoch offenbar von Originalen verschiedener Größe kopiert. Ein vergrößerter Ausschnitt zeigte mehrere Männer vor einer Baumgruppe. Unter jedem Bild standen in Maschinenschrift einige Absätze in türkischer Sprache — wahrscheinlich das Signalement des Betreffenden.

Die meisten der Aufnahmen waren, wie der Oberst gesagt hatte, verschwommen. In einigen Fällen war das Gesicht nichts weiter als ein grauer Klecks mit dunklen Flecken, die Augen und Nase darstellten. Die scharfen Bilder waren wahrscheinlich im Gefängnis aufgenommen. Die Männer darauf glotzten ihre Peiniger finster an. Ein Bild zeigte einen Neger mit Fez, der den Mund weit offen hatte, als ob er jemandem rechts von der Kamera etwas zuriefe. Langsam und nicht sehr zuversichtlich blätterte Graham die Karten um. Falls er irgendeinen von diesen Männern je im Leben gesehen hatte, so konnte er ihn jedenfalls nicht wiedererkennen.

Auf einmal stolperte sein Herz. Das Foto, das er vor sich

hatte, war bei greller Sonne aufgenommen und zeigte einen Mann mit einem steifen Strohhut, der vor einem Gebäude stand, anscheinend einem Laden, und über die Schulter in die Linse blickte. Sein rechter Arm und sein Körper unterhalb der Gürtellinie waren nicht mehr auf dem Bild, und das, was man sah, war ziemlich unscharf; zudem war die Aufnahme mindestens zehn Jahre alt. Aber die schlaffen, unausgeprägten Gesichtszüge, der gequälte Mund, die kleinen tiefliegenden Augen waren nicht zu verkennen. Es war der Mann mit dem zerknitterten Anzug.

»Nun, Mr. Graham?«

»Der hier — der war im Jockey Cabaret. Die Araberin hat mich beim Tanzen auf ihn aufmerksam gemacht. Sie hat gesagt, er sei gleich nach Kopeikin und mir ins Lokal gekommen und sehe immerfort nach mir. Sie hat mich vor ihm gewarnt. Sie war anscheinend der Meinung, er könnte mir ein Messer in den Rücken stoßen und die Brieftasche entwenden.«

»Hat sie ihn gekannt?«

»Nein. Sie hat nur gesagt, sie kenne den Typ.«

Oberst Haki nahm die Karte und lehnte sich zurück. »Das war sehr klug von ihr. Mr. Kopeikin, haben Sie den Mann gesehen?«

Kopeikin sah sich das Bild an und schüttelte dann den Kopf. »Sehr gut.« Oberst Haki warf die Karten vor sich auf den Schreibtisch. »Sie brauchen sich keine weiteren Bilder mehr anzusehen. Ich weiß jetzt, was ich wissen wollte. Das ist der einzige von den fünfzehn, der uns interessiert. Die andern Bilder habe ich nur dazugelegt, um zu erfahren, ob Sie ihn herausfinden würden.«

»Wer ist es?«

»Er ist gebürtiger Rumäne. Angeblich heißt er Petre Banat; aber das Banat ist ja ein Teil Rumäniens, und ich halte es daher für wahrscheinlich, daß er gar keinen richtigen Familiennamen hat. Wir wissen überhaupt sehr wenig von ihm; aber was wir wissen, reicht schon. Er ist ein Berufskiller. Vor zehn Jahren ist er in Jassy zu zwei Jahren Gefängnis verurteilt worden, weil er geholfen hatte, einen Mann totzutrampeln. Kurz nach seiner Entlassung hat er sich der Eisernen Garde von Codreanu angeschlossen. 1933 kam er wegen Ermordung eines Polizeibeamten in Bucova vor Gericht. Soviel ich weiß, ist er an einem Sonntagnachmittag zu dem Beamten nach Hause gegangen, hat ihn erschossen, seine Frau verwundet, und ist dann seelenruhig wieder weggegangen. Er pflegt vorsichtig zu sein, aber er wußte, daß ihm hier nichts passieren konnte. Der Prozeß war eine Farce. Im Gerichtssaal wimmelte es von Angehörigen der Eisernen Garde, die drohten, den Richter und alle am Prozeß Beteiligten niederzuknallen, wenn Banat verurteilt würde. Natürlich wurde er freigesprochen. Es gab in Rumänien damals viele solche Prozesse. Banat hat in Rumänien noch mindestens vier Morde verübt. Aber als die Eiserne Garde verboten wurde, türmte er und ist nicht wieder zurückgekehrt. Einige Zeit war er in Frankreich, dann hat ihn die Polizei abgeschoben. Er ging hierauf nach Belgrad, aber auch dort hat er sich unbeliebt gemacht, und seitdem treibt er sich in Osteuropa herum.

Es gibt Leute, die sind geborene Mörder. So einer ist Banat. Er ist ein leidenschaftlicher Spieler und hat nie genug Geld. Einmal soll er für ganze 5000 französische Francs plus Spesen einen Mann umgebracht haben.

Aber das alles ist für Sie unwichtig, Mr. Graham. Banat ist jetzt hier in Istanbul. Das ist der springende Punkt. Ich kann Ihnen verraten, daß wir regelmäßig Berichte über die Tätigkeit dieses Herrn Moeller in Sofia bekommen. Vor ungefähr einer Woche haben wir erfahren, daß er sich mit Banat getroffen hat, worauf dieser aus Sofia verschwunden ist. Ich muß gestehen, daß ich dem Umstand keine Bedeutung beimaß, weil ich damals gerade an einem andern Teil von Moellers Agententätigkeit interessiert war. Erst als Mr. Kopeikin mich anrief, ist mir Banat wieder eingefallen, und ich habe mich gefragt, ob er etwa nach Istanbul gekommen sein könnte. Jetzt wissen wir, daß er tatsächlich hier ist. Wir wissen auch, daß Moeller mit ihm gesprochen hat, kurz nachdem der erste Plan zu Ihrer Ermordung schiefgegangen war. Ich glaube, es kann keinen Zweifel geben, daß Banat der Mann gewesen ist, der in Ihrem Zimmer im Adler Palace auf Sie gewartet hat.«

Graham bemühte sich, gleichmütig dreinzuschauen. »Er hat ganz harmlos ausgesehen.«

»Das kommt daher«, sagte Oberst Haki überlegen, »daß Sie keine Erfahrung haben. Der geborene Mörder braucht kein Rohling zu sein. Er ist mitunter sogar recht sensibel. Haben Sie sich einmal mit Psychopathologie befaßt?«

»Leider nicht.«

»Das ist ein sehr interessantes Gebiet. Neben Kriminalromanen sind Krafft-Ebing und Stekel meine Lieblingslektüre. Ich habe meine eigene Theorie über Menschen vom Schlage dieses Banat. Ich glaube, es sind Psychopathen mit einer *idée fixe*. Sie identifizieren ihren Vater nicht mit einer männlichen Gottheit« — er hob warnend den Finger —, »sondern mit ihrer eigenen Impotenz. Wenn sie töten, so töten sie dadurch ihre eigene Schwäche. Da gibt's keinen Zweifel.«

»Sicherlich sehr interessant. Aber können Sie den Mann nicht festnehmen?«

Oberst Haki legte einen seiner blanken Stiefel quer über die Armlehne seines Sessels und spitzte die Lippen. »Da stehen wir vor einem schwierigen Problem, Mr. Graham. Zuerst müssen wir ihn mal finden. Er reist sicherlich mit falschem Paß und unter falschem Namen. Ich kann seinen Steckbrief an alle Grenzposten schicken, und das werde ich natürlich auch tun. Auf diese Weise erfahren wir, wenn er das Land verläßt. Aber festnehmen... Wissen Sie, Mr. Graham, die sogenannte demokratische Regierungsform hat für einen Mann in meiner Position große Nachteile. Es sind komplizierte juristische Formalitäten nötig, um jemanden zu verhaften und festzuhalten.« Er warf die Hände empor

58

— ein Patriot, der den Verfall seines Vaterlandes beklagt.
»Wir brauchen doch einen Grund, um ihn zu verhaften. Wir
haben aber nichts gegen ihn in der Hand. Natürlich könnten wir ihn irgendeines Deliktes beschuldigen und uns hinterher entschuldigen, aber was hätten wir davon? Nichts! Es
tut mir leid, aber wir können nichts gegen Banat unternehmen. Darauf kommt's jetzt aber nicht an.

Jetzt müssen wir zuerst an die Zukunft denken. Wir
müssen überlegen, wie wir Sie sicher nach Hause bekommen.«

»Ich habe, wie schon gesagt, einen Schlafwagenplatz im
11-Uhr-Zug. Ich sehe nicht ein, warum ich den Zug nicht
nehmen sollte. Mir scheint, je früher ich hier wegfahre, desto besser.«

Oberst Haki runzelte die Stirn. »Ich will Ihnen mal
etwas sagen, Mr. Graham. Wenn Sie mit diesem Zug
oder irgendeinem anderen reisen, sind Sie tot, ehe Sie nach
Belgrad kommen. Bilden Sie sich bloß nicht ein, der Mörder
würde sich durch andere Reisende abschrecken lassen. Sie
dürfen den Feind nicht unterschätzen, Mr. Graham. Das
wäre ein verhängnisvoller Fehler. In einem Zug säßen Sie
fest wie die Ratte in der Falle. Malen Sie sich das doch bitte
aus! Von der Türkei bis nach Frankreich hält der Zug unzählige Male. Auf jedem beliebigen Bahnhof könnte Ihr
Mörder zusteigen. Stellen Sie sich mal vor, wie Sie Stunde
um Stunde dasitzen und sich mit Mühe wachhalten, damit
Sie nicht im Schlaf abgestochen werden; wie Sie sich nicht
aus dem Abteil trauen, damit Sie nicht etwa auf dem Gang
niedergeschossen werden; wie Sie ständig vor allen Leuten
Angst haben, von dem Mann, der Ihnen im Speisewagen
gegenübersitzt, bis zum Zollbeamten! Malen Sie sich das
aus, Mr. Graham — dann wird Ihnen klarwerden, daß ein
internationaler Expreß der sicherste Ort auf der Welt ist,
um jemanden umzubringen. Stellen Sie sich doch die Situation vor! Diese Leute wollen verhindern, daß Sie nach England kommen. Daher haben sie, sehr klug und logisch, be-

schlossen, Sie umzubringen. Zweimal haben sie's schon versucht, aber vergeblich. Jetzt warten sie ab, was Sie machen. Hier im Lande werden sie's nicht noch einmal versuchen. Sie werden sich sagen, daß Sie jetzt bestimmt zu gut bewacht sind. Sie werden warten, bis Sie wieder allein sind. Nein! So leid es mir tut, aber mit der Bahn können Sie nicht fahren.«

»Dann weiß ich nicht . . . «

»Wenn der Flugverkehr nicht eingestellt wäre«, fuhr der Oberst fort, »könnten Sie mit dem Flugzeug nach Brindisi fliegen, aber der *ist* nun einmal eingestellt — das Erdbeben —, da kann man nichts machen. Alles ist durcheinander. Die Flugzeuge sind zu Rettungsarbeiten eingesetzt. Aber wir kommen auch ohne sie aus. Das beste ist, Sie fahren mit dem Schiff.«

»Aber das ist doch . . . «

»Einmal pro Woche verkehren kleine Frachtdampfer einer italienischen Linie zwischen Genua und Istanbul. Manchmal, wenn sie eine Ladung haben, fahren sie auch nach Constanza weiter, aber gewöhnlich bloß bis hierher. Unterwegs legen sie im Piräus an. Sie nehmen auch Passagiere mit, höchstens fünfzehn, und wir können uns überzeugen, daß sie alle harmlos sind, ehe das Schiff seine Auslaufgenehmigung bekommt. Wenn Sie nach Genua kommen, haben Sie nur die kurze Bahnfahrt von Genua bis zur französischen Grenze — dann können deutsche Agenten nicht mehr an Sie heran.«

»Aber wie Sie selbst bemerkt haben, ist die Zeit ein wichtiger Faktor. Heute ist der Zweite. Am Achten soll ich zurück sein. Wenn ich erst auf das Schiff warten muß, habe ich schon mehrere Tage Verspätung. Außerdem dauert die Reise selbst mindestens eine Woche.«

»Es wird keine Verzögerung geben, Mr. Graham«, sagte der Oberst. »Ich bin ja nicht blöd. Ehe Sie kamen, habe ich mit der Hafenpolizei telefoniert. In zwei Tagen geht ein Schiff nach Marseille. Es wäre besser gewesen, wenn Sie mit

diesem Kahn hätten fahren können, obwohl er normalerweise keine Passagiere mitnimmt. Aber das italienische
Schiff geht schon heute nachmittag um halb fünf. Morgen
nachmittag können Sie sich in Athen die Beine vertreten.
Samstag früh legen Sie in Genua an. Wenn Sie wollen und
wenn Ihre Visa in Ordnung sind, können Sie Montag früh
in London sein. Wie gesagt — jemand, der als Opfer ausersehen ist, hat gegenüber seinen Feinden einen Vorteil: er kann
sich aus dem Staube machen, kann einfach verschwinden.
Auf hoher See sind Sie genauso sicher wie hier in meinem
Büro.«

Graham zögerte. Er warf einen Blick zu Kopeikin, doch
der Russe betrachtete gerade seine Fingernägel.

»Na, ich weiß nicht recht, Herr Oberst. Das ist ja sehr
nett von Ihnen. Aber nach allem, was Sie mir erzählt haben, täte ich doch wohl am besten, wenn ich mich an den
britischen Konsul hier in Istanbul oder an die britische Bot-
schaft in Ankara wenden würde, ehe ich einen Entschluß
fasse.«

Oberst Haki zündete sich eine Zigarette an. »Und was
erwarten Sie denn vom Konsul oder vom Botschafter? Daß
er Sie mit einem Kreuzer nach Hause schickt?« Er lachte gereizt. »Lieber Mr. Graham, ich bitte Sie nicht, einen Entschluß zu fassen, ich sage Ihnen, was Sie zu tun haben. Ich
mache Sie noch einmal darauf aufmerksam, daß Ihr Leben
für mein Land sehr wertvoll ist. Sie müssen mir schon gestatten, daß ich die Interessen meines Landes so wahre,
wie ich es für richtig halte. Sie sind jetzt wohl müde und
ein bißchen durcheinander. Mir liegt nichts daran, Sie zu
drangsalieren; aber ich muß eines klarstellen: Wenn Sie
nicht freiwillig meinen Anordnungen Folge leisten, bleibt
mir nichts anderes übrig, als Sie zu verhaften, Sie offiziell
des Landes verweisen zu lassen und Sie unter Bewachung an
Bord der *Sestri Levante* zu bringen. Ich hoffe, ich habe mich
klar ausgedrückt.«

Graham spürte, daß er rot wurde. »Völlig klar. Möchten

Sie mir jetzt gleich Handschellen anlegen? Das würde viel Umstände ersparen. Sie brauchen nur . . .«

»Ich finde, Sie sollten tun, was der Herr Oberst vorschlägt, lieber Freund«, mischte sich Kopeikin rasch ein. »Es ist das beste.«

»Das möchte ich lieber allein entscheiden, Kopeikin.« Er blickte aufgebracht vom einen zum andern. Er war durcheinander und fühlte sich elend. Alles war so schnell gegangen. Oberst Haki war ihm äußerst unsympathisch. Kopeikin schien nicht mehr selbständig denken zu können. Es kam ihm vor, als ob sie so leichtfertig Entscheidungen träfen wie Schuljungen beim Indianerspiel. Und doch waren — verdammt noch mal — ihre Schlußfolgerungen logisch. Sein Leben war in Gefahr. Sie verlangten nichts weiter von ihm, als daß er auf einem anderen, sicheren Weg nach Hause fuhr. Das war ein vernünftiges Ersuchen, aber . . . Dann zuckte er die Achseln. »Also meinetwegen. Ich habe ja anscheinend keine Wahl.«

»Na also, Mr. Graham!« Mit der Miene eines Mannes, der ein Kind durch gutes Zureden zur Vernunft gebracht hat, strich sich der Oberst den Uniformrock glatt. »Nun können wir alles in die Wege leiten. Sobald das Büro der Schiffahrtsgesellschaft aufmacht, kann sich Mr. Kopeikin um Ihre Schiffskarte kümmern und sich das Zugbillett remboursieren lassen. Ich werde mir die Personalien der anderen Passagiere vor der Abfahrt zur Genehmigung vorlegen lassen. Von Ihren Mitreisenden haben Sie also nichts zu fürchten, Mr. Graham. Sie werden allerdings feststellen, daß es keine sehr feine Gesellschaft ist. Es ist auch kein Luxusschiff. Diese Linie ist die billigste von und nach Istanbul. Aber Sie nehmen sicher ein wenig Unbequemlichkeit in Kauf, wenn Sie dafür ruhig schlafen können.«

»Wenn ich nur am Achten wieder in England bin, ist es mir egal, wie ich reise.«

»So ist's recht! Und jetzt bleiben Sie am besten bis zur Abfahrt hier. Wir werden es Ihnen so bequem wie möglich machen. Mr. Kopeikin kann Ihren Koffer aus dem Hotel abholen. Ich werde dafür sorgen, daß sich ein Arzt nochmal Ihre Hand ansieht.«

Er sah auf seine Uhr. »Der Portier kann uns jetzt Kaffee kochen. Später kann er Ihnen aus dem Restaurant um die Ecke etwas zu essen holen.« Er stand auf. »Ich will mich gleich mal darum kümmern. Wir können Sie doch nicht vor Mörderkugeln retten und Sie dann verhungern lassen, nicht?«

»Das ist sehr freundlich von Ihnen«, sagte Graham — und dann, als der Oberst im Korridor verschwand: »Ich muß mich bei Ihnen entschuldigen, Kopeikin. Ich habe mich schlecht benommen.«

Kopeikin machte ein bestürztes Gesicht. »Aber lieber Freund! Das kann man Ihnen doch nicht verdenken. Ich bin froh, daß alles so schnell geregelt worden ist.«

»Schnell ja!« Er zögerte. »Kann man diesem Haki trauen?«

»Ihnen ist er wohl auch nicht sympathisch?« Kopeikin lachte kurz. »Eine Frau würde ich ihm nicht anvertrauen, aber Sie — ja.«

»Sie halten es für richtig, daß ich mit diesem Schiff fahre?«

»Freilich. Übrigens, lieber Freund«, fuhr er freundlich fort, »haben Sie einen Revolver im Gepäck?«

»Nein! Wo denken Sie denn hin?«

»Dann nehmen Sie mal den hier!« Er zog einen kleinen Revolver aus der Manteltasche. »Ich habe ihn mir eingesteckt, als ich nach Ihrem Anruf wegging. Er ist voll geladen.«

»Aber ich werde ihn doch gar nicht brauchen.«

»Trotzdem werden Sie sich wohler fühlen, wenn Sie ihn haben.«

»Das bezweifle ich. Na, immerhin . . .« Er nahm den Revolver und betrachtete ihn mit Widerwillen. »Ich habe nämlich noch nie mit so einem Ding geschossen.«

63

»Das ist ganz einfach. Hier entsichern Sie ihn, dann zielen Sie, drücken ab und hoffen auf das Beste.«

»Trotzdem . . . «

»Stecken Sie ihn ein! In Modane können Sie ihn den französischen Zollbeamten abgeben.«

Oberst Haki kam wieder. »Der Kaffee wird schon gekocht. Jetzt wollen wir mal überlegen, womit Sie sich unterhalten können, bis Sie gehen müssen.« Sein Blick fiel auf den Revolver, den Graham in der Hand hatte. »Aha, Sie bewaffnen sich!« Er lächelte. »Ein bißchen Kolportage ist manchmal nicht zu vermeiden, nicht wahr?«

Auf den Decks war jetzt alles still, und Graham konnte hören, was im Innern des Schiffes vor sich ging: Gespräche, Türenschlagen, rasche, geschäftige Schritte auf den Gängen. Jetzt konnte es nicht mehr lange dauern. Draußen wurde es dunkel. Er blickte auf einen Tag zurück, der ihm endlos erschienen war, und wunderte sich, daß ihm sowenig davon in der Erinnerung haftete.

Den größten Teil des Tages hatte er in Oberst Hakis Büro verbracht, gedöst, zahllose Zigaretten geraucht, in alten französischen Zeitungen geblättert. Er erinnerte sich noch an einen Artikel über das französische Mandat in Kamerun. Dann war ein Arzt gekommen, hatte sich mit dem Zustand der Wunde zufrieden gezeigt, sie neu verbunden, und war wieder gegangen. Den Versuch, sich mit der Linken zu rasieren, hatte Graham aufgegeben, als Blut floß. Kopeikin war Grahams Koffer holen gegangen, und dann hatten sie zusammen ein pappiges, lauwarmes Mittagessen aus dem Restaurant verzehrt. Um 2 Uhr war Oberst Haki erschienen, um zu melden, daß auf dem Schiff noch 9 andere Passagiere reisten, darunter 4 Frauen; sie seien alle samt und sonders harmlos, und keiner habe seinen Platz vor weniger als drei Tagen gebucht.

Nun wurde die Gangway eingezogen, denn die letzten der neun Passagiere — ein Mann und eine Frau — waren an

Bord gekommen und in die Kabine neben ihm geführt worden. Ihre Stimmen drangen unangenehm deutlich durch die dünne hölzerne Zwischenwand. Er hörte fast jeden Laut. Sie sprachen französisch und schienen weder jung noch alt zu sein. Sie stritten sich unaufhörlich, anfangs in flüsterndem Ton, als seien sie in der Kirche; aber bald gewöhnten sie sich an ihre Umgebung und sprachen mit normaler Stimme.

»Die Bettwäsche ist feucht.«

»Nein, kalt ist sie, weiter nichts. Außerdem spielt das gar keine Rolle.«

»Findest du? Findest du?« Sie brummte. »Du kannst ja schlafen wie du willst, aber jammere mir nicht wieder etwas von deinen Nieren vor!«

»Kalte Bettwäsche schadet doch den Nieren nichts, chérie!«

»Wir haben unsere Kabine bezahlt. Wir können verlangen, daß alles in Ordnung ist.«

»Wenn du in deinem Leben in keinem schlechteren Bett zu schlafen brauchst, kannst du von Glück reden. Schließlich sind wir ja nicht auf der *Normandie*.«

»Das sieht man auch.« Der Waschtisch wurde aufgeklappt. »Ah! Sieh dir das an! Sieh doch! Soll ich mich darin etwa waschen?«

»Man braucht ja nur einmal das Wasser laufen zu lassen. Es ist halt ein bißchen staubig.«

»Staubig? *Schmutzig* ist es! Dreckig! Das kann der Steward saubermachen, ich rühre das nicht an. Geh und hol ihn! Ich packe unterdessen aus. Meine Kleider sind bestimmt zerdrückt. Wo ist die Toilette?«

»Am Ende des Ganges.«

»Geh schon und bring den Steward. Wenn ich auspacke, ist hier nicht Platz für zwei. Wir hätten mit der Bahn fahren sollen.«

»Natürlich. Aber ich bin derjenige, der die Reise bezahlen muß. Ich bin derjenige, der dem Steward ein Trinkgeld geben muß.«

65

»Du bist derjenige, der zu laut redet. Los, geh schon. Du störst ja alle.«

Der Mann ging hinaus, und die Frau seufzte laut. Graham fragte sich, ob sie wohl die ganze Nacht reden würden. Es konnte auch sein, daß einer von ihnen schnarchte — oder sogar alle beide. Er mußte wohl ein paarmal laut husten, damit sie merkten, wie dünn die Wand war. Und doch war es seltsam beruhigend, jemanden über feuchte Bettwäsche und schmutzige Waschbecken und Toiletten reden zu hören, als ginge es — unwillkürlich kam ihm der Ausdruck in den Sinn — um Leben und Tod.

Leben und Tod! Er stand auf und sah die eingerahmten Rettungsvorschriften vor sich:

CINTURE DI SALVATAGGIO — CEINTURES DE
SAUVETAGE — RETTUNGSGUERTEL — LIFEBELTS
Im Falle von Gefahr ertönt die Dampfpfeife sechsmal kurz und einmal lang, und die Alarmglocken läuten. Auf dieses Signal hin haben die Passagiere ihre Rettungsgürtel anzulegen und sich zum Rettungsboot Nr. 4 zu begeben.

Er hatte solche Anweisungen schon oft gelesen, aber diesmal las er sie genau. Das Papier war vergilbt. Der Rettungsgürtel oben auf dem Schrank sah aus, als sei er seit Jahren nicht angerührt worden. Es wirkte alles so lächerlich beruhigend. »*Im Falle von Gefahr* ...« Im Falle! Leben ohne Gefahr gab es doch gar nicht! Sie war überall, war immer da. Zwar konnte man jahrelang leben, ohne sich ihrer bewußt zu sein; man mochte sich vielleicht sogar bis zum letzten Atemzug einbilden, gewisse Dinge könnten einem *selber* einfach nicht zustoßen, und wenn der Tod zu einem komme, dann nur mit dem freundlichen Argument einer Krankheit oder als ›höhere Gewalt‹. Dennoch war die Gefahr ständig da und lauerte nur darauf, alle bequemen Vorstellungen, die man sich von seinen Beziehungen zu Zeit und Schicksal machte, zu verspotten. Und falls man es vergessen haben sollte, erinnerte sie einen daran, daß Zivilisation nur ein Wort war, und daß man immer noch im Dschungel lebte. Das Schiff schwankte sachte. Der Maschinentelegraph schwirrte und klirrte leise. Der Kabinenboden fing an zu vibrieren. Durch das schmierige Bullauge sah er draußen ein Licht wandern. Das Vibrieren hörte einige Augenblicke auf. Dann begannen die Maschinen rückwärts zu laufen, und das Wasserglas klapperte im Halter an der Wand. Jetzt stoppten sie, dann liefen sie wieder vorwärts, langsam und gleichmäßig. Sie waren im offenen Wasser. Mit einem Seufzer der Erleichterung öffnete Graham die Kabinentür und ging hinauf an Deck.

Es war kalt, aber das Schiff hatte gewendet und bekam den Wind von Backbord. Es schien auf dem öligen Wasser des Hafens festzuliegen, doch die Lichter des Hafens glitten vorüber und entfernten sich. Er sog die kalte Luft in die Lungen. Es war ihm viel besser als in der Kabine. Die selbstquälerischen Gedanken waren weg. Istanbul, Le Jockey Cabaret, der Mann mit dem zerknitterten Anzug, das Adler Palace und sein Direktor, Oberst Haki — all das lag hinter ihm, war vergangen.

Er ging langsam auf dem Deck auf und ab. Bald, sagte er sich, würde er über die ganze Geschichte lachen können. Vielleicht war sie nur ein Traum gewesen? Auf jeden Fall war er jetzt wieder in der wirklichen Welt — war auf dem Weg nach Hause.

Er ging an einem der Mitreisenden vorbei, dem ersten, den er zu sehen bekam — einem älteren Mann, der an der Reling lehnte und die Lichter von Istanbul betrachtete, die in Sicht kamen, als sie die Hafenmole hinter sich ließen. Als er dann am Ende des Decks angelangt war und umkehrte, sah er, daß eine Frau im Pelzmantel gerade aus der Salontür herausgetreten war und auf ihn zukam.

Das Licht auf dem Deck war schwach, und sie war nur noch wenige Meter von ihm entfernt, als er sie endlich erkannte.

Es war Josette.

4. Kapitel

Einen Augenblick lang starrten sie einander verdutzt an. Dann lachte sie. »Nein, so was — das ist ja der Engländer! Sie müssen schon entschuldigen, aber das ist doch wirklich unwahrscheinlich.«

»Das kann man wohl sagen.«

»Und was ist aus Ihrem Abteil 1. Klasse im Orient-Expreß geworden?«

Er lächelte. »Kopeikin meinte, ein bißchen Seeluft würde mir guttun.«

»Haben Sie das denn nötig?« Das strohblonde Haar war mit einem Wollschal bedeckt, der unter dem Kinn zusammengebunden war. Um Graham anzusehen, legte sie den Kopf nach hinten, als hätte sie einen Hut auf, dessen Rand ihr die Sicht erschwerte.

»Offenbar.« Eigentlich, so schien ihm, war sie weit weniger reizvoll als am Abend zuvor in der Künstlergarderobe. Der Pelzmantel war ohne Form, und das Kopftuch stand ihr nicht. »A propos Orient-Expreß«, fügte er hinzu, »was ist denn aus Ihrem Abteil 2. Klasse geworden?«

Ihr Blick war finster, aber um ihre Mundwinkel spielte ein Lächeln. »So reist man wesentlich billiger. Habe ich denn gesagt, ich würde mit der Bahn reisen?«

Graham wurde rot. »Nein, natürlich nicht.« Er merkte, daß er sich ziemlich unhöflich benahm. »Ich freue mich jedenfalls, daß ich Sie so schnell wiedersehe. Ich hatte mir schon überlegt, was ich machen sollte, wenn das Hôtel des Belges geschlossen ist.«

An die Stelle der Koketterie trat ein schmollender Ausdruck. »Mir scheint, Sie sind am Ende doch nicht ehrlich. Sagen Sie mir die Wahrheit — warum sind Sie hier auf dem Schiff?« Sie ging das Deck entlang. Es blieb ihm nichts weiter übrig, als ihr zu folgen.

»Sie glauben mir nicht?«

Sie zog geziert die Schultern hoch. »Sie brauchen's mir nicht zu erzählen, wenn Sie nicht wollen. Ich bin nicht neugierig.« Er glaubte zu verstehen, was ihr durch den Kopf ging. Von ihrem Standpunkt aus gab es wohl nur zwei Erklärungen für seine Anwesenheit auf dem Schiff: Entweder war seine Behauptung, er fahre im Orient-Expreß 1. Klasse, bloße Prahlerei gewesen, mit der er ihr hatte imponieren wollen — was bedeutet hätte, daß es ihm an Geld fehlte —, oder aber er hatte irgendwie erfahren, daß sie mit diesem Schiff reiste, und auf den Luxus des Orient-Expreß verzichtet, um ihr nachzustellen — was bedeutet hätte, daß er Geld im Überfluß hatte. Ihn packte plötzlich der unsinnige Wunsch, sie mit der Wahrheit zu erschrecken.

»Nun gut«, sagte er. »Ich fahre mit dem Schiff, um jemandem aus dem Wege zu gehen, der mich totschießen will.«

Sie blieb jäh stehen. »Ich finde es hier draußen zu kalt«, sagte sie ruhig. »Ich gehe hinein.«

Er war so überrascht, daß er lachte.

»Sie sollten solche dummen Witze lassen!« sagte sie tadelnd. Man konnte sehen, daß sie richtig wütend war.

Er hob seine verbundene Hand hoch. »Ich habe einen Streifschuß bekommen«, sagte er.

Sie zog die Brauen zusammen. »Sie sind wirklich schlimm. Wenn Sie sich die Hand verletzt haben, tut mir das leid. Aber Sie sollten keine Witze darüber machen. Das ist gefährlich.«

»Gefährlich?«

»Es bringt Ihnen Unglück — und mir auch. Es bringt großes Unglück, wenn man solche Witze macht.«

»Ach so!« Er lächelte. »Ich bin nicht abergläubisch.«

»Das kommt daher, daß Sie von diesen Dingen nichts verstehen. Lieber eine schwarze Katze überm Weg als Witze über Mord. Wenn Sie sich gut mit mir stellen wollen, dürfen Sie so etwas nicht mehr sagen.«

»Ich bitte um Entschuldigung«, sagte Graham begütigend. »Ich habe mich bloß mit einem Rasiermesser geschnitten.«

»Ja, die Dinger sind gefährlich! José hat in Algier mal einen Mann gesehen, dem war der Hals mit einem Rasiermesser von einem Ohr bis zum andern aufgeschnitten.«

»Selbstmord?«

»Nein, nein! Seine *petite amie!* Es hat furchtbar geblutet. José erzählt Ihnen das, wenn Sie ihn danach fragen. Es ist eine sehr traurige Geschichte.«

»Ja, das kann ich mir vorstellen. José reist also mit Ihnen zusammen?«

»Selbstverständlich.« Und mit einem Seitenblick setzte sie hinzu: »Er ist doch mein Mann.«

Ihr Mann! Das erklärte, warum sie es bei José aushielt. Es erklärte auch, warum Oberst Haki ihm nichts davon gesagt hatte, daß die ›tanzende Blonde‹ auf dem Schiff reiste. Graham fiel ein, wie prompt José sich aus der Garderobe verzogen hatte. Offenbar hatte das zum Geschäft gehört. ›Attractions‹ in einem Lokal wie dem Jockey Cabaret waren weniger attraktiv, wenn es Ehemänner in der Nähe gab.

Er sagte: »Kopeikin hat mir nichts davon gesagt, daß Sie verheiratet sind.«

»Kopeikin ist ein sehr netter Mensch, aber er weiß nicht alles. Aber ich will Ihnen im Vertrauen sagen, daß meine Ehe mit José nichts als ein Abkommen ist. Wir sind Partner, das ist alles. Eifersüchtig ist er nur, wenn ich des Vergnügens wegen den Beruf vernachlässige.« Sie sagte es so gleichgültig, als erwähne sie eine Klausel in ihrem Vertrag.

»Werden Sie jetzt in Paris tanzen?«

»Ich weiß nicht. Ich hoffe. Aber wegen des Krieges sind so viele Lokale und Kabaretts zu.«

»Was machen Sie, wenn Sie kein Engagement finden?«

»Was werde ich machen? Hungern werde ich. Es wäre nicht das erstemal.« Sie lächelte tapfer. »Das ist gut für die Figur.« Sie legte die Hände an die Hüften und fragte mit einem Blick, was er davon halte. »Finden Sie nicht, ein bißchen hungern würde meiner Figur guttun? In Istanbul wird man dick.« Sie stellte sich in Positur. »Sehen Sie?«

Graham hätte am liebsten gelacht. Das Bild, das auf seine anerkennenden Worte wartete, hatte genau dieselben lockenden Konturen wie eine ganzseitige Zeichnung aus *La Vie Parisienne*. Der Traum des Businessman stand leibhaftig vor ihm: die schöne blonde Tänzerin, verheiratet, aber ungeliebt und männlichen Beistands bedürftig — ein Luxusartikel zu herabgesetztem Preis. »Als Tänzerin hat man's sicher nicht leicht«, sagte er trocken.

»O nein! Viele Leute denken, das ist ein lustiges Leben. Wenn die wüßten!«

»Ja, natürlich. Es wird ein bißchen kalt, nicht? Wollen wir reingehen und etwas trinken?«

»Gern.« Mit entwaffnender Offenheit fügte sie hinzu: »Ich freu mich sehr, daß wir zusammen reisen. Es wäre sonst sicher langweilig gewesen, aber jetzt wird's mir Spaß machen.«

Er antwortete mit einem schwachen Lächeln. Ihm dämmerte, daß er sich zum Narren machte.

»Hier geht's rein, glaube ich«, sagte er.

Der *salone* war ein schmaler Raum von etwa zehn Metern Länge mit Türen zum Schutzdeck und zu der Treppe, die von den Kabinen heraufführte. Ringsherum waren *banquettes* mit grauer Polsterung und an einem Ende drei runde Eßtische, die im Fußboden verankert waren. Einen besonderen Speiseraum gab es offenbar nicht. Ein paar Stühle, ein Spieltisch, ein wackliges Schreibpult, ein Radio, ein Klavier und ein fadenscheiniger Teppich vervollständigten die Einrichtung.

Am hinteren Ende des Raumes schloß sich eine Art Nische an, die durch eine auf halber Höhe geteilte Tür abgetrennt war. Auf der oberen Kante der unteren Türhälfte war ein Brett festgeschraubt, so daß eine Theke entstand. Das war die Bar. Dahinter stand der Steward und machte gerade

Zigarettenkartons auf. Außer ihm war niemand da. Sie setzten sich.

»Was möchten Sie trinken, Mrs. . . .?« begann Graham zögernd. Sie lachte. »José heißt Gallindo, aber ich kann den Namen nicht leiden. Sie müssen Josette zu mir sagen. Ich möchte gern einen englischen Whisky und eine Zigarette, bitte schön.«

»Zwei Whisky«, sagte Graham.

Der Steward steckte den Kopf durch die Tür und sah sie fragend an. »*Wiski? E molto caro*«, sagte er warnend, »*très cher. Cinque lire. Fünf Lire ein Glas. Serr lieb.*«

»Ja, allerdings, aber wir möchten trotzdem welchen.«

Der Steward verzog sich in die Bar und klirrte mit den Flaschen.

»Er ist böse«, sagte Josette. »An Leute, die Whisky bestellen, ist er nicht gewöhnt.« Der spendable Verehrer und der verwirrte Steward schmeichelten ihrer Eitelkeit. Im Lichte des Salons wirkte ihr Pelzmantel billig und alt; aber sie hatte ihn aufgeknöpft und trug ihn um ihre Schultern, als wäre es ein kostbarer Nerz. Sie tat ihm leid, obwohl er wußte, daß für dieses Gefühl eigentlich kein Grund bestand.

»Wie lange tanzen Sie schon?«

»Seit meinem zehnten Lebensjahr. Das war vor zwanzig Jahren. Sie sehen«, bemerkte sie kokettierend, »ich mache Ihnen gegenüber kein Geheimnis aus meinem Alter. Ich bin in Serbien geboren, aber ich sage, ich sei Ungarin, denn das klingt besser. Meine Eltern waren sehr arm.«

»Aber gewiß ehrlich.«

Sie machte ein leicht verdutztes Gesicht. »Ach nein, mein Vater war gar nicht ehrlich. Er war Tänzer, und einmal hat er jemandem aus der Truppe Geld gestohlen. Da haben sie ihn eingesperrt. Dann kam der Krieg, und meine Mutter hat mich mit nach Paris genommen. Ein sehr reicher Mann hat eine Zeitlang für uns gesorgt, und wir hatten eine sehr schöne Wohnung.« Sie seufzte wehmütig — eine verarmte *grande dame,* die dem Glanz entschwundener Zeiten nachtrauert. »Aber er hat sein Geld verloren, und da mußte meine Mutter wieder tanzen. Sie starb, als wir in Madrid waren, und ich wurde wieder nach Paris geschickt, in eine Klosterschule. Dort war's schrecklich. Was aus meinem Vater geworden ist, weiß ich nicht. Wahrscheinlich ist er im Krieg umgekommen.«

»Und José?«

»Den habe ich in Berlin kennengelernt, als ich dort tanzte. Er vertrug sich nicht mit seiner Partnerin. Ein gräßliches Biest war das«, ergänzte sie schlicht.

»Ist das schon lange her?«

»O ja, drei Jahre. Wir sind inzwischen in vielen Städten aufgetreten.« Sie betrachtete ihn mit zärtlicher Besorgnis. »Aber Sie sind müde. Sie sehen müde aus. Und im Gesicht haben Sie sich geschnitten.«

»Ich habe versucht, mich mit einer Hand zu rasieren.«

»Haben Sie ein schönes Haus in England?«

»Meine Frau hat es sehr gern.«

»O *là-là*! Und haben Sie Ihre Frau gern?«

»Ja, sehr.«

»Ich glaube, nach England zieht es mich nicht«, sagte sie nachdenklich. »So viel Regen und Nebel. Ich bin sehr für Paris. Man kann nirgends besser leben als in einer Wohnung in Paris. Es ist nicht teuer.«

»So?«

»Für 1200 Francs im Monat kann man eine sehr schöne Wohnung bekommen. In Rom ist es nicht so billig. Ich habe in Rom eine Wohnung gehabt, die war sehr schön, aber sie hat 1500 Lire gekostet. Mein amerikanischer Verlobter war sehr reich. Er war Autohändler.«

»Das war, ehe Sie José geheiratet haben?«

»Natürlich. Wir wollten heiraten, aber seine Frau in Amerika wollte in eine Scheidung nicht einwilligen. Er hat mir immer gesagt, er würde das schon in Ordnung bringen, aber es war dann doch unmöglich. Es hat mir sehr leid getan. Die Wohnung dort habe ich ein Jahr lang gehabt.«

»Und daher stammen Ihre Englischkenntnisse?«

»Ja. Aber ein bißchen Englisch hatte ich schon in der schrecklichen Klosterschule gelernt.«

Sie wechselte das Thema. »Aber ich erzähle Ihnen so viel von mir. Von Ihnen weiß ich nichts weiter, als daß Sie ein schönes Haus und eine Frau haben, und daß Sie Ingenieur sind. Sie fragen mich aus, aber Sie selber erzählen mir nichts. Ich weiß immer noch nicht, warum Sie hier sind. Das ist gar nicht nett von Ihnen.«

Doch die Antwort darauf blieb ihm erspart. Ein anderer Passagier hatte den Salon betreten und kam auf sie zu, offensichtlich in der Absicht, sich mit ihnen bekannt zu machen. Er war klein, breitschultrig und ungepflegt und hatte ein kräftiges Kinn und einen Kranz schuppigen grauen Haares um den sonst kahlen Schädel. Um seine Lippen lag ein starres Lächeln, wie bei der Puppe eines Bauchredners — eine ständige Abbitte für die Unzulänglichkeit seiner Existenz.

Das Schiff hatte leicht zu schlingern begonnen; aber wenn man sah, wie er sich auf dem Weg durch den Salon an den Stuhllehnen festhielt, hätte man denken können, es sei in einen Sturm geraten.

»Viel Bewegung, was?« sagte er auf englisch und ließ sich in einen Sessel fallen. »Ah, so ist es besser!« Er sah Josette mit spürbarem Interesse an, wandte sich aber Graham zu, als er wieder sprach: »Ich höre, hier wird englisch gesprochen, darum ich komme. Sie sind Engländer, Sir?«

»Ja. Und Sie?«

»Türke. Ich fahre auch nach London. Das ist ein guter Markt. Ich will dort Tabak verkaufen. Mein Name ist Mr. Kuvvetli, Sir.«

»Mein Name ist Graham. Das ist Señora Gallindo.«

»So gut«, sagte Mr. Kuvvetli und verbeugte sich mit dem ganzen Oberkörper, ohne von seinem Sessel aufzustehen. »Ich spreche nicht sehr gut Englisch«, setzte er überflüssigerweise hinzu.

»Es ist eine sehr schwere Sprache«, sagte Josette kalt. Sie war über die Störung offensichtlich verärgert.

»Meine Frau spricht Englisch nicht«, fuhr Mr. Kuvvetli fort. »Darum bringe ich sie nicht mit. Sie ist nicht in England gewesen.«

»Aber Sie waren dort?«

»Ja, Sir, dreimal — Tabak verkaufen. Ich habe nicht viel verkauft vorher, aber jetzt verkaufe ich Menge. Es ist Krieg. Amerikanische Schiffe kommen nicht mehr nach England. Englische Schiffe bringen Geschütze und Flugzeuge aus Amerika und haben nicht Platz für Tabak. Jetzt kauft England viel Tabak von Türkei. Gutes Geschäft für meinen Chef — Firma Pazar & Co.«

»Das kann ich mir denken.«

»Er würde selber kommen nach England, aber er kann nicht englisch sprechen. Auch nicht schreiben. Er ist ungebildet. Ich antworte alle Briefe aus England und anderem Ausland. Aber er versteht viel von Tabak. Wir produzieren den besten.« Er fuhr mit der Hand in die Tasche und zog ein ledernes Zigarettenetui heraus. »Bitte probieren Sie Zigarette aus Tabak von Pazar & Co.!« Er hielt Josette das Etui hin.

Sie schüttelte den Kopf. *»Teşekkür ederim.«*

Graham ärgerte sich über die türkische Antwort, die das höfliche Bemühen des Mannes, eine fremde Sprache zu sprechen, zu mißachten schien.

»Ah!« sagte Mr. Kuvvetli. »Sie sprechen meine Sprache! Das ist sehr gut. Sie sind lange in Türkei gewesen?«

»Dört ay.« Sie wandte sich an Graham. »Ich hätte gern eine von *Ihren* Zigaretten.«

Das war eine bewußte Brüskierung, aber Mr. Kuvvetli lächelte nur von neuem.

Graham nahm eine von den Zigaretten. »Vielen Dank! Es ist sehr nett von Ihnen. Möchten Sie etwas trinken, Mr. Kuvvetli?«

»Ah, nein, danke. Ich muß gehen und zurechtmachen meine Kabine vor Essen.«

»Dann vielleicht später.«

»Ja, gerne.« Mit einem strahlenden Lächeln und einer Verbeugung vor beiden erhob er sich und ging zur Tür.

Graham zündete sich seine Zigarette an. »Mußten Sie so schroff sein? Warum haben Sie den Mann vertrieben?«

Sie schaute böse drein. »Türken! Die kann ich nicht leiden.« Sie suchte im Wortschatz ihres Autohändlers nach einem Kraftausdruck. »Diese gottverdammten Levantiner! Sehen Sie doch, wie dickfellig er ist! Er wird nicht wütend. Er lächelt bloß.«

»Ja, er hat sich sehr gut benommen.«

»Das verstehe ich nicht«, stieß sie ärgerlich hervor. »Im vorigen Krieg haben Sie zusammen mit Frankreich gegen die Türken gekämpft. In der Klosterschule in Paris habe ich viel darüber gehört. Das sind heidnische Bestien, diese Türken. Da waren die Greueltaten in Armenien und die Greueltaten in Syrien und die Greueltaten in Smyrna. Kleine Kinder haben die Türken mit ihren Bajonetten umgebracht. Aber jetzt ist alles anders. Sie stehen gut mit den Türken. Sie sind mit ihnen verbündet und kaufen Tabak von ihnen. Das ist die englische Heuchelei. Ich bin Serbin. Ich habe ein besseres Gedächtnis.«

»Reicht Ihr Gedächtnis auch bis 1912 zurück? Ich denke da an die serbischen Greueltaten in türkischen Dörfern. Die meisten Armeen begehen irgendwann einmal sogenannte Greueltaten. Sie bezeichnen sie gewöhnlich als Vergeltungsmaßnahmen.«

»Die britische Armee etwa auch?«

»Da müssen Sie sich bei einem Inder oder einem Buren erkundigen. Aber Verrückte gibt es in allen Ländern. In manchen Ländern gibt es mehr als in anderen, und wenn man solchen Leuten einen Freibrief gibt, andere Menschen umzubringen, dann nehmen sie's nicht immer sehr genau mit der Art, wie sie das machen. Aber ihre Landsleute bleiben nach meiner Meinung trotzdem Menschen. Mir persönlich sind die Türken sympathisch.«

Sie war sichtlich böse auf ihn. Vermutlich hatte sie Mr. Kuvvetli brüskiert, um Grahams Beifall zu finden. Jetzt ärgerte sie sich, weil ihr das nicht gelungen war.

»Es ist stickig hier drin«, sagte sie, »und es riecht nach Küche. Ich möchte auf Deck spazierengehen. Sie können mitkommen, wenn Sie Lust haben.«

Graham nützte die Gelegenheit. Während sie auf die Tür zugingen, sagte er: »Ich muß noch meinen Koffer auspacken. Ich sehe Sie hoffentlich beim Essen.«

Sie änderte Gesichtsausdruck und Tonfall. Sie wurde eine internationale Schönheit, die mit nachsichtigem Lächeln auf die Launen eines sterblich verliebten Jungen eingeht. »Wie Sie wollen. Nachher wird José bei mir sein. Ich werde Sie mit ihm bekannt machen. Er wird sicher Karten spielen wollen.«

»Ja, Sie haben mir gesagt, daß er das möchte. Vielleicht fällt mir ein Spiel ein, das ich gut kann.«

Sie zuckte die Achseln. »Er gewinnt bestimmt. Aber ich habe Sie gewarnt.«

»Ich werde daran denken, wenn ich verliere.«

Er ging in seine Kabine zurück und blieb dort, bis der Steward mit einem Gong das Essen ankündigte. Als Graham nach oben ging, fühlte er sich wohler. Er hatte sich umgezogen, war mit der Rasur zu Ende gekommen, die er am Morgen angefangen hatte, freute sich aufs Essen und war gewillt, seinen Mitreisenden Interesse entgegenzubringen. Als er den *salone* betrat, saßen die meisten schon an ihren Plätzen.

Die Schiffsoffiziere aßen anscheinend in ihren Quartieren, denn nur zwei der Eßtische waren gedeckt. An dem einen saßen Mr. Kuvvetli, eine Frau und ein Mann, die ihrem Aussehen nach das französische Ehepaar aus der Kabine neben Graham sein mochten, Josette und neben ihr, geschniegelt und gebügelt, José. Graham lächelte den Versammelten höflich zu und bekam dafür von Mr. Kuvvetli ein lautes »Guten Abend«, von Josette ein Heben der Brauen, von

José ein kühles Nicken und vom französischen Ehepaar einen gleichgültigen Blick. Die Atmosphäre war gespannt. Es war etwas anderes als die normale Zurückhaltung von Schiffspassagieren, die zum erstenmal beieinandersitzen.

Der Steward führte ihn an den anderen Tisch.

Dort saß bereits der ältere Mann, den er bei seinem Spaziergang an Deck schon gesehen hatte. Es war ein untersetzter Mann mit runden Schultern, blassem, grob geschnitztem Gesicht, weißem Haar und langer Oberlippe. Als Graham sich neben ihn setzte, blickte er auf. Graham sah in ein Paar hervorquellender blaßblauer Augen.

»Mr. Graham?«

»Ja, guten Abend.«

»Mein Name ist Haller — Dr. Fritz Haller. Ich will Ihnen nur gleich sagen, daß ich Deutscher bin — ein guter Deutscher — und daß ich auf der Heimreise nach Deutschland bin.« Er hatte eine tiefe Stimme und sprach sorgfältig ein sehr gutes Englisch. Graham merkte, daß die Passagiere vom andern Tisch in atemlosem Schweigen herübersahen. Jetzt begriff er den Grund ihrer Spannung.

Er sagte ruhig: »Ich bin Engländer. Aber das haben Sie offenbar schon gewußt.«

»Ja, das habe ich gewußt.« Haller wandte sich seinem Teller zu. »Die Alliierten scheinen hier ja stark vertreten zu sein, und der Steward ist ein Dummkopf. Er hat die beiden Franzosen da drüben hierher gesetzt. Sie wollten nicht mit dem Feind am selben Tisch essen, beleidigten mich und haben sich einen andern Platz gesucht. Wenn Sie es ebenso machen wollen, tun Sie es sofort. Alles wartet auf die Szene.«

»Ja, das sehe ich.« Graham verwünschte innerlich den Steward.

»Andererseits«, fuhr Haller fort, während er sein Brot brach, »sehen Sie vielleicht die Komik der Situation. Mir jedenfalls entgeht sie nicht. Vielleicht fehlt es mir an Patriotismus. Wahrscheinlich müßte ich Sie beleidigen, ehe Sie mich beleidigen; aber ganz abgesehen vom Altersunterschied zwischen uns, der die Sache unfair macht, weiß ich gar nicht, wie ich Sie wirklich beleidigen könnte. Man muß einen Menschen gründlich kennen, ehe man ihn treffen kann, daß es sitzt. Die Französin zum Beispiel hat mich als dreckigen ›Boche‹ beschimpft. Das trifft mich nicht. Ich habe heute morgen gebadet und habe keine widerwärtigen Angewohnheiten.«

»Ich verstehe, was Sie meinen, aber . . .«

»Aber es ist auch eine Frage der Etikette, zweifellos, und ich darf also die Entscheidung Ihnen überlassen. Wechseln Sie den Platz, wenn Sie es für richtig halten! Mich wird es nicht stören, wenn Sie hierbleiben. Wir brauchen in der Konversation bloß die weltpolitischen Themen auszuklammern, und dann können wir die nächste halbe Stunde ganz wie zivilisierte Menschen verbringen. Entscheiden Sie darüber. Sie sind als letzter gekommen.«

Graham griff nach der Speisekarte. »Soviel ich weiß, ignorieren einander die Feinde auf neutralem Boden. Auf jeden Fall aber ersparen sie den Neutralen peinliche Zwischenfälle. Ignorieren können wir einander nicht – dafür hat der Steward gesorgt. Ich sehe keinen Grund, aus einer heiklen Situation einen peinlichen Zwischenfall zu machen. Vor der nächsten Mahlzeit können wir sicher eine andere Sitzordnung arrangieren.«

Haller nickte zustimmend. »Sehr vernünftig. Ich muß gestehen, daß mir Ihre Gesellschaft heute abend lieb ist. Meine Frau ist seekrank und ist darum in der Kabine geblieben. Ich finde die italienische Küche ohne die Würze der Konversation sehr fade.«

»Ich glaube, da muß ich Ihnen recht geben.« Graham lächelte absichtlich und hörte ein Rascheln am Nebentisch. Er hörte auch einen Kraftausdruck der empörten Französin. Er stellte mit Unbehagen fest, daß dies ein Schuldgefühl bei ihm hervorrief.

»Sie haben anscheinend Mißfallen erregt«, sagte Haller. »Das ist zum Teil meine Schuld. Das tut mir leid. Vielleicht liegt es an meinem Alter, aber mir fällt es äußerst schwer, Menschen mit ihren Ideen gleichzusetzen. Ich kann eine Idee mißbilligen oder sogar hassen, aber der Mann, der diese Idee hat und sie vertritt, ist und bleibt für mich ein Mensch.«

»Sind Sie lange in der Türkei gewesen?«

»Ein paar Wochen. Ich bin aus Persien gekommen.«

»Öl?«

»Nein, Mr. Graham, Archäologie. Ich habe dort Forschungen über präislamische Kulturen betrieben. Das wenige, das ich habe feststellen können, scheint darauf hinzudeuten, daß einige Stämme, die vor etwa 4000 Jahren von Osten her in die iranische Hoch-Ebene eingewandert sind, die sumerische Kultur übernommen und sie dann bis lange nach dem Fall von Babylon fast intakt bewahrt haben. Die Art, wie der Adonis-Mythos sich erhalten hat, ist allein schon aufschlußreich. Die Klage um Tammuz war stets der Mittelpunkt der prähistorischen Religionen — der Kult des sterbenden und wiederauferstehenden Gottes. Tammuz, Osiris und Adonis sind die Personifikationen eines sumerischen Gottes bei drei verschiedenen Völkern. Bei den Sumerern hieß er Dumuzida. Genauso hieß er bei den präislamischen Stämmen des Iran! Und sie hatten auch eine höchst interessante Variante des sumerischen Epos von Gilgamesch und Enkidu, die ich noch nicht kannte. Aber verzeihen Sie — ich langweile Sie schon.«

»Durchaus nicht«, sagte Graham höflich. »Sind Sie lange in Persien gewesen?«

»Nur zwei Jahre. Ich wäre noch ein Jahr geblieben, wenn nicht der Krieg gekommen wäre.«

»War das eine Jahr so wichtig?«

Haller spitzte die Lippen. »Es war zum Teil eine Geldfrage. Aber ich glaube, auch sonst wäre ich vielleicht nicht geblieben. Lernen kann man nur, wenn man noch eine Weile zu leben hat. Europa hat zuviel mit seiner Zerstörung zu tun, um sich mit solchen Dingen abzugeben. Einer, der

80

zum Tode verurteilt ist, interessiert sich nur für sich selber, für den Gang der Stunden und für die geringen Anzeichen der Unsterblichkeit der Seele, die er aus den Winkeln seines Bewußtseins heraufbeschwören kann.«

»Ich hätte gedacht, wenn man so mit der Vergangenheit beschäftigt ist . . .«

»Ja, ich weiß schon, der Gelehrte in seinem Studierzimmer kann den Lärm in der Gasse überhören. Vielleicht – wenn er Theologe ist oder Biologe oder Altertumsforscher. Ich bin nichts von alledem. Ich habe bei der Suche nach einer Logik der Geschichte mitgeholfen. Wir hätten die Vergangenheit als Spiegel benutzen sollen, um mit seiner Hilfe um die Ecke in die Zukunft zu sehen. Leider spielt es keine Rolle mehr, was wir hätten sehen können. Wir kehren auf unserem Weg wieder um. Der menschliche Geist zieht sich ins Kloster zurück.«

»Entschuldigen Sie, aber wenn ich nicht irre, haben Sie gesagt, Sie seien ein guter Deutscher.«

Er lachte vor sich hin. »Ich bin alt. Ich kann mir den Luxus der Verzweiflung erlauben.«

»Trotzdem – ich glaube, an Ihrer Stelle wäre ich in Persien geblieben und hätte in sicherem Abstand in meiner Verzweiflung geschwelgt.«

»Das Klima erlaubt leider keine Schwelgerei. Es ist entweder sehr heiß oder sehr kalt. Meiner Frau war es besonders unangenehm. Sind Sie Soldat, Mr. Graham?«

»Nein, ich bin Ingenieur.«

»Das kommt so ziemlich aufs selbe heraus. Ich habe einen Sohn beim Militär. Er war von jeher Soldat. Ich habe nie begriffen, wie ich zu diesem Sohn gekommen bin. Schon als 14jähriger lehnte er mich ab, weil ich keine Schmisse im Gesicht habe. Auf die Engländer war er auch nicht gut zu sprechen, muß ich leider sagen. Wir haben eine Zeitlang in Oxford gelebt, als ich dort zu tun hatte. Eine eindrucksvolle, schöne Stadt! Sie leben in London?«

»Nein, in Nordengland.«

»Ich bin auch in Manchester und in Leeds gewesen. Oxford fand ich am schönsten. Ich selber wohne in Berlin. Ich finde es auch nicht häßlicher als London.« Sein Blick streifte Grahams Hand.

»Sie haben wohl einen Unfall gehabt?«

»Ja. Ravioli kann man zum Glück ebensogut mit der linken Hand essen.«

»Na ja, den einen Vorteil haben sie wohl. Möchten Sie ein Glas von dem Wein?«

»Nein, danke, lieber nicht.«

»Ja, das ist vernünftig von Ihnen. Die besten italienischen Weine kommen nie aus Italien hinaus.« Er senkte die Stimme.

»Ah, da sind die beiden anderen Passagiere!«

Es schien Mutter und Sohn zu sein. Die Frau war ungefähr fünfzig und unverkennbar Italienerin. Ihr Gesicht war eingefallen und bleich, und sie wirkte, als habe sie eine schwere Krankheit hinter sich. Ihr Sohn, ein hübscher junger Mann von etwa achtzehn Jahren, war sehr um sie besorgt und funkelte Graham, der aufgestanden war, um ihr den Stuhl hinzurücken, abweisend an. Beide waren in Schwarz gekleidet.

Haller begrüßte sie in italienischer Sprache. Der Junge antwortete kurz. Die Frau neigte den Kopf, sagte aber nichts. Es war augenfällig, daß sie für sich bleiben wollten. Im Flüsterton besprachen sie den Speisezettel. Graham hörte José am Nebentisch reden.

»Krieg!« sagte er in dickem, klebrigem Französisch. »Der macht nur allen Leuten das Geldverdienen schwer. Soll doch Deutschland alle Gebiete haben, die es haben will! Soll es doch ersticken daran! Und dann wollen wir nach Berlin gehen und uns amüsieren. Es ist lächerlich, gegeneinander zu kämpfen. Dabei kommt doch nichts heraus.«

»Ha!« sagte der Franzose. »Sie als Spanier sagen das? Ha! Sehr gut, ausgezeichnet!«

»Im Spanischen Bürgerkrieg«, sagte José, »habe ich mich

neutral verhalten. Ich mußte arbeiten und Geld verdienen. Der Krieg war doch Wahnsinn. Ich bin einfach nicht nach Spanien gegangen.«

»Krieg ist schrecklich«, sagte Mr. Kuvvetli.

»Aber wenn die Roten gesiegt hätten . . .«, begann der Franzose.

»Ja!« rief seine Frau. »Wenn die Roten gesiegt hätten . . . Die waren gegen das Christentum. Die haben Kirchen angezündet und Reliquien und Heiligenbilder zerstört. Die haben Nonnen geschändet und Priester ermordet.«

»Wie das dem Geschäft schadet!« wiederholte José stur. »Ich kenne einen Mann in Bilbao, der hat ein großes Geschäft gehabt. Wegen des Krieges ist alles kaputtgegangen. Krieg ist stupid.«

»Die Stimme des Narren mit der Zunge des Weisen«, sagte Haller leise. »Ich glaube, ich sehe mal nach, wie es meiner Frau geht. Sie gestatten . . .«

Graham beendete seine Mahlzeit praktisch allein. Haller kam nicht zurück. Mutter und Sohn, die ihm gegenüber saßen, beugten beim Essen die Köpfe über ihre Teller. Irgendein persönlicher Schmerz schien sie miteinander zu verbinden. Graham kam sich wie ein Eindringling vor. Sobald er mit dem Essen fertig war, verließ er den Salon, zog sich den Mantel an und ging an Deck, um vor dem Schlafengehen noch etwas Luft zu schnappen.

Die Lichter der Küste waren schon weit weg und das Schiff rauschte mit dem Wind durch die See. Er kam an die Kajütstreppe, die zum Bootsdeck hinaufführte, blieb eine Weile im Windschatten eines Lüftungsrohres stehen und sah gelangweilt zu, wie unten auf dem Ladedeck ein Mann mit einer Lampe herumging und auf die Keile schlug, mit denen die Planen über den Luken befestigt waren. Es dauerte nicht lange, bis der Mann mit seiner Arbeit fertig war, und Graham begann sich zu fragen, was er wohl mit seiner Zeit auf dem Schiff anfangen sollte. Der Kriminalroman, den er eigentlich in Instanbul schon hatte lesen wollen, reichte nicht mehr lange, und er beschloß daher, sich am nächsten Tage in Athen ein paar Bücher zu besorgen. Kopeikin hatte gesagt, sie würden etwa um 2 Uhr nachmittags im Piräus anlegen und um 5 Uhr weiterfahren. Da hatte er wohl genug Zeit, um mit der Straßenbahn nach Athen hineinzufahren, sich ein paar englische Zigaretten und Bücher zu kaufen, ein Telegramm an Stefanie aufzugeben und rechtzeitig wieder im Hafen zu sein.

Er zündete sich eine Zigarette an und nahm sich vor, schlafen zu gehen, wenn er sie geraucht hatte. Aber als er gerade das Streichholz wegwarf, sah er, daß Josette und José auf das Deck heraufgekommen waren, und daß die Tänzerin ihn gesehen hatte. Zum Rückzug war es zu spät. Sie steuerten auf ihn zu.

»Ach, hier sind Sie!« sagte sie vorwurfsvoll. »Das ist José.«

José, der einen sehr engen schwarzen Mantel und einen weichen grauen Hut mit gewellter Krempe trug, nickte widerwillig und sagte mit der Miene eines Vielbeschäftigten, dem jemand die Zeit stiehlt: »*Enchanté, Monsieur.*«

»José spricht kein Englisch«, erklärte sie.

»Ist auch nicht nötig. Es freut mich, Sie kennenzulernen, Señor Gallindo«, fuhr er auf spanisch fort. »Es war mir ein Vergnügen, Sie und Ihre Frau tanzen zu sehen.«

José lachte ordinär. »Das war gar nichts. Die Bude war unmöglich.«

»José war die ganze Zeit böse, weil Coco — die Negerin mit der Schlange, wissen Sie noch? — von Serge mehr Gage bekam als wir, obwohl wir die Hauptnummer waren.«

José sagte etwas Nichtwiederzugebendes auf spanisch.

»Sie war Serges Bettschatz«, sagte Josette. »Da lächeln Sie, Mr. Graham, aber es stimmt. Nicht wahr, José?«

José machte mit den Lippen unappetitliche Geräusche.

»José hat so ein schlechtes Benehmen«, bemerkte Josette. »Aber das mit Serge und Coco stimmt. Die Geschichte ist sehr *drôle*. Mit Fifi, der Schlange, ist nämlich etwas furchtbar Komisches passiert. Coco liebte ihre Fifi heiß und nahm sie immer mit ins Bett. Aber Serge hat davon nichts gewußt und es erst gemerkt, als er mit ihr schlafen wollte. Coco sagte, als er Fifi in ihrem Bett fand, sei er ohnmächtig geworden. Erst als er ihre Gage verdoppelte, bequemte sie sich, Fifi aus dem Bett zu nehmen und sie in ihrem Korb allein schlafen zu lassen. Serge ist nicht dumm — sogar José sagt, daß Serge nicht dumm sei. Aber Coco behandelt ihn wie Dreck. Das kann sie sich leisten, weil sie so temperamentvoll ist.«

»Mit den Fäusten sollte er sie bearbeiten«, sagte José.

»Ah!*Salaud*!« Sie wandte sich an Graham. »Und Sie — finden Sie das auch?«

»Ich kenne mich nicht aus mit Schlangenbeschwörerinnen.«

»Ah! Sie weichen aus. Ihr Männer seid Unmenschen!« Sie machte sich offenbar auf seine Kosten lustig.

Er sagte zu José: »Sind Sie diese Strecke schon mal gefahren?«

José zündete sich eine Zigarette an. »Ich habe schon genug von diesem Schiff«, verkündete er. »Es ist schmutzig, es ist langweilig, und es schaukelt entsetzlich. Zudem sind die Kabinen zu dicht bei den Toiletten. Spielen Sie Poker?«

»Ich habe früher mal gespielt. Aber ich spiele nicht besonders gut.«

»Ich hab's Ihnen ja gesagt!« rief Josette.

»Weil ich gewinne, denkt sie, ich mogle«, sagte José mürrisch. »Ich pfeife auf das, was sie denkt. Das Gesetz zwingt niemanden, mit mir Karten zu spielen. Was quieken denn die Leute wie Schweine, die man absticht, wenn sie verlieren?«

»Ja, das ist nicht ganz logisch«, stimmte Graham taktvoll zu.

»Wenn Sie wollen, können wir jetzt gleich spielen«, sagte José, als hätte man ihm vorgeworfen, er lehne eine Herausforderung ab.

»Für heute möchte ich's lieber sein lassen, wenn Sie's mir nicht übelnehmen. Ich bin ziemlich müde. Ich möchte jetzt schlafen gehen, wenn Sie gestatten.«

»So zeitig schon?« schmollte Josette und verfiel ins Englische: »Auf dem ganzen Schiff ist nur ein einziger interessanter Mensch, und der geht schlafen. Schade! Sie sind überhaupt ein Schlimmer. Warum sind Sie beim Abendessen mit diesem Deutschen am selben Tisch gesessen?«

»Er hatte nichts dagegen, daß ich mich neben ihn setzte. Was sollte *ich* meinerseits dagegen haben? Er ist ein sehr netter, gescheiter alter Knabe.«

»Er ist aber doch Deutscher. Für Sie dürfte kein Deutscher nett oder gescheit sein. Die beiden Franzosen haben schon recht: Die Engländer nehmen solche Probleme nicht ernst.«

José machte plötzlich auf dem Absatz kehrt. »Es ist so langweilig, wenn man sich dieses englische Gefasel anhören muß«, sagte er, »und mir ist kalt. Ich gehe einen Kognak trinken.«

Graham setzte zu einer Entschuldigung an, aber die Tänzerin fiel ihm ins Wort: »Er ist heute ganz unleidlich. Das liegt daran, daß er enttäuscht ist. Er hat gedacht, er würde hier ein paar niedliche kleine Mädchen finden, denen er schöne Augen machen könnte. Er hat immer großen Erfolg bei niedlichen kleinen Mädchen — und bei alten Frauen.«

Sie hatte laut gesprochen und in französischer Sprache. José, der bei der Kajütentreppe angekommen war, drehte sich um und rülpste anzüglich, ehe er hinunterging.

»Er ist weg«, sagte Josette. »Ich bin froh. Er benimmt sich so schlecht.« Sie holte tief Atem und blickte zu den Wolken empor. »Es ist ein herrlicher Abend. Ich verstehe nicht, warum Sie schlafen gehen wollen. Es ist doch noch so zeitig.«

»Ich bin sehr müde.«

»Aber Sie sind doch nicht zu müde, um mit mir ein Stück auf dem Deck spazierenzugehen?«

»Nein, das freilich nicht.«

An einer Ecke des Decks, unterhalb der Brücke, wo es sehr dunkel war, blieb sie stehen, drehte sich plötzlich um und lehnte sich mit dem Rücken an die Reling, so daß er ihr gegenüberstand.

»Ich glaube, Sie sind böse auf mich«, sagte sie.

»Aber nicht doch! Weshalb denn?«

»Weil ich zu Ihrem kleinen Türken so schroff gewesen bin.«

»Er ist nicht *mein* kleiner Türke.«

»Aber böse sind Sie?«

»Ach wo!«

Sie seufzte. »Sie sind ein rätselhafter Mensch. Sie haben mir immer noch nicht gesagt, warum Sie mit diesem Schiff fahren. Das möchte ich so gerne wissen. Daran, daß es billig ist, kann es nicht liegen. Sie tragen doch teure Anzüge.«

Er konnte ihr Gesicht nicht sehen, nur undeutliche Umrisse ihrer Figur, aber er roch ihr Parfüm und den muffigen Pelzmantel. Er sagte: »Ich kann mir wirklich nicht vorstellen, warum Sie sich dafür interessieren sollten.«

»Aber Sie wissen ganz genau, daß ich mich nun einmal dafür interessiere.«

Sie war etwas näher herangekommen. Er wußte, daß er sie küssen konnte, wenn er wollte, und daß sie den Kuß erwidern würde. Er wußte auch, daß es sich nicht um einen flüchtigen-nichtigen Kuß handeln würde, sondern um einen verbindlichen, der ein Gespräch über ein Verhältnis einleitet. Mit Erstaunen stellte er fest, daß er diesen Gedanken nicht augenblicklich verwarf, ja, daß der Gedanke, ihren vollen Mund zu küssen, mehr als reizvoll für ihn war. Ihm war kalt, er war müde — sie war nah, er konnte die Wärme ihres Körpers fühlen. Es würde niemandem schaden, wenn . . .

»Fahren Sie über Modane nach Paris?« fragte er.

»Ja. Aber was soll die Frage? Das ist doch die Strecke nach Paris.«

»Wenn wir nach Modane kommen, will ich Ihnen genau erzählen, warum ich mit diesem Schiff gefahren bin, wenn Sie sich dann noch dafür interessieren.«

Sie wandte sich wieder um, und sie gingen weiter. »Vielleicht ist es nicht so wichtig«, sagte sie. »Sie dürfen nicht denken, ich sei neugierig.«

Sie kamen an der Kajütstreppe an. Ihr Verhalten ihm gegenüber hatte sich merklich verändert. Sie sah ihn mit freundlicher Besorgnis an. »Ja, mein Lieber, Sie sind müde. Ich hätte Ihnen nicht zureden sollen, hier oben zu bleiben. Ich werde allein noch ein bißchen spazierengehen. Gute Nacht!«

»Gute Nacht, Señora.«

Sie lächelte. »Señora! Seien Sie nicht so ungalant! Gute Nacht!«

Amüsiert und mit seinen Gedanken beschäftigt ging er nach unten. Vor der Tür des Salons sah er sich Mr. Kuvvetli gegenüber.

Mr. Kuvvetlis Lächeln wurde breit. »Erster Offizier sagt, Wetter wird gut.«

»Ausgezeichnet.« Mit Beklemmung fiel ihm dann ein, daß er den Mann aufgefordert hatte, mit ihm ein Glas zu trinken. »Wollen Sie nicht mit mir in die Bar kommen?«

»Nein, danke, jetzt nicht.« Mr. Kuvvetli legte eine Hand auf die Brust. »Ich habe Schmerz von Wein bei Essen. Sehr stark und sauer!«

»Das kann ich mir vorstellen. Bis morgen dann!«

»Ja, Mr. Graham. Sie werden froh sein, wenn Sie wieder zu Hause sind, nicht wahr?« Er schien sich unterhalten zu wollen.

»O ja, sehr froh.«

»Fahren Sie zu Athen, wenn wir landen morgen?«

»Ich hatte daran gedacht.«

»Sie kennen Athen gut, ja?«

»Ich bin schon einmal dort gewesen.«

Mr. Kuvvetli zögerte. Er lächelte einschmeichelnd. »Sie können mir Gefallen tun, Mr. Graham.«

»Ja?«

»Ich kenne nicht Athen. Ich bin niemals dagewesen. Wollen Sie mir erlauben, daß ich mit Ihnen fahre?«

»Ja, gern. Dann hätte ich Gesellschaft. Aber ich wollte mir nur ein paar englische Bücher und Zigaretten kaufen.«

»Ich bin sehr dankbar.«

»Aber nicht doch! Wir kommen kurz nach Mittag an, nicht wahr?«

»Ja, ja. Das ist ganz richtig. Aber ich werde erkunden nach genauer Zeit. Sie überlassen mir.«

»Also abgemacht. Ich glaube, ich gehe jetzt schlafen. Gute Nacht, Mr. Kuvvetli.«

»Gute Nacht, Mr. Graham! Und ich danke für Freundlichkeit.«

»Aber nicht doch! Gute Nacht.«

Er ging in seine Kabine, klingelte dem Steward und bestellte seinen Morgenkaffee für halb zehn in die Kabine. Dann zog er sich aus und ging zu Bett.

Einige Minuten lag er auf dem Rücken und kostete die allmähliche Entspannung der Muskeln aus. Nun endlich konnte er Haki, Kopeikin, Banat und alles andere vergessen. Er war wieder in seinem eigenen Leben und konnte schlafen. Der Ausdruck ›in Schlaf sinken‹ ging ihm durch den Kopf. So würde es ihm jetzt sicher ergehen. Er war weiß Gott müde genug. Er drehte sich auf die Seite. Doch so leicht kam der Schlaf nicht. Sein Gehirn gab keine Ruhe. Es war, als käme die Nadel aus einer Rille der Schallplatte nicht heraus. Er hatte sich mit dieser blödsinnigen Josette lächerlich gemacht. Er hatte sich ... Er gab sich einen Ruck, um weiterzudenken. Richtig! Er hatte drei geschlagene Stunden in Mr. Kuvvetlis Gesellschaft vor sich. Doch das würde erst morgen sein. Zunächst einmal schlafen. Aber in seiner Hand klopfte es wieder, und es gab anscheinend allerlei Geräusche. Dieser ungehobelte José hatte recht gehabt. Das Schaukeln *war* entsetzlich. Die Kabinen *lagen* zu nahe an den Toiletten. Außerdem hörte er über sich

89

Schritte. Jemand lief auf dem Schutzdeck herum, hin und her. Warum, zum Teufel, mußten die Leute nur immer herumlaufen?

Er hatte eine halbe Stunde wach gelegen, als die beiden Franzosen in ihre Kabine kamen. Ein paar Minuten lang sprachen sie nicht, und er hörte nur die Geräusche, die sie beim Umhergehen machten, und ab und zu ein Brummen.

Dann fing die Frau an: »Na, den ersten Abend hätten wir hinter uns. Noch drei! Schon der Gedanke . . .«

»Auch die werden vergehen.« Ein Gähnen. »Was ist denn mit dieser Italienerin und ihrem Sohn los?«

»Hast du es nicht gehört? Ihr Mann ist bei dem Erdbeben in Erzerum ums Leben gekommen. Der Erste Offizier hat mir's erzählt. Der ist sehr nett, aber ich hatte gehofft, es würde wenigstens irgendein Franzose da sein, mit dem man reden könnte.«

»Es sind doch Leute da, die Französisch sprechen. Der kleine Türke kann's gut. Und es sind auch noch andere da.«

»Aber das sind doch keine Franzosen. Diese Person und der Mann — der Spanier — man sagt, es seien Tänzer. Ich bitte dich!«

»Hübsch ist sie.«

»Sicher. Das bestreite ich nicht. Aber du brauchst dir keine Hoffnungen zu machen. Die interessiert sich für den Engländer. Der ist mir nicht sympathisch. Er sieht gar nicht aus wie ein Engländer.«

»Du bildest dir ein, alle Engländer seien *milords* mit Jagdanzügen und Monokel. Ha! Ich hab die Tommies kennengelernt, damals, 1915. Die sind alle klein und unansehnlich und reden laut. Sie sprechen sehr schnell. Dieser da ist mehr wie die Offiziere — die sind schlank und ruhig und machen ein Gesicht, wie wenn alles sie anwidern würde.«

»Der ist kein englischer Offizier. Er hat was für die Deutschen übrig.«

»Du übertreibst. Mit diesem alten Mann hätte ich mich selber ohne weiteres an den Tisch gesetzt.«

»Ah! Das sagst du, aber das glaube ich nicht.«

»Nicht? Wenn man Soldat ist, nennt man einen *boche* nicht einen ›dreckigen *boche*‹. Das machen nur die Frauen und andere Zivilisten.«

»Du bist verrückt. Die sind doch dreckig. Es sind Unmenschen, wie die in Spanien, die Nonnen geschändet und Priester ermordet haben.«

»Aber du vergißt, mein Liebling, daß auch viele von Hitlers *boches* in Spanien gegen die *Roten* gekämpft haben. Das vergißt du. Du denkst nicht logisch.«

»Das sind nicht dieselben, die Frankreich angreifen. Das waren katholische Deutsche.«

»Du redest Unsinn! Habe ich nicht 1917 eine Kugel von einem bayerischen Katholiken in den Bauch gekriegt? Du gehst mir auf die Nerven. Du redest Unsinn. Sei doch still!«

»Nein, du bist's, der . . .«

Sie redeten weiter. Graham hörte nicht mehr viel davon. Ehe er sich entschließen konnte, laut zu husten, war er eingeschlafen.

Er wachte nur einmal in der Nacht auf. Das Schwanken hatte aufgehört. Er blickte auf seine Uhr, sah, daß es halb drei war, und vermutete, daß sie in Chanaq hielten, um den Lotsen abzusetzen. Ein paar Minuten später, als die Maschinen wieder in Gang kamen, schlief er von neuem ein.

Erst als der Steward ihm sieben Stunden später seinen Kaffee brachte, erfuhr er, daß der Lotsenkutter aus Chanaq ein Telegramm für ihn mitgebracht hatte. Es war adressiert: GRAHAM, VAPUR LEVANTE, CANAKKALE. Er las: »H. LAESST IHNEN MITTEILEN, B. VOR EINER STUNDE NACH SOFIA ABGEFAHREN. ALLES IN ORDNUNG. FREUNDLICHE GRUESSE. KOPEIKIN.«

Das Telegramm war um 7 Uhr abends in Beyoglu aufgegeben worden.

5. Kapitel

Es war ein herrlicher Tag: leuchtende Farben, Sonne und rosa Wölkchen, die im Ätherblau dahinsegelten. Eine steife Brise wehte, und der Bug der *Sestri Levante* schnitt durch die violette See, auf der weiße Schaumkronen blinkten, und schleuderte Wolken von Gischt empor, die der Wind über das Ladedeck trieb wie Hagel. Der Steward hatte Graham gesagt, die Insel Makronision sei schon in Sicht, und als er aufs Deck hinaustrat, sah er sie: ein schmaler goldener Streifen, der in der Sonne schimmerte und sich vor ihnen erstreckte wie eine Sandbank an der Einfahrt zu einer Lagune.

Noch zwei andere Passagiere standen auf der gleichen Deckseite: Haller und, an seinem Arm, eine kleine, verschrumpelte Dame mit dünnem grauem Haar, die seine Frau sein mußte. Sie hielten sich an der Reling fest, und er reckte den Kopf empor, als wolle er Kraft einatmen. Den Hut hatte er abgenommen, und sein weißes Haar flatterte im Wind.

Sie hatten ihn wohl nicht gesehen. Er ging weiter, hinauf zum Bootsdeck. Dort blies der Wind stärker. Mr. Kuvvetli und die Franzosen standen an der Reling, hielten ihre Hüte fest und beobachteten die Möwen, die dem Schiff folgten. Mr. Kuvvetli sah ihn sogleich und winkte. Er ging zu ihnen hin.

»Guten Morgen, *Madame, Monsieur!*«

Sie begrüßten ihn reserviert, aber Mr. Kuvvetli war überschwenglich: »Es *ist* wirklich guter Morgen, nicht wahr? Sie haben gut geschlafen? Ich freue mich auf Ausflug nachmittag. Gestatten Sie, daß ich vorstelle — Monsieur und Madame Mathis — Monsieur Graham.«

Sie gaben einander die Hand. Mathis war ein Mann von etwa 50 Jahren mit scharfgeschnittenen Gesichtszügen, hagerem Kinn und ständig gerunzelter Stirn. Aber seine

Augen waren lebendig und sein Lächeln freundlich. Die gerunzelte Stirn war das Zeichen der Vorherrschaft über seine Frau.

Sie hatte eckige Hüften und einen Gesichtsausdruck, der ein gereiztes Naturell verriet, das sich mühsam beherrscht. Sie war wie ihre Stimme.

»Monsieur Mathis kommt aus Eskeshehir«, sagte Mr. Kuvvetli, dessen Französisch erheblich sicherer war als sein Englisch. »Er hat dort für die französische Eisenbahngesellschaft gearbeitet.«

»Das Klima dort ist nicht gut für die Lungen. Kennen Sie Eskeshehir, Mr. Graham?«

»Ich bin nur ein paar Minuten dort gewesen.«

»Das hätte mir schon gereicht«, sagte Madame Mathis. »Wir sind drei Jahre dort gewesen. Mir war es vom ersten Tage an schrecklich.«

»Die Türken sind ein großartiges Volk«, sagte ihr Mann. »Sie sind hart und halten was aus. Aber wir gehen gern nach Frankreich zurück. Sind Sie aus London, Monsieur?«

»Nein, aus Nordengland. Ich bin nur ein paar Wochen geschäftlich in der Türkei gewesen.«

»Uns wird es merkwürdig vorkommen, daß Krieg ist in Frankreich. In den Städten soll es dunkler sein als im vorigen Krieg.«

»Es ist furchtbar dunkel in den Städten — in Frankreich und auch in England. Wenn man abends nicht unbedingt weggehen muß, ist es besser, man bleibt zu Hause.«

»*C'est la guerre*«, sagte Mathis.

»Das sind die dreckigen *boches*«, sagte seine Frau.

»Krieg«, fiel Mr. Kuvvetli ein und strich über sein unrasiertes Kinn, »ist furchtbar. Das steht fest. Aber die Alliierten müssen siegen.«

»Die *boches* sind stark«, sagte Mathis. »Es ist leicht gesagt, daß die Alliierten siegen müssen. Aber zuerst müssen sie den Kampf gewinnen. Und wissen wir denn überhaupt, gegen wen wir kämpfen werden und wo? Es gibt eine Front im Osten und eine im Westen. Wir kennen die Wahrheit nicht. Die wird sich erst nach dem Krieg herausstellen.«

»Es ist nicht an uns, Fragen zu stellen«, sagte seine Frau.

Sein Mund verzog sich, und in seinen braunen Augen lag die Bitterkeit von Jahren. »Du hast recht. Wir dürfen keine Fragen stellen. Warum? Weil die einzigen, die sie uns beantworten könnten, die Bankiers und die Politiker da oben sind — die mit den Aktienanteilen an den großen Fabriken, die Kriegsmaterial herstellen. Die antworten uns nicht. Warum? Weil sie wissen, daß die französischen und englischen Soldaten nicht kämpfen würden, wenn sie die Wahrheit wüßten.«

Seine Frau lief rot an. »Du bist verrückt! Selbstverständlich werden Frankreichs Männer kämpfen, um uns gegen die dreckigen *boches* zu verteidigen.« Sie sah Graham an. »Man darf nicht sagen, Frankreich würde nicht kämpfen. Wir sind nicht feige.«

»Nein, aber wir sind auch nicht dumm.« Mathis wandte sich rasch an Graham. »Haben Sie schon mal von Briey gehört, Monsieur? Aus den Gruben im Gebiet von Briey kommen 90 Prozent von Frankreichs Eisenerz. 1914 sind diese Gruben den Deutschen in die Hände gefallen, und die haben sie tüchtig ausgebeutet und sich dort das Erz geholt, das sie brauchten. Nach dem Krieg haben sie zugegeben, daß sie ohne dieses Eisenerz von Briey schon 1917 erledigt gewesen wären. Ja, sie haben Briey tüchtig ausgebeutet, das können Sie mir glauben. Ich war in Verdun. Jede Nacht haben wir den Feuerschein am Himmel beobachtet — von den Hochöfen von Briey, die nur ein paar Kilometer vor uns lagen, den Hochöfen, die die deutschen Geschütze speisten. Unsere Artillerie und unsere Bombenflugzeuge hätten diese Hochöfen innerhalb einer Woche in Schutt und Asche legen können. Aber unsere Artillerie ist stumm geblieben; ein Flieger, der eine einzige Bombe über dem Gebiet von Briey abgeworfen hat, ist vors Kriegsgericht gekommen. Warum?« Er hob die Stimme. »Ich will's Ihnen sagen,

Monsieur. Weil es einen Befehl gab, daß Briey nicht angerührt werden sollte. Von wem kam der Befehl? Das wußte
niemand. Er kam von jemandem da oben. Das Kriegsministerium sagte, er sei von den Generälen gekommen, die Ge-
neräle sagten, er sei vom Kriegsministerium gekommen.
Wie's wirklich war, haben wir erst nach dem Krieg erfahren. Der Befehl stammte von Monsieur de Wendel vom Co-
mité des Forges, dem die Gruben und Hochöfen von Briey
gehörten. Wir haben um unser Leben gekämpft, aber unser
Leben war nicht so wichtig wie der Besitz des Monsieur de
Wendel, der erhalten bleiben sollte, der fetten Profite wegen. Nein, es ist nicht gut, wenn die, die kämpfen, zuviel
wissen. Große Reden – ja! Die Wahrheit – nein!«

Seine Frau kicherte. »Es ist immer dasselbe. Sobald jemand auf den Krieg zu sprechen kommt, fängt er von Briey
an – von etwas, das vor vierundzwanzig Jahren passiert
ist.«

»Warum denn nicht?« fragte er. »So viel hat sich doch
gar nicht geändert. Wenn wir solche Geschichten erst zu hören bekommen, nachdem sie passiert sind, so heißt das doch
nicht, daß im Augenblick keine solchen Geschichten passieren. Wenn ich an Krieg denke, dann denke ich auch an
Briey und an den Feuerschein der Hochöfen am Himmel,
und das erinnert mich daran, daß ich ein kleiner Mann bin,
der nicht alles glauben darf, was ihm vorgeredet wird. Ich
sehe die Zeitungen aus Frankreich mit den weißen Flecken,
wo der Zensor am Werk gewesen ist. Es steht allerlei in
diesen Zeitungen. Da steht, Frankreich kämpft an Englands
Seite gegen Hitler und die Nazis für Demokratie und Freiheit.«

»Und Sie glauben das nicht?« fragte Graham.

»Ich glaube, daß das französische und englische *Volk* dafür kämpfen – aber ist das dasselbe? Ich denke an Briey,
und da kommen mir Zweifel. In denselben Zeitungen hat
einmal gestanden, die Deutschen holten kein Erz aus den
Gruben von Briey und alles wäre gut und schön. Ich bin ein

Invalide aus dem vorigen Krieg. Ich brauche diesmal nicht zu kämpfen. Aber denken kann ich.«

Seine Frau lachte von neuem. »Ha! Wenn er erst zurück nach Frankreich kommt, da wird's wieder anders. Er führt solche dummen Reden, aber Sie dürfen nichts darauf geben, Messieurs. Er ist ein guter Franzose. Er hat das *Croix de Guerre.*«

Er zwinkerte. »Ein Stückchen Silber außen an der Brust, das dem Stückchen Stahl drin ein Ständchen bringen soll, was? Ich finde, die Frauen sollten diese Kriege ausfechten. Die sind wildere Patrioten als die Männer.«

»Und was meinen Sie, Mr. Kuvvetli?« fragte Graham.

»Ich? Ach, bitte!« rief Mr. Kuvvetli mit abwehrender Miene. »Ich bin neutral, Sie verstehen. Ich weiß nichts, ich habe keine Meinung.« Er breitete die Hände aus. »Ich verkaufe Tabak. Exportgeschäft. Das ist genug.«

Der Franzose zog die Augenbrauen hoch. »Tabak? So? Ich habe oft die Waggons für Tabakfirmen organisiert. Bei welcher Firma sind Sie?«

»Pazar in Istanbul.«

»Pazar?« Mathis machte ein erstauntes Gesicht. »Ich glaube nicht, daß ich . . .«

Aber Mr. Kuvvetli unterbrach ihn. »Ah! Schauen Sie! Da ist Griechenland!«

Sie schauten. Wirklich, da war Griechenland. Es sah aus wie eine Wolkenschicht am Horizont, und lag hinter dem goldenen Streifen, der Makronision war und der immer kleiner wurde, je weiter das Schiff auf seinem Kurs durch die Zeastraße stampfte.

»Herrlicher Tag!« rief Mr. Kuvvetli überschwenglich. »Wunderbar!« Er holte tief Atem und stieß ihn geräuschvoll aus. »Ich freue mich sehr auf Athen. Um 2 Uhr sind wir im Piräus.«

»Gehen Sie mit Madame an Land?« sagte Graham zu Mathis.

»Nein, ich glaube nicht. Die Zeit ist zu kurz.« Er frö-

stelte und schlug sich den Mantelkragen hoch. »Es ist zwar
ein herrlicher Tag, aber kalt ist es doch.«

»Wenn du nicht so viel rumstehen und reden wolltest«,
sagte seine Frau, »wäre dir warm. Und du hast ja auch keinen Schal um.«

»Schön, schön«, sagte er gereizt. »Wir gehen runter. Sie
gestatten . . .«

»Ich glaube, ich gehe auch«, sagte Mr. Kuvvetli. »Kommen
Sie mit, Mr. Graham?«

»Ich bleibe noch ein bißchen hier.« Er konnte Mr. Kuvvetli später ja noch reichlich genießen.

»Also dann um 2 Uhr.«

»Abgemacht.«

Als sie gegangen waren, blickte er auf seine Uhr, sah, daß
es halb zwölf war, und beschloß, zehn Runden um das Bootsdeck zu machen, ehe er zu einem Aperitif hinunterging. Während des Spaziergangs stellte er fest, daß er sich
nach der Nachtruhe erheblich wohler fühlte. Zunächst einmal klopfte es nicht mehr in seiner Hand, und er konnte
die Finger ein wenig bewegen, ohne daß es weh tat. Noch
wichtiger aber war, daß das Gefühl, in einem Alptraum zu
leben, das er am Tage zuvor empfunden hatte, nun weg
war. Er fühlte sich wieder gesund und munter. Gestern
schien Jahre zurückzuliegen. Als Erinnerung hatte er freilich
noch die verbundene Hand, aber die Wunde war ohne Bedeutung. Gestern war sie ein Teil von etwas Schrecklichem
gewesen. Heute war sie bloß noch eine Schramme an seinem
Handrücken, die in wenigen Tagen geheilt sein würde. Unterdessen war er auf der Heimreise, auf dem Weg zu seiner
Arbeit.

Was Mademoiselle Josette anbetraf, so hatte ihn ein Rest
von Verstand davor bewahrt, sich närrisch aufzuführen.
Daß er tatsächlich, wenn auch nur einen Augenblick, den
Wunsch verspürt hatte, sie zu küssen, war schon unglaublich
genug. Er hatte freilich mildernde Umstände. Er war müde
und durchgedreht gewesen, und wenn sie auch eine Frau

war, die ihre Wünsche unverhohlen zeigte, so war sie doch auch unbestreitbar eine reizvolle Schlampe.

Er hatte vier Runden hinter sich, als der Gegenstand dieser Überlegungen auf dem Deck erschien. Sie trug statt des Pelzes einen Kamelhaarmantel, statt des wollenen einen grünen Baumwollschal und Sportschuhe mit flachen Korksohlen. Sie wartete, bis er auf sie zukam.

Er lächelte und neigte leicht den Kopf. »Guten Morgen!«

Sie hob die Augenbrauen hoch. »Guten Morgen! Sonst haben Sie nichts zu sagen?«

Er war verdutzt. »Was sollte ich denn sagen?«

»Sie haben mich enttäuscht. Ich dachte, alle Engländer stehen früh auf und vertilgen ein ausgiebiges englisches Frühstück. Da stehe ich um 10 Uhr auf, aber Sie sind nirgends zu finden. Der Steward sagt, Sie seien noch in Ihrer Kabine.«

»Leider gibt es hier auf dem Schiff kein englisches Frühstück. Ich habe mich mit Kaffee begnügt und ihn im Bett getrunken.«

Sie runzelte die Stirn. »Sie haben mich ja noch gar nicht gefragt, weshalb ich Sie sprechen wollte. Ist es denn so selbstverständlich, daß ich Sie gleich nach dem Aufstehen sprechen will?«

Die geschauspielerte Strenge war ja entsetzlich. Graham sagte: »Es tut mir leid, daß ich Sie nicht ganz ernst genommen habe. Aber sagen Sie nun — weshalb *haben* Sie mich denn gesucht?«

»Ah, so ist es besser. Es ist noch nicht gut, aber schon etwas besser. Fahren Sie heute nachmittag nach Athen hinein?«

»Ja.«

»Ich wollte Sie fragen, ob Sie mich mitnehmen.«

»Ach so. Es würde mich . . .«

»Aber jetzt ist es zu spät.«

»Das tut mir leid«, sagte Graham heilfroh. »Es hätte mich gefreut, wenn Sie mitgekommen wären.«

Sie zuckte die Achseln. »Zu spät. Mr. Kuvvetli, der

kleine Türke, hat mich aufgefordert, und da habe ich —
faute de mieux — zugesagt. Sympathisch ist er mir nicht,
aber er kennt Athen gut. Es wird interessant werden.«

»Ja, das kann ich mir vorstellen.«

»Er ist ein sehr interessanter Mensch.«

»Allem Anschein nach.«

»Aber vielleicht kann ich ihm gut zureden, daß er . . .«

»Leider ist die Sache so, daß Mr. Kuvvetli mich gestern
abend gefragt hat, ob ich etwas dagegen hätte, wenn er sich
mir anschlösse — er sei nämlich noch nie in Athen gewesen.«

Er brachte es mit dem größten Vergnügen vor; aber sie
verlor nur für einen Augenblick die Fassung. Dann brach
sie in Lachen aus.

»Sie sind aber gar nicht galant. Gar nicht. Sie lassen mich
reden, obschon Sie wissen, daß es nicht stimmt. Sie unter-
brechen mich nicht. Sie sind wirklich boshaft.« Sie lachte
wieder. »Sie haben mich schön erwischt.«

»Es tut mir furchtbar leid.«

»Sie sind zu liebenswürdig. Ich habe nur nett zu Ihnen
sein wollen. Es kommt mir nicht darauf an, ob ich nach
Athen fahre oder nicht.«

»Mr. Kuvvetli würde sich gewiß freuen, wenn Sie mitkä-
men. Und ich natürlich auch. Sie kennen sich in Athen
wahrscheinlich viel besser aus als ich.«

Sie blickte mißtrauisch drein. »Was wollen Sie damit sagen, bitte?«

Er hatte nichts weiter damit sagen wollen, als er tatsächlich gesagt hatte. Mit einem Lächeln, das beruhigend sein
sollte, sagte er: »Ich wollte nur sagen, daß Sie dort wahrscheinlich schon getanzt haben.«

Sie starrte ihn einen Augenblick finster an. Er fühlte, wie
das alberne Lächeln auf seinen Lippen zerrann. Sie sagte
langsam: »Ich glaube, Sie sind mir doch nicht so sympathisch, wie ich gedacht habe. Ich glaube, Sie verstehen mich
gar nicht.«

»Schon möglich. Ich kenne Sie ja erst seit kurzem.«

»Bloß weil eine Frau eine Künstlerin ist«, sagte sie aufgebracht, »glauben Sie, sie müsse aus dem *milieu* sein.«

»Aber nein. Der Gedanke ist mir gar nicht gekommen. Wollen wir ein bißchen an Deck spazierengehen?«

Sie rührte sich nicht. »Ich glaube, Sie sind mir überhaupt nicht sympathisch.«

»Das tut mir leid. Ich hatte mich schon so auf Ihre Gesellschaft während der Fahrt gefreut.«

»Sie haben ja Mr. Kuvvetli«, sagte sie boshaft.

»Ja, das stimmt. Aber der ist leider nicht so attraktiv wie Sie.«

Sie lachte spöttisch. »Ach, Sie haben gemerkt, daß ich attraktiv bin? Das ist aber schön. Das freut mich. Das ist mir eine Ehre.«

»Ich habe Sie anscheinend verletzt«, sagte er. »Ich bitte um Verzeihung.«

Sie machte eine abschätzige Handbewegung. »Bemühen Sie sich nicht. Vielleicht liegt's daran, daß Sie schwer von Begriff sind. Sie möchten spazierengehen. Na, schön, dann gehen wir!«

»Ausgezeichnet.«

Nach einigen Schritten blieb sie wieder stehen und sah ihn an. »Warum müssen Sie diesen kleinen Türken mit nach Athen nehmen?« fragte sie. »Sagen Sie ihm, daß Sie nicht fahren können. Wenn Sie zuvorkommend wären, würden Sie das tun.«

»Und Sie mitnehmen? Ist es so gemeint?«

»Wenn Sie mich aufforderten, würde ich mitkommen. Ich langweile mich hier auf dem Schiff, und ich spreche gern Englisch.«

»Aber Mr. Kuvvetli fände es vielleicht nicht so höflich.«

»Wenn Sie etwas für mich übrig hätten, käme es Ihnen auf Mr. Kuvvetli nicht an.« Sie zuckte die Achseln. »Aber ich verstehe. Es macht nichts. Ich finde, Sie sind sehr ungalant, aber es macht nichts. Ich langweile mich.«

»Das tut mir leid.«

»Ja, es tut Ihnen leid. Schon gut. Aber ich langweile mich trotzdem. Wir wollen gehen.« Und dann, als sie weitergingen: »José findet, Sie seien unvorsichtig.«

»So? Warum denn?«

»Dieser alte Deutsche, mit dem Sie sich unterhalten haben — woher wissen Sie, daß der kein Spion ist?«

Er lachte laut auf. »Ein Spion! Toller Gedanke!«

Sie sah ihn kalt an. »Was ist denn daran so toll?«

»Wenn Sie sich mal mit ihm unterhalten hätten, wüßten Sie genau, daß er ganz bestimmt nichts dergleichen sein kann.«

»Vielleicht ist er keiner. José traut den Leuten immer alles Schlechte zu. Er glaubt immer, sie verstellen sich.«

»Offen gesagt, wenn José etwas gegen jemanden hat, dann bin ich fast geneigt, das als Empfehlung aufzufassen.«

»Ach, er hat gar nichts gegen die Leute. Er interessiert sich nur. Es macht ihm Spaß, ihnen auf die Schliche zu kommen. Er findet, wir seien alle Tiere. Was auch ein Mensch tun mag, ihn erschüttert es nie.«

»Das tönt alles sehr läppisch.«

»Sie verstehen José nicht. Er teilt die Dinge nicht — wie man das in der Klosterschule tut — in gute und böse ein. Für ihn gibt's nur Dinge. Was für den einen gut ist, kann für den andern böse sein, und es ist darum dumm, von Gut und Böse zu sprechen.«

»Aber manchmal tut einer doch etwas Gutes, bloß weil es etwas Gutes *ist*.«

»Nur weil es ein angenehmes Gefühl ist, das zu tun — so sagt José.«

»Wie ist es dann mit den Menschen, die etwas Böses nur deswegen nicht tun, weil es *böse* ist?«

»José sagt, wenn jemand *wirklich* etwas tun muß, dann kümmert er sich nicht darum, was andere von ihm denken mögen. Wenn er wirklich Hunger hat, stiehlt er. Wenn er wirklich in Gefahr ist, bringt er einen andern um. Wenn er wirklich Angst hat, ist er grausam. José sagt, daß Gut und

Böse von Leuten erfunden worden sei, die in Sicherheit lebten und genug zu essen hatten, und zwar, damit sie sich
nicht um die Leute zu kümmern brauchten, die Hunger litten
und in ungesicherten Verhältnissen lebten. Was einer tut,
das hängt davon ab, was er braucht. Das ist ganz einfach.
Sie sind kein Mörder. Sie sagen, Mord sei etwas Böses. José
würde sagen, Sie seien genauso ein Mörder wie Landru
oder Weidmann, nur habe Sie das Schicksal eben nicht gezwungen, jemanden zu ermorden. Er hat einmal eine deutsche Redensart aufgeschnappt, die er immer zitiert: ›Der
Mensch ist ein Wolf im Schafspelz.‹«

»Teilen Sie Josés Ansicht? Ich meine nicht die, daß ich
ein potentieller Mörder bin, sondern die, daß die Leute so
sind, wie sie sein müssen?«

»Ich bin nicht derselben und ich bin auch nicht anderer
Ansicht. Ich kümmere mich nicht darum. Für mich sind
manche Menschen nett und manche Menschen manchmal
nett und andere gar nicht nett.« Sie sah ihn aus den Augen-
winkeln an. »Sie sind manchmal nett.«

»Und was halten Sie von sich selber?«

Sie lächelte. »Ich? Ach, ich bin auch manchmal nett. Wenn
jemand nett zu mir ist, bin ich der reinste Engel.« Sie setzte
hinzu: »José glaubt, er wisse alles, wie der liebe Gott.«

»Ja, das kommt mir auch so vor.«

»Sie mögen ihn nicht. Das wundert mich nicht. José ist
nur bei alten Frauen beliebt.«

»Mögen *Sie* ihn denn?«

»Er ist mein Partner. Bei uns geht es einfach um den Beruf.«

»Ja, das haben Sie mir schon einmal gesagt. Aber *mögen*
Sie ihn?«

»Er bringt mich manchmal zum Lachen. Er macht amü-
sante Bemerkungen über die Leute. Sie kennen doch Serge —
Serge, hat José gesagt, wäre glatt imstande, seiner kranken Mutter die Medizin zu stehlen, um sie zu verkaufen.
Da habe ich sehr lachen müssen.«

»Das kann ich mir denken. Haben Sie jetzt Lust, etwas zu trinken?«

Sie sah auf die kleine silberne Uhr, die sie am Arm trug, und willigte ein. Sie gingen hinunter. Einer der Schiffsoffiziere lehnte an der Bar, mit einem Bier in der Hand, und unterhielt sich mit dem Steward. Als Graham die Getränke bestellte, wandte der Offizier seine Aufmerksamkeit Josette zu. Er war von seinem Erfolg bei Frauen offenbar überzeugt — er schaute ihr tief in die Augen, während er mit ihr sprach. Graham, der die italienischen Laute gelangweilt und verständnislos anhörte, blieb unbeachtet. Es war ihm recht. Er trank in Ruhe. Erst als zum Essen gegongt wurde und Haller hereinkam, fiel ihm ein, daß er nichts unternommen hatte, um einen andern Platz bei Tisch zu bekommen.

Der Deutsche nickte freundlich, als Graham sich neben ihn setzte.

»Ich habe heute nicht mit Ihrer Gesellschaft gerechnet.«

»Ich habe ganz vergessen, mit dem Steward zu sprechen. Wenn Sie . . .«

»Bitte, nein! Ich fasse das als Kompliment auf.«

»Wie geht es Ihrer Frau?«

»Besser. Zu essen traut sie sich allerdings noch nicht. Aber sie ist heute morgen etwas spazierengegangen. Ich habe ihr das Meer gezeigt. Hier sind die großen Schiffe des Xerxes ihrer Niederlage bei Salamis entgegengesegelt. Für diese Perser war die graue Masse dort am Horizont das Land des Themistokles und der attischen Griechen von Marathon. Sie denken wahrscheinlich, das sei meine deutsche Sentimentalität, aber ich finde es sehr bedauerlich, daß die graue Masse dort das Land von Venizelos und Metaxas ist. Ich war als junger Mann mehrere Jahre am Deutschen Institut in Athen.«

»Gehen Sie heute nachmittag an Land?«

»Nein, ich werde es mir schenken. Athen kann mich nur an etwas erinnern, was ich schon weiß — daß ich alt bin. Kennen Sie die Stadt?«

»Ein bißchen. Salamis kenne ich besser.«

»Das ist jetzt der große griechische Kriegsmarinehafen, nicht?«

Graham bejahte etwas zu unbekümmert. Haller warf ihm einen Seitenblick zu und lächelte schwach. »Ich bitte um Verzeihung. Fast wäre ich indiskret geworden.«

»Ich will an Land gehen und mir ein paar Bücher und Zigaretten besorgen. Kann ich Ihnen irgend etwas mitbringen?«

»Das ist sehr nett von Ihnen, aber ich wüßte nichts. Fahren Sie allein?«

»Mr. Kuvvetli, der türkische Herr am Nebentisch, hat mich gebeten, ihn ein bißchen herumzuführen. Er ist noch nie in Athen gewesen.«

Haller runzelte die Stirn. »Kuvvetli? So heißt er also. Ich habe mich heute morgen mit ihm unterhalten. Er spricht recht gut Deutsch und kennt Berlin ein bißchen.«

»Er spricht auch Englisch und sehr gut Französisch. Er ist anscheinend viel herumgereist.«

Haller brummte. »Ich hätte gedacht, ein Türke, der viel gereist ist, müßte eigentlich schon mal in Athen gewesen sein.«

»Er verkauft Tabak. Die Griechen haben ja ihren eigenen Tabak.«

»Ja, natürlich, daran hatte ich nicht gedacht. Ich vergesse manchmal, daß die meisten Leute nicht reisen, um etwas zu sehen, sondern um etwas zu verkaufen. Ich habe zwanzig Minuten mit ihm geredet. Er kann reden, ohne etwas zu sagen. Seine Konversation besteht aus Zustimmung und unanfechtbaren Feststellungen.«

»Das kommt wahrscheinlich daher, daß er Kaufmann ist. ›Die Welt ist mein Kunde, und der Kunde hat immer recht.‹«

»Er interessiert mich. Meiner Meinung nach ist er zu naiv, um echt zu sein. Das Lächeln ist ein bißchen zu blöd, seine Konversation ein bißchen zu unpersönlich. Kaum hat man ihn kennengelernt, erzählt er von sich selber, später jedoch nicht mehr. Das ist merkwürdig. Jemand, der einem gleich zu Anfang etwas von sich selbst erzählt, hört meistens nicht auf damit. Außerdem — gibt's überhaupt so etwas wie einen naiven türkischen Kaufmann? Nein, er kommt mir vor wie einer, der darauf aus ist, bei andern einen ganz bestimmten Eindruck zu hinterlassen. Er ist ein Mensch, der unterschätzt werden will.«

»Warum aber? Uns verkauft er doch keinen Tabak.«

»Vielleicht betrachtet er alle Welt als seine Kunden, wie Sie gesagt haben. Aber Sie haben ja heute nachmittag Gelegenheit, ihn ein bißchen auszuhorchen.« Er lächelte. »Sie sehen, ich setze ganz ohne Grund voraus, daß er Sie interessiert. Bitte verzeihen Sie! Ich reise nicht sehr gern und habe sehr viel reisen müssen. Als Zeitvertreib habe ich mir ein Spiel ausgedacht. Ich vergleiche den ersten Eindruck, den mir meine Mitreisenden machen, mit dem, was ich später über sie erfahre.«

»Wenn Sie recht gehabt haben, bekommen Sie einen Punkt, wenn Sie unrecht gehabt haben, verlieren Sie einen?«

»Ganz recht. Eigentlich macht es mir mehr Spaß zu verlieren als zu gewinnen. Es ist eben ein Spiel für einen alten Mann.«

»Und was für einen Eindruck haben Sie von Señor Gallindo?«

Haller runzelte die Stirn. »Ich glaube, bei diesem Herrn habe ich nur allzu recht. Er ist im Grunde nicht sehr interessant.«

»Er ist davon überzeugt, daß alle Menschen potentielle Mörder sind, und er zitiert mit Vorliebe die deutsche Redensart: ›Der Mensch ist ein Wolf im Schafspelz.‹«

»Das wundert mich nicht«, war die scharfe Antwort. »Jeder Mensch muß sich irgendwie rechtfertigen.«

»Sind Sie nicht ein bißchen streng?«

»Vielleicht. Ich habe leider feststellen müssen, daß Señor Gallindo sehr schlechte Manieren hat.«

Ehe Graham antworten konnte, erschien der Mann selber. Er sah aus, als sei er eben erst aufgestanden. Hinter ihm kamen die Italienerin und ihr Sohn. Das Gespräch wurde unzusammenhängend und sehr förmlich.

Kurz nach 2 Uhr machte die *Sestri Levante* an dem neuen Kai an der nördlichen Hafenseite des Piräus fest. Als Graham zusammen mit Mr. Kuvvetli auf dem Deck stand und darauf wartete, daß die Gangway für die Passagiere angelegt wurde, sah er, daß Josette und José aus dem Salon gekommen waren und hinter ihm standen. José nickte ihnen mißtrauisch zu, als fürchtete er, sie hätten die Absicht, sich von ihm Geld zu borgen. Das Mädchen lächelte. Es war das nachsichtige Lächeln eines Menschen, der sieht, wie ein Freund guten Rat außer acht läßt. Mr. Kuvvetli fragte höflich: »Gehen Sie an Land, Monsieur-dame?«

»Warum denn?« fragte José. »Schade um die Zeit.«

Doch Mr. Kuvvetli war nicht empfindlich. »Ah! Dann kennen Sie wohl Athen, Sie und Ihre Frau?«

»Nur zu gut. Es ist eine dreckige Stadt.«

»Ich bin noch nie dagewesen. Ich dachte, wenn Sie und Madame fahren, könnten wir alle zusammen fahren.« Er blickte mit erwartungsvollem Lächeln in die Runde.

José knirschte mit den Zähnen und rollte die Augen, als liege er auf der Folter. »Ich habe doch schon gesagt, daß wir *nicht* gehen.«

»Aber es ist sehr nett von Ihnen, daß Sie den Vorschlag machen«, warf Josette liebenswürdig ein.

Das Ehepaar Mathis kam aus dem Salon. »Ah!« begrüßte er die Gruppe. »Die Abenteurer! Vergessen Sie nicht, daß es um 5 Uhr weitergeht! Wir warten nicht auf Sie!«

Die Gangway rastete ein und Mr. Kuvvetli kletterte aufgeregt hinunter. Graham folgte. Eigentlich wäre er doch lieber an Bord geblieben. Unten an der Gangway drehte er sich um und sah hinauf — die unvermeidliche Geste eines Passagieres, der ein Schiff verläßt. Mathis winkte.

»Er ist sehr freundlich, der Monsieur Mathis«, sagte Mr. Kuvvetli.

»Sehr.«

Auf der anderen Seite des Zollgebäudes stand ein verdreckter alter Fiat-Halblandauer mit einem Schild, das in französischer, italienischer, englischer und griechischer Sprache verkündete, eine einstündige Rundfahrt zu den Sehenswürdigkeiten und Altertümern von Athen koste 500 Drachmen für vier Personen.

Graham blieb stehen. Er dachte an die elektrischen Züge und Straßenbahnen, in die er einsteigen müßte, an die Klettertour zur Akropolis, an die ermüdende Langeweile einer Sightseeing zu Fuß. Wenn man sich das Schlimmste davon ersparen konnte, sagte er sich, so war das sicher 30 englische Shilling wert.

»Wir könnten eigentlich den Wagen hier nehmen«, sagte er.

Mr. Kuvvetlis Gesicht verriet Besorgnis. »Muß das sein? Es ist sehr teuer.«

»Schon in Ordnung. Ich bezahl's.«

»Aber Sie machen Fahrt wegen mir. Ich muß bezahlen.«

»Ach, ich hätte mir sowieso einen Wagen genommen. 500 Drachmen ist eigentlich nicht teuer.«

Mr. Kuvvetli riß die Augen auf. »500? Aber das ist für vier Personen. Wir sind nur zwei.«

Graham lachte. »Ich glaube kaum, daß der Fahrer es von dieser Seite betrachtet. Seine Unkosten sind vermutlich auch nicht geringer, wenn er zwei Personen mitnimmt statt vier.«

Mr. Kuvvetli machte ein verlegenes Gesicht. »Ich kann bißchen Griechisch. Sie erlauben, daß ich ihn frage?«

»Selbstverständlich. Bitte.«

Der Fahrer, ein Mann mit einem Raubvogelgesicht, war herausgesprungen, als er sie kommen sah, und hielt die Tür auf. Er trug einen Anzug, der mehrere Nummern zu klein war und blankgeputzte Schuhe, aber keine Socken. »*Allez!*

Allez! Allez!« brüllte er. *»Très bon marché. Cinquento, so-lamente.«*

Mr. Kuvvetli marschierte vor — ein dicker, schmutziger kleiner Daniel, der gegen einen hageren Goliath in fleckigem blauem Sergeanzug in den Kampf zog. Er begann zu feilschen.

Er sprach fließend Griechisch — daran gab es keinen Zweifel. Graham sah, wie das Erstaunen im Gesicht des Fahrers der Entrüstung wich, als ein Wortschwall auf ihn niederprasselte. Mr. Kuvvetli machte den Wagen schlecht. Er fuchtelte mit den Fingern herum, zeigte auf sämtliche Defekte — von einem Rostfleck an dem Koffergestell bis zu einem kleinen Riß im Polsterbezug, von einem Sprung in der Windschutzscheibe bis zu einer abgetretenen Stelle am Trittbrett. Als er innehielt, um Atem zu schöpfen, nahm der aufgebrachte Fahrer die Gelegenheit zur Antwort wahr. Er brüllte, hämmerte mit der Faust an die Tür, um seinen Worten Nachdruck zu verleihen, und gestikulierte wild. Mr. Kuvvetli lächelte skeptisch und nahm den Angriff wieder auf. Der Fahrer spuckte auf den Boden und trug einen Gegenangriff vor. Mr. Kuvvetli konterte mit einer kurzen, knatternden Salve. Der Fahrer warf die Hände empor, verärgert, aber geschlagen.

Mr. Kuvvetli wandte sich an Graham. »Preis ist jetzt 300 Drachmen«, meldete er schlicht. »Ich glaube, es ist zuviel, aber es dauert lange, noch mehr zu drücken. Aber wenn Sie denken . . .«

»Das ist nicht teuer«, sagte Graham schnell.

Mr. Kuvvetli zuckte die Achseln. »Vielleicht. Man könnte noch mehr drücken, aber . . .« Er wandte sich um und nickte dem Fahrer zu, der auf einmal breit grinste. Sie stiegen in den Wagen ein.

»Haben Sie nicht gesagt«, fragte Graham, als sie losfuhren, »Sie seien noch nie in Griechenland gewesen?«

Mr. Kuvvetli lächelte unschuldig. »Ich kann bißchen Griechisch«, sagte er. »Ich bin in Izmir geboren.«

108

Die Rundfahrt begann. Der Grieche fuhr schnell und verwegen, steuerte munter auf schlendernde Spaziergänger zu, die um ihr Leben laufen mußten, und machte im Fahren erläuternde Bemerkungen über die Schulter.

Beim Theseion hielten sie kurz, dann wieder an der Akropolis, wo sie ausstiegen und umhergingen. Hier schien Mr. Kuvvetlis Wißbegier unersättlich. Er wollte durchaus die gesamte Geschichte des Parthenon hören, Jahrhundert für Jahrhundert, und strich in dem Museum herum, als wolle er den Rest seines Lebens dort verbringen. Schließlich aber stiegen sie wieder ein und ließen sich noch schnell zum Theater des Dionysos, zum Hadriansbogen, zum Olympieion und zum Königspalast fahren.

Mittlerweile war es 4 Uhr geworden, und Mr. Kuvvetli hatte schon weit länger als die vorgesehene Stunde Fragen gestellt und »sehr nett« und »*formidable*« gesagt. Auf Grahams Vorschlag hielten sie am Syntagma an, wechselten etwas Geld, bezahlten den Fahrer und fügten hinzu, wenn er auf dem Platz warten wolle, könne er sie dann auch wieder zum Kai fahren und sich weitere 50 Drachmen verdienen. Der Fahrer war einverstanden. Graham kaufte sich Zigaretten und Bücher und gab sein Telegramm auf. Als sie wieder auf den Platz kamen, spielte auf der Terrasse eines Cafés eine Kapelle, und auf Mr. Kuvvetlis Vorschlag setzten sie sich an einen Tisch, um vor der Rückkehr einen Kaffee zu trinken.

Mr. Kuvvetli ließ den Blick voll Bedauern über den Platz schweifen. »Es ist sehr nett«, sagte er mit einem Seufzer. »Man möchte länger bleiben. Wir haben gesehen so viele großartige Ruinen!«

Graham dachte an das, was Haller beim Essen über Mr. Kuvvetlis unpersönliche Konversation gesagt hatte. »Welches ist Ihre Lieblingsstadt, Mr. Kuvvetli?« fragte er.

»Ah, das ist schwer zu sagen. Alle Städte haben ihre Großartigkeiten. Alle Städte gefallen mir.« Er zog Luft ein. »Es ist sehr nett von Ihnen, daß Sie mich heute hierher gebracht haben, Mr. Graham.«

Graham ließ sich nicht abbringen. »Es war mir ein Vergnügen. Aber Sie geben doch sicher einer Stadt den Vorzug?«

Mr. Kuvvetli machte ein verlegenes Gesicht. »Es ist so schwer. Ich habe London sehr gern.«

»Mir persönlich ist Paris noch lieber.«

»Ah ja, auch Paris ist großartig.«

Graham war einigermaßen ratlos und trank seinen Kaffee. Dann kam ihm ein neuer Einfall: »Was halten Sie von Señor Gallindo, Mr. Kuvvetli?«

»Señor Gallindo? Es ist so schwer. Ich kenne ihn nicht. Sein Benehmen ist eigenartig.«

»Sein Benehmen«, sagte Graham, »ist ausgesprochen unverschämt. Finden Sie das nicht auch?«

»Ich finde Señor Gallindo nicht sehr sympathisch«, gestand Mr. Kuvvetli. »Aber er ist Spanier.«

»Aber was hat denn das damit zu tun? Die Spanier sind doch ein äußerst höfliches Volk.«

»Ah, ich bin in Spanien nicht gewesen.« Er sah auf seine Uhr. »Es ist Viertel nach 4 Uhr. Ich glaube, wir müssen gehen. Es ist sehr nett gewesen heute nachmittag.«

Graham nickte mißmutig. Wenn Haller auf das ›Aushorchen‹ des kleinen Türken Wert legte, sollte er das selber besorgen. Für Graham war Mr. Kuvvetli nichts weiter als ein langweiliger Pinsel, dessen Äußerungen — soweit man sie so nennen konnte — ein wenig unecht klangen, weil er sich in Sprachen ausdrückte, die ihm nicht geläufig waren.

Mr. Kuvvetli bestand darauf, den Kaffee zu bezahlen; Mr. Kuvvetli bestand darauf, die Rückfahrt zum Kai zu bezahlen. Um Viertel vor 5 Uhr waren sie wieder an Bord.

Eine Stunde später stand Graham an Deck und sah dem Lotsenboot nach, das auf die Küste zuknatterte, die die Dämmerung einhüllte.

Mathis, der Franzose, der ein paar Meter von ihm an der Reling lehnte, wandte den Kopf. »Na, das hätten wir hinter uns! Noch zwei Tage, dann sind wir in Genua. Hat Ihnen Ihr Ausflug heute nachmittag Spaß gemacht, Monsieur?«

»O ja, danke. Es war . . .«

Doch er kam nicht mehr dazu, Mathis zu erzählen, wie es gewesen war. Aus der Tür des Salons, wenige Meter von ihm entfernt, war ein Mann getreten. Er stand da und blinzelte in das Licht der sinkenden Sonne, das ihnen über die See entgegenflutete. »Ach ja«, sagte Mathis, »wir haben einen neuen Passagier bekommen. Er kam heute nachmittag an Bord, als Sie an Land waren. Ein Grieche vermutlich.«

Graham antwortete nicht, er brachte keinen Ton hervor. Er wußte, daß der Mann, der dort im goldenen Licht der Sonne stand, kein Grieche war. Er wußte auch, daß der Mann unter dem dunkelgrauen Regenmantel einen zerknitterten braunen Anzug trug, und daß sein Haar unter dem hohen weichen Hut schütter und gekräuselt war. Er hatte das teigige Gesicht mit dem verkrampften Mund wiedererkannt. Er wußte, daß dieser Mann Banat war.

6. Kapitel

Graham konnte sich nicht von der Stelle rühren. Sein Körper bebte, als hätte ein heftiger Schlag den Boden unter ihm erschüttert. Von weit her hörte er die Stimme des Franzosen fragen, was denn los sei.

»Mir ist nicht gut«, sagte er. »Entschuldigen Sie bitte.«

Er sah ein Verstehen über das Gesicht des Franzosen huschen und dachte: ›Er glaubt, ich werde mich gleich übergeben.‹ Doch er wartete nicht, bis Mathis etwas sagte, sondern drehte sich um und ging, ohne einen Blick auf den Mann bei der Salontür zu werfen, über das Deck und hinunter in seine Kabine.

Er schloß sich ein, am ganzen Leib zitternd, setzte sich auf seine Koje und versuchte, Herr über den Schock zu werden. Er sagte zu sich: »Du brauchst dich nicht aufzuregen. Da wird sich schon ein Ausweg finden. Du mußt vorerst mal nachdenken.«

Irgendwie hatte Banat also herausbekommen, daß er auf der *Sestri Levante* war. Das war gewiß nicht schwierig gewesen. Eine Nachfrage bei den Büros der Schlafwagengesellschaft und der Schiffahrtslinie hatten wahrscheinlich genügt. Dann hatte er ein Billett nach Sofia gelöst, war hinter der griechischen Grenze ausgestiegen und hatte den Zug Saloniki — Athen genommen.

Er zog Kopeikins Telegramm aus der Tasche und starrte darauf. »Alles in Ordnung!« Diese Narren! Diese verdammten Narren! Er hätte sich auf seinen Instinkt verlassen und darauf bestehen sollen, den britischen Konsul zu sprechen. Wenn nicht dieser eingebildete Tropf gewesen wäre, dieser Haki... Nun saß er in der Falle wie eine Ratte. Ein zweitesmal würde Banat sicher nicht danebenschießen. Nein, bestimmt nicht! Der Mann war doch ein Berufsmörder. Es stand doch seine Berufsehre auf dem Spiel, vom Lohn einmal abgesehen. Ein merkwürdiges, aber irgendwie bekanntes Gefühl beschlich ihn: ein Gefühl, das dunkel mit dem Geruch von Desinfektionsmitteln und dem Pfeifen eines Teekessels zusammenhing. Mit plötzlichem Entsetzen erinnerte er sich.

Es lag Jahre zurück. Sie hatten auf dem Versuchsgelände ein neues 35-Zentimeter-Geschütz ausprobiert. Beim zweiten Abschuß war es explodiert. Mit dem Verschlußmechanismus hatte etwas nicht gestimmt. Zwei Mann waren dabei auf der Stelle getötet und ein dritter schwer verletzt worden. Dieser dritte war nur noch ein großer Blutklumpen gewesen, aber dieser Blutklumpen auf dem Betonboden hatte in einem fort geschrien, bis der Krankenwagen gekommen war und der Arzt ihm eine Spritze gegeben hatte. Es war ein greller, hoher, unmenschlicher Ton gewesen, wie das Pfeifen eines Teekessels. Der Doktor hatte gesagt, daß der Mann nichts gespürt habe. Ehe sie die Reste des Geschützes untersuchten, war der Betonboden mit einer Lysollösung geschrubbt worden. Er hatte keinen Bissen vom Mittagessen hinuntergebracht. Am Nachmittag hatte es zu regnen angefangen. Er . . .

Plötzlich wurde ihm bewußt, daß er fluchte. Die Worte flossen ihm in einem ununterbrochenen Strom von den Lippen — eine sinnlose Folge von Kraftausdrücken. Er stand schnell auf. Er war nahe daran, den Kopf zu verlieren. Es mußte etwas geschehen, und zwar schleunigst. Wenn er nur vom Schiff herunter könnte . . .

Er riß die Kabinentür auf und trat in den Gang hinaus. Zunächst galt es, mit dem Zahlmeister zu sprechen. Das Büro des Zahlmeisters lag auf demselben Deck. Er ging schnurstracks darauf zu.

Die Tür des Büros stand offen. Der Zahlmeister, ein langer Italiener zwischen 40 und 50, saß hemdsärmlig, einen Zigarrenstummel im Mund, mit einem Stoß von Frachtbriefkopien vor einer Schreibmaschine. Er übertrug auf einen linierten Bogen Angaben aus den Frachtbriefen. Als

Graham klopfte, schaute er unwirsch auf. Er hatte zu arbeiten.

»*Signore?*«

»Sprechen Sie Englisch?«

»*No, signore.*«

»Französisch?«

»Ja. Was wünschen Sie?«

»Ich möchte unverzüglich den Kapitän sprechen.«

»Weswegen, Monsieur?«

»Es ist unbedingt notwendig, daß ich sofort an Land gesetzt werde.«

Der Zahlmeister legte seine Zigarre hin und wandte sich in seinem Drehstuhl um. »Mein Französisch ist nicht sehr gut«, sagte er ruhig. »Würden Sie noch einmal sagen . . .«

»Ich möchte an Land gesetzt werden.«

»Sie sind Monsieur Graham, nicht wahr?«

»Ja.«

»Es tut mir leid, Monsieur Graham, aber das ist zu spät. Das Lotsenboot ist weg. Sie hätten sich früher . . .«

»Ich weiß. Aber es ist unbedingt notwendig, daß ich sogleich an Land gehe. Nein, ich bin nicht übergeschnappt. Mir ist klar, daß das unter normalen Umständen nicht in Frage käme. Aber es handelt sich um ungewöhnliche Umstände. Ich bin bereit, für den Zeitverlust und die Schwierigkeiten aufzukommen, die dadurch entstehen.«

Der Zahlmeister schaute verblüfft drein. »Aber warum? Sind Sie krank?«

»Nein, ich . . .« Er hielt inne. Er hätte sich die Zunge abbeißen mögen. Es war kein Arzt an Bord, und die Drohung mit irgendeiner ansteckenden Krankheit hätte vielleicht schon genügt. Aber nun war es zu spät. »Wenn Sie dafür sorgen, daß ich sofort den Kapitän sprechen kann, will ich es erklären. Ich kann Ihnen versichern, daß ich gute Gründe habe.«

»Es tut mir leid, aber das kommt nicht in Frage«, sagte der Zahlmeister unnachgiebig. »Sie haben keine Ahnung, was . . .«

»Ich will ja nichts weiter«, fiel ihm Graham verzweifelt
ins Wort, »als daß Sie ein kurzes Stück zurückfahren und
ein Lotsenboot anfordern. Ich bin bereit und in der Lage,
dafür aufzukommen.«

Der Zahlmeister lächelte gereizt. »Sie sind hier auf einem
Schiff, Monsieur, und nicht in einem Taxi. Wir haben
Fracht an Bord und müssen uns an unsern Fahrplan halten.
Krank sind Sie nicht, und . . .«

»Ich habe schon gesagt, daß ich schwerwiegende Gründe
habe. Wenn Sie so freundlich sind, mich zum Kapitän zu
bringen . . .«

»Es hat alles keinen Zweck, Monsieur. Ich zweifle nicht
daran, daß Sie die Unkosten für ein Hafenboot bezahlen
können und wollen. Aber darauf kommt es nicht an. Sie sagen, Sie seien nicht krank, aber Sie hätten gute Gründe.
Diese können Ihnen aber erst in den letzten Minuten eingefallen sein, und Sie dürfen es mir nicht übelnehmen, wenn
ich bezweifle, daß sie schwerwiegend sind. Sie dürfen mir
glauben, Monsieur, daß kein Schiff wegen eines einzelnen
Passagiers stoppt, wenn es nicht nachweislich und offensichtlich um Leben und Tod geht. Sollten Sie mir solche Gründe
nennen können, dann will ich sie selbstverständlich sofort
dem Kapitän vortragen. Andernfalls werden Sie — so leid es
mir tut — mit Ihren Gründen warten müssen, bis wir in Genua sind.«

»Ich versichere Ihnen . . .«

Der Zahlmeister lächelte bedauernd. »Ich glaube ohne
weiteres, daß es Ihnen mit Ihren Versicherungen ernst ist,
Monsieur. Aber es ist nun einmal so, daß wir mehr brauchen als Versicherungen.«

»Gut«, zischte Graham, »wenn Sie durchaus Näheres wissen wollen, will ich's Ihnen sagen. Ich habe soeben festgestellt, daß sich ein Mann an Bord aufhält, der nur zu dem
Zweck hier ist, mich zu ermorden.«

Der Zahlmeister machte ein erstauntes Gesicht. »Was Sie
nicht sagen, Monsieur!«

»Ja, ich . . .« Er brach ab, denn etwas in den Augen des Mannes hielt ihn zurück. »Sie haben anscheinend den Eindruck, ich sei entweder übergeschnappt oder betrunken«, schloß er.

»Aber nicht doch, Monsieur.« Doch was er sich dachte, war nur zu klar: Er hielt Graham für einen der armen Irren, mit denen er es in seinem Beruf bisweilen zu tun hatte. Sie waren lästig, denn sie stahlen einem die Zeit. Aber er war ja geduldig. Es hatte keinen Sinn, einem Verrückten gegenüber grob zu werden. Außerdem traten sein gesunder Verstand und sein Wissen nur um so deutlicher hervor, wenn er mit ihnen zu tun hatte — sein gesunder Verstand und sein Wissen, die ihn, wenn die Reederei nicht so kurzsichtig gewesen wäre, längst auf einen Direktorenposten geführt hätten. Auch konnte er seinen Freunden so schön von ihnen erzählen, wenn er nach Hause kam: »Stell dir vor, Beppo! Da war so ein Engländer, der sah ganz vernünftig aus und war doch verrückt. Er hat sich eingebildet, es wolle ihn jemand ermorden! Stell dir das vor! Das kommt vom Whisky, weißt du. Ich habe zu ihm gesagt . . .« Aber zunächst mußte er sich auf ihn einstellen, taktvoll mit ihm umgehen. »Aber nicht doch, Monsieur«, wiederholte er.

Graham verlor allmählich die Beherrschung. »Sie haben mich nach meinen Gründen gefragt. Ich bin dabei, sie Ihnen zu nennen.«

»Und ich höre genau zu, Monsieur.«

»Es ist jemand hier auf dem Schiff, um mich zu ermorden.«

»Und wie heißt er, Monsieur?«

»Banat. B A N A T. Er ist Rumäne. Er . . .«

»Einen Moment, Monsieur.« Der Zahlmeister nahm ein Blatt Papier aus einer Schublade und fuhr demonstrativ aufmerksam mit einem Bleistift den darauf verzeichneten Namen entlang. Dann sah er auf. »Wir haben niemanden an Bord, Monsieur, mit diesem Namen und dieser Nationalität.«

»Als Sie mich unterbrachen, wollte ich Ihnen gerade sagen, daß der Mann mit falschem Paß reist.«

»Dann sagen Sie mir bitte . . .«

»Es ist der Passagier, der heute nachmittag an Bord gekommen ist.«

Der Zahlmeister sah wieder auf sein Papier. »Kabine 9 — das ist Monsieur Mavrodopoulos. Der ist ein griechischer Kaufmann.«

»Es kann schon sein, daß das in seinem Paß steht. In Wirklichkeit heißt er Banat und ist Rumäne.«

Der Zahlmeister blieb höflich, obwohl es ihm sichtlich schwerfiel. »Haben Sie irgendeinen Beweis dafür, Monsieur?«

»Wenn Sie sich auf dem Funkweg an Oberst Haki von der türkischen Polizei in Istanbul wenden, wird er bestätigen, was ich sage.«

»Wir sind hier auf einem italienischen Schiff, Monsieur, und wir sind nicht in türkischen Hoheitsgewässern. Wir können uns in einer derartigen Angelegenheit nur an die italienische Polizei wenden. Außerdem ist unsere Funkanlage nur für Navigationszwecke vorgesehen. Wir sind hier nicht auf der *Rex* oder der *Conte di Savoia*. Wir müssen mit dieser Angelegenheit warten, bis wir in Genua sind. Die Polizei dort wird sich mit Ihrer Behauptung, der Herr habe einen falschen Paß, befassen.«

»Sein Paß ist mir völlig egal«, sagte Graham heftig. »Ich sage Ihnen, der Mann hat vor, mich umzubringen.«

»Weshalb denn?«

»Weil er Geld dafür bekommen hat — deshalb! Verstehen Sie jetzt vielleicht?«

Der Zahlmeister stand auf. Er war bisher geduldig gewesen, doch nun war es an der Zeit, energisch zu werden. »Nein, Monsieur, das verstehe ich allerdings *nicht*.«

»Wenn Sie's nicht verstehen können, dann lassen Sie mich wenigstens mit dem Kapitän sprechen!«

»Das ist nicht nötig, Monsieur. Ich verstehe genug.« Er

sah Graham in die Augen. »Wenn ich die Sache mit *Nachsicht* betrachte, gibt es dafür zwei Erklärungen: Entweder verwechseln Sie den Mann mit jemandem, oder Sie haben schlecht geträumt. Im ersten Falle möchte ich Ihnen raten, nicht noch jemand anderem davon zu erzählen. Ich kann schweigen, aber wenn etwa Monsieur Mavrodopoulos davon hört, könnte er sich in seiner Ehre gekränkt fühlen. Im zweiten Falle empfehle ich Ihnen, sich in Ihrer Kabine eine Weile hinzulegen. Und merken Sie sich: Kein Mensch wird Sie hier auf dem Schiff ermorden! Es sind zu viele Leute in der Nähe.«

»Aber sehen Sie denn nicht . . .?« rief Graham.

»Ich sehe«, sagte der Zahlmeister grimmig, »daß es auch noch eine Erklärung gibt, die Ihnen unangenehmer sein dürfte: Sie haben sich diese Geschichte einfach ausgedacht, weil Sie aus irgendeinem privaten Grund gern an Land gesetzt werden möchten. Wenn dem so ist, tut es mir leid. Die Geschichte ist lächerlich. Auf alle Fälle hält das Schiff erst in Genua. Und nun entschuldigen Sie mich bitte, aber ich habe zu arbeiten.«

»Ich verlange, den Kapitän zu sprechen.«

»Machen Sie beim Gehen bitte die Tür zu!« sagte der Zahlmeister seelenruhig.

Fast krank vor Wut und Angst ging Graham in seine Kabine zurück.

Er zündete sich eine Zigarette an und gab sich Mühe, nüchtern zu überlegen. Er hätte direkt zum Kapitän gehen sollen. Er konnte immer noch direkt zum Kapitän gehen. Einen Augenblick lang dachte er daran, das zu tun. Wenn er ... Aber das war gewiß zwecklos und bedeutete obendrein eine unnötige Demütigung. Selbst wenn er bis zum Kapitän vordrang und ihm die Lage klarmachte, nahm der seine Geschichte wahrscheinlich noch weniger verständnisvoll auf. Außerdem hatte Graham ja nach wie vor keinen Beweis für seine Behauptung. Und auch wenn er ihn davon überzeugen konnte, daß etwas Wahres daran war, daß er

nicht etwa an irgendeiner Wahnvorstellung litt, würde
der Kapitän ihm sicher die gleiche Antwort geben: »Kein
Mensch wird Sie hier auf dem Schiff ermorden. Es sind zu
viele Leute in der Nähe.«

Zu viele Leute in der Nähe! Die kannten Banat schlecht.
Wer imstande war, am hellichten Tag in das Haus eines
Polizeibeamten zu gehen, ihn und seine Frau niederzuschießen, und ruhig wieder hinauszuspazieren, würde nicht so
schnell nervös werden. Es war schließlich schon mehrfach
vorgekommen, daß Passagiere auf hoher See von einem
Schiff verschwunden waren. Manchmal waren ihre Leichen
an Land getrieben worden, manchmal nicht. Manchmal war
ihr Verschwinden aufgeklärt worden, manchmal nicht.
Wenn nun ein englischer Ingenieur, der sich ohnehin recht
sonderbar benommen hatte, auf hoher See von einem Schiff
verschwand, was hätte da wohl darauf hindeuten können,
daß ein griechischer Kaufmann namens Mavrodopoulos etwas damit zu tun hatte? Nichts. Und selbst wenn die Leiche
des englischen Ingenieurs irgendwo an Land geschwemmt
würde, ehe die Fische sie unkenntlich gemacht hatten, und es
sich herausstellte, daß er schon tot gewesen war, ehe er ins
Wasser fiel, wer hätte da beweisen können, daß Mavrodopoulos — sofern dann noch mehr von Mavrodopoulos vorhanden sein sollte als die Asche seines Passes — an seinem
Tod schuld war? Niemand.

Er dachte an das Telegramm, das er am Nachmittag in
Athen aufgegeben hatte. »Montag zu Hause«, hatte er telegrafiert. Montag zu Hause! Er betrachtete seine linke Hand
und bewegte die Finger. Montag waren sie vielleicht schon
tot und begannen sich aufzulösen, ebenso wie das ganze übrige Wesen, das sich Graham nannte. Stefanie mochte be-
stürzt sein, würde aber bald darüber hinwegkommen. Sie
war vernünftig und nicht leicht unterzukriegen. Viel Geld
bekäme sie allerdings nicht. Sie würde das Haus verkaufen
müssen. Wenn er nur eine höhere Versicherung abgeschlossen hätte! Ja, wenn er das gewußt hätte! Aber Versiche-

rungsgesellschaften *lebten* ja davon, daß man so etwas *nicht* wußte. Ihm blieb jetzt nichts weiter übrig, als zu hoffen, daß es schnell und schmerzlos geschehen würde.

Er fröstelte und fing von neuem an zu fluchen. Dann riß er sich energisch zusammen. Er *mußte* einfach einen Ausweg finden. Nicht nur um seiner selbst und um Stefanies willen — er hatte auch eine Aufgabe, die er erfüllen mußte. »Im Interesse der Feinde Ihres Landes liegt es, daß die Kampfkraft der türkischen Marine, wenn der Schnee schmilzt und der Regen aufhört, noch unverändert dieselbe ist wie heute. Sie werden alles unternehmen, um das zu erreichen.« Alles! Hinter Banat stand der deutsche Agent in Sofia und hinter ihm Deutschland und die Nazis. Ja, er *mußte* einfach einen Ausweg finden! Wenn andere Engländer für England sterben konnten, dann konnte er es doch wohl fertigbringen, für England am Leben zu bleiben. Da fiel ihm ein anderer Satz von Oberst Haki ein: »Sie sind im Vorteil gegenüber einem Soldaten. Sie brauchen nur sich selber zu verteidigen. Sie brauchen nicht aufs freie Feld hinauszutreten. Sie können sich aus dem Staube machen, ohne ein Feigling zu sein.«

Nun, aus dem Staube machen konnte er sich jetzt nicht; aber das übrige war schon richtig. Er brauchte nicht aufs freie Feld hinauszutreten, er konnte hier in seiner Kabine bleiben, seine Mahlzeiten hier einnehmen, seine Tür verschlossen halten. Er konnte sich auch verteidigen, wenn es nötig war. Gott sei Dank hatte er Kopeikins Revolver.

Er hatte ihn in den Koffer zwischen seine Sachen gesteckt. Jetzt dankte er seinem Schicksal, daß er ihn nicht zurückgewiesen hatte. Er holte ihn heraus und wog ihn in der Hand.

Für Graham war eine Kanone eine mathematische Gleichung, deren Lösung, in die Praxis umgesetzt, einen Mann befähigte, durch einen Druck auf einen Knopf ein Geschoß, das Panzerplatten durchschlug, so in Bewegung zu setzen, daß es ein mehrere Kilometer entferntes Ziel genau in der Mitte traf. Eine Kanone war für ihn ein Gebrauchsgegenstand wie ein Staubsauger oder eine Aufschnittmaschine, ohne Nationalität, ohne Loyalität. Sie war nicht furchterregend und symbolisierte nichts als die Zahlungsfähigkeit ihres Besitzers. Graham hatte die Menschen, die mit den Erzeugnissen seiner Geschicklichkeit feuerwerkten, immer nur aus Distanz betrachtet, und ebenso die, die darunter litten. (Dank der internationalen Unermüdlichkeit seiner Firma waren es übrigens oft dieselben Leute.) Und obschon er wußte, wieviel Zerstörung schon ein 10-cm-Geschoß anrichten konnte, war es ihm immer gewesen, als müßten diese Dinge bloße Ziffern sein, als könnten sie gar nichts anderes sein. Daß dem nicht so war, erstaunte ihn jedesmal aufs neue. Er stand ihnen genauso verständnislos gegenüber wie der Heizer eines Krematoriums der Feierlichkeit des Grabes.

Mit dem Revolver hier war es aber anders. Der war nicht unpersönlich wie eine Kanone. Zwischen ihm und dem menschlichen Körper bestand eine Beziehung. Er hatte eine ungefähre Reichweite von 25 Metern, das heißt, man konnte das Gesicht des Mannes, auf den man schoß, sehen, und zwar vor und nach dem Schuß. Man konnte seinen Todeskampf sehen und hören. Mit einem Revolver in der Hand konnte man nicht an Ehre und Ruhm denken, sondern nur an Töten und Getötetwerden. Man brauchte dabei keine Maschine zu bedienen. Da hatte man Leben und Tod in der Hand — in Gestalt einer simplen Kombination aus Federn und Hebeln und ein paar Gramm Blei und Schießpulver.

Er hatte in seinem Leben noch nie einen Revolver in der Hand gehabt. Er sah ihn sich gründlich an. Oberhalb des Abzugbügels war ›Made in USA‹ eingraviert, darunter der Name einer amerikanischen Schreibmaschinenfabrik. An der anderen Seite waren zwei kleine Schiebenocken. Der eine war der Sicherungsflügel, der andere gab, wenn man ihn aufschob, das Verschlußstück frei, das seitwärts aufklappte, so daß man sah, daß in allen sechs Kammern Patronen steckten. Die Waffe war sauber gearbeitet. Graham nahm die Patronen heraus und drückte ein paarmal versuchsweise auf den Abzug. Mit seiner verbundenen Hand war das nicht leicht, doch es ging. Er steckte die Patronen wieder hinein.

Jetzt war ihm wohler. Banat mochte zwar ein Berufsmörder sein, aber gegen Kugeln war er genauso empfindlich wie jeder andere Mensch. Und an *ihm* war es, den ersten Schritt zu tun. Man mußte sich einmal in seine Lage versetzen. In Istanbul hatte er danebengeschossen und hatte dann hinter seinem Opfer herreisen müssen. Es war ihm gelungen, auf denselben Dampfer zu kommen. Aber hatte er damit wirklich schon so viel gewonnen? Was er in Rumänien als Angehöriger der Eisernen Garde getan hatte, wollte jetzt nicht viel heißen. Das Wagnis war nicht so groß, wenn man eine Mörderbande hinter sich hatte und mit einem eingeschüchterten Richter rechnen konnte. Freilich kam es vor, daß Leute auf hoher See von Schiffen verschwanden, aber dann handelte es sich um große Passagierdampfer, nicht um Frachtschiffe von 2000 Tonnen. Auf einem so kleinen Dampfer einen Menschen umzubringen, ohne daß jemand etwas davon bemerkte, war nicht ganz einfach. Unmöglich war es wohl nicht, sofern man es so einrichten konnte, daß man nachts mit dem Opfer allein an Deck war. Dann konnte man es erdolchen und über Bord stoßen. Aber dazu mußte man das Opfer erst einmal an die richtige Stelle bringen, und es konnte leicht geschehen, daß man dabei von der Kommandobrücke aus gesehen — oder auch gehört — wurde, denn der Erdolchte konnte schreien, ehe die Wellen ihn verschluckten. Und wenn man ihm die Gurgel durchschnitt, würde eine Menge Blut auf Deck zurückbleiben, mit dem man fertig werden mußte. Außerdem setzte das eine gewisse Geschicklichkeit mit dem Messer voraus. Banat aber arbeitete nicht mit dem Messer, sondern mit dem Revolver. Dieser verdammte Zahlmeister hatte schon recht: Auf dem Schiff waren zu viele Leute in der Nähe, als daß ihn jemand ermorden konnte. Wenn er sich nur in acht nahm, konnte ihm nichts passieren. Die eigentliche Gefahr begann erst bei der Landung in Genua.

Dort mußte er natürlich sofort zum britischen Konsul gehen, alles erklären und sich Polizeischutz bis zur Grenze geben lassen. Ja, das war die Lösung. Zudem war er seinem Feind gegenüber im Vorteil, denn *Banat wußte nicht, daß er erkannt worden war.* Er hielt das Opfer sicher für ahnungslos, glaubte, er könne sich Zeit lassen für sein Werk, es irgendwo zwischen Genua und der französischen Grenze vollbringen. Wenn er dann seinen Irrtum entdeckte, war es zu spät, um ihn noch zu korrigieren. Jetzt galt es nur, dafür zu sorgen, daß er den Irrtum nicht zu früh bemerkte.

Wenn aber diesem Banat zum Beispiel aufgefallen war, wie hastig sich Graham vom Deck verzogen hatte? Das Blut erstarrte ihm bei dem Gedanken. Aber nein — der Mann hatte ja nicht hingesehen. Immerhin mußte er auf der Hut sein. Daß er sich etwa für den Rest der Reise in seine Kabine verkroch, kam nicht in Frage. Das hätte sofort Verdacht erregt. Er mußte sich so arglos benehmen wie möglich und dabei doch aufpassen, daß er keinerlei Angriffsmöglichkeiten bot. Er mußte darauf achten, daß immer andere Passagiere bei ihm waren oder wenigstens in der Nähe, wenn er sich nicht hinter abgeschlossener Kabinentür aufhielt. Er mußte sogar mit ›Monsieur Mavrodopoulos‹ freundlich verkehren.

Er knöpfte seine Jacke auf und schob den Revolver in seine hintere Hosentasche. Das dicke Ding war unbequem und wirkte viel zu auffällig. Er nahm seine Brieftasche aus der Brusttasche und steckte dafür den Revolver hinein. Auch das war unbequem, und die Umrisse der Waffe waren von außen zu sehen. Banat durfte nicht merken, daß Graham bewaffnet war. Der Revolver konnte in der Kabine bleiben.

Er steckte ihn wieder in den Koffer, stand auf und gab sich einen Ruck. Er beschloß, direkt in den Salon hinaufzugehen und einen Whisky zu trinken. Falls Banat dort war, um so besser. Ein Glas Alkohol konnte die Beklommenheit bei der ersten Begegnung nur mildern. Daß ihm beklommen zumute sein würde, wußte er. Er mußte einem Mann gegenübertreten, der ihn schon einmal zu ermorden versucht hatte und es noch einmal versuchen würde, und dabei mußte er sich so benehmen, als habe er nie etwas von ihm gesehen oder gehört. Sein Magen reagierte schon auf den bloßen Gedanken. Doch er mußte Ruhe bewahren. Vielleicht, sagte er sich, hing sein Leben davon ab, daß er sich ganz normal benahm. Und je länger er zögerte, darüber nachdachte, desto weniger normal mußte sein Benehmen werden. Es war besser, die Sache gleich hinter sich zu bringen.

Er zündete sich eine Zigarette an, machte die Kabinentür auf und ging direkt hinauf in den Salon.

Banat war nicht da. Graham hätte vor Erleichterung auflachen mögen. Josette und José saßen vor ihren Gläsern und hörten Mathis zu.

»Und so geht's weiter«, sagte er hitzig. »Die großen Zeitungen der Rechten gehören den Leuten, die daran interessiert sind, daß Frankreich sein Geld für Waffen ausgibt, und daß die kleinen Leute nicht zuviel von dem kapieren, was sich hinter den Kulissen abspielt. Ich freue mich, wieder nach Frankreich zu kommen, denn es ist meine Heimat. Aber Liebe zu denen, die in Frankreich schalten und walten, wie sie wollen, kann man von mir nicht erwarten. Nein, wahrhaftig nicht!«

Seine Frau hörte zu, ganz stumme Mißbilligung. José gähnte ungeniert. Josette nickte verständnisvoll, aber als sie Graham sah, hellte sich ihr Gesicht auf.

»Wo hat denn unser Engländer gesteckt?« fragte sie sogleich. »Mr. Kuvvetli hat allen Leuten erzählt, wie prächtig Sie beide sich amüsiert haben.«

»Ich habe mich in meiner Kabine von den Erlebnissen des Nachmittags ausgeruht.«

Mathis war offenbar nicht sehr erfreut über die Unterbrechung, sagte aber recht freundlich: »Ich habe schon befürchtet, Sie seien krank, Monsieur. Fühlen Sie sich jetzt wohler?«

»O ja, danke.«

»Ist Ihnen schlecht gewesen?« fragte Josette.

»Ich war nur so müde.«

»Das liegt an der schlechten Lüftung«, sagte Madame Mathis prompt. »Ich leide selber unter Kopfschmerzen und Übelkeit, seit ich auf dem Schiff bin. Wir sollten uns beschweren. Aber« — sie machte eine geringschätzige Handbewegung in der Richtung ihres Mannes — »solange der sich wohl fühlt, ist alles in Ordnung.«

Mathis grinste. »Pah! Seekrankheit ist das.«

»Rede nicht solchen Blödsinn! Wenn mir schlecht ist, dann deinetwegen.«

José schnalzte laut mit der Zunge, lehnte sich in seinem Sessel zurück und bat mit geschlossenen Augen und zusammengekniffenen Lippen den Himmel, er möge ihn vor der Häuslichkeit bewahren.

Graham bestellte Whisky.

»Whisky?« José richtete sich auf und pfiff erstaunt durch die Zähne. »Der Engländer trinkt Whisky!« verkündete er, und indem er die Lippen spitzte und das Gesicht verzog, um angeborenen aristokratischen Schwachsinn auszudrücken, setzte er auf englisch hinzu: »Some viskee pliz, ol bhoy!« Er sah sich grinsend um und wartete auf Applaus.

»So stellt er sich die Engländer vor«, erklärte Josette. »Er ist sehr dumm.«

»Ach, das glaube ich nicht«, sagte Graham. »Er ist ja noch nie in England gewesen. Viele Engländer, die noch nie in Spanien gewesen sind, glauben, alle Spanier röchen nach Knoblauch.«

Mathis kicherte.

José rutschte auf seinem Sessel vor. »Wollen Sie mich beleidigen?« fragte er scharf.

»Keineswegs. Ich habe lediglich darauf aufmerksam gemacht, daß solche irrigen Auffassungen vorkommen. Sie zum Beispiel riechen überhaupt nicht nach Knoblauch.«

José ließ sich wieder zurücksinken. »Gut, daß Sie das sagen«, sagte er mit verhaltener Drohung. »Wenn ich den Verdacht hätte . . .«

»Ach, sei doch still!« fiel ihm Josette ins Wort. »Du machst dich nur lächerlich.«

Zu Grahams Erleichterung wurde das Thema fallengelassen, denn Mr. Kuvvetli erschien. Er strahlte. »Ich komme Sie einladen«, sagte er zu Graham, »mit mir trinken.«

»Das ist sehr nett von Ihnen, aber ich habe mir gerade etwas bestellt. Wie wär's, wenn Sie sich mir anschlössen?«

»Sehr freundlich. Ich hätte gern Vermouth, bitte.« Er setzte sich hin. »Sie haben gesehen, daß wir ein neuer Passagier haben?«

»Ja, Monsieur Mathis hat ihn mir gezeigt.« Er wandte sich an den Steward, der ihm seinen Whisky brachte, und bestellte den Vermouth für Mr. Kuvvetli.

»Er ist Grieche. Name ist Mavrodopoulos. Er ist Kaufmann.«

»Was verkauft er denn?« Graham stellte mit Erleichterung fest, daß er ganz ruhig über Mavrodopoulos reden konnte.

»Das ich weiß nicht.«

»Das ist mir auch gleich«, sagte Josette. »Ich habe ihn eben gesehen. Uuuu!«

»Was ist denn los mit ihm?«

»Sie hat nur für gepflegte Männer etwas übrig«, sagte José boshaft. »Dieser Grieche sieht schmuddelig aus, wahrscheinlich stinkt er auch, aber er überdeckt das mit einem billigen Parfüm.« Er warf einen Handkuß in die Luft. *»Nuit de Petits Gars! Numéro Soixante-neuf; Cinq francs la bouteille.«*

Das Gesicht von Madame Mathis erstarrte.

»Du bist ekelhaft, José«, sagte Josette. »Übrigens kostet dein eigenes Parfüm nur 50 Francs die Flasche. Es ist gräßlich. Und du darfst so was nicht sagen. Du könntest damit bei Madame Anstoß erregen, denn sie ist an deine Witze nicht gewöhnt.«

Doch Madame Mathis hatte bereits Anstoß genommen. »Es ist unerhört«, sagte sie empört, »wenn so etwas in Gegenwart von Damen gesagt wird. Schon unter Männern wäre es nicht sehr anständig.«

»Jawohl«, sagte Mathis, »meine Frau und ich sind sicher nicht prüde, aber es gibt ganz einfach Dinge, die man nicht sagt.« Er machte den Eindruck, als freue er sich, wenigstens einmal einer Meinung mit seiner Frau zu sein. Ihre Überraschung war beinahe rührend. Sie nützte denn die Gelegenheit auch so gut wie möglich aus.

Madame Mathis sagte: »Monsieur Gallindo soll sich entschuldigen.«

»Ich verlange, daß Sie sich bei meiner Frau entschuldigen«, sagte Mathis.

José starrte sie mit empörtem Erstaunen an: »Entschuldigen? Wofür?«

»Er wird sich entschuldigen«, sagte Josette. Sie wandte sich an ihn und sprach spanisch weiter: »Entschuldige dich, du dummes Schwein! Willst du hier Krach machen? Siehst du nicht, daß er vor seiner Frau angeben will? Der schlägt dich kurz und klein.«

José zuckte die Achseln. »Meinetwegen.« Er sah das Ehepaar Mathis herausfordernd an. »Ich bitte um Entschuldigung. Ich weiß zwar nicht, wofür, aber ich bitte jedenfalls um Entschuldigung.«

»Meine Frau nimmt die Entschuldigung an«, sagte Mathis steif. »Es ist zwar keine sehr höfliche Entschuldigung, aber sie ist angenommen.«

»Ein Schiffsoffizier sagt«, schaltete sich Mr. Kuvvetli taktvoll ein, »wir werden Messina nicht sehen können, denn es wird dunkel sein.«

Dieser plumpe Versuch, das Thema zu wechseln, war überflüssig, denn in diesem Augenblick kam vom Promenadendeck her Banat. Er blieb an der Tür stehen und betrachtete die Gruppe am Tisch — er sah aus wie jemand, der vor dem Regen in einer Kunstgalerie Zuflucht sucht, sein Regenmantel war offen, den Hut hielt er in der Hand. Sein blasses Gesicht war ausgehöhlt von schlaflosen Nächten, er hatte Ringe unter den kleinen, tiefliegenden Augen, die vollen Lippen waren leicht verzogen, als habe er Kopfweh. Grahams Herz klopfte, daß ihm fast übel wurde. Da stand sein Mörder. Die Hand, die den Hut hielt, war dieselbe Hand, die auf ihn geschossen und seine eigene getroffen hatte, die jetzt nach dem Whiskyglas griff. Das war der Mann, der für die Kleinigkeit von 5000 Francs plus Spesen Menschen tötete.

Er spürte, wie ihm das Blut aus dem Gesicht wich. Er hatte nur einen kurzen Blick auf den Mann geworfen, aber sein ganzes Bild hatte sich ihm eingeprägt: von den staubigen braunen Schuhen bis zu der neuen Krawatte unter dem schmierigen weichen Kragen und dem müden, bleichen, stumpfsinnigen Gesicht. Er trank einen Schluck Whisky und sah, daß Mr. Kuvvetli den Ankömmling mit seinem Lächeln beehrte. Die anderen glotzten verständnislos.

Banat ging langsam auf die Bar zu.

»Bon soir!« sagte Mr. Kuvvetli.

»Bon soir!« Er brummte es kaum hörbar, als wolle er jeder Verpflichtung ausweichen, etwas anzunehmen, worauf er keinen Wert legte. Als er an der Bar angekommen war, sagte er leise etwas zu dem Steward.

Er war dicht bei Madame Mathis vorbeigekommen, und Graham sah, wie sie die Nase rümpfte. Dann roch er selbst das Parfüm. Es war stark duftendes Rosenöl. Er erinnerte sich an Oberst Hakis Frage, ob ihm nach dem Überfall in seinem Zimmer im Adler Palace nicht irgendein Geruch aufgefallen sei. Nun verstand er sie. Der Mann stank geradezu nach Parfüm, und der Duft blieb an allem, was er berührte, hängen.

»Fahren Sie weit, Monsieur?« fragte Mr. Kuvvetli.

Der Mann sah ihn an. »Nein, Genua.«

»Eine schöne Stadt.«

Ohne zu antworten, wandte sich Banat dem Glas zu, das ihm der Steward eingeschenkt hatte. Graham hatte er nicht angesehen.

»Sie schauen nicht gut aus«, wandte Josette sich besorgt an Graham. »Es fehlt Ihnen was, Sie sind nicht bloß müde.«

»Sie sind müde?« fragte Mr. Kuvvetli auf französisch. »Ah, das ist meine Schuld! Bei alten Denkmälern muß man immer laufen.« Banat schien er als hoffnungslosen Fall aufgegeben zu haben.

»Aber nicht doch, der Spaziergang hat mir Spaß gemacht.«

»Es liegt an der Lüftung«, wiederholte Madame Mathis hartnäckig.

»Die Luft ist wirklich ziemlich schlecht«, gab ihr Mann zu, wobei er betont an José vorbeisprach. »Aber was kann man für diesen Preis schon verlangen?«

»Diesen Preis!« rief José. »Das ist gut! Mir reicht's schon. Ich bin kein Millionär.«

Mathis wurde rot vor Ärger. »Man kann auch auf teurere Art von Istanbul nach Genua fahren.«

»Mein Mann übertreibt immer«, sagte Josette rasch.

»Reisen ist heute sehr teuer«, erklärte Mr. Kuvvetli. »Aber . . .«

Sinn- und zwecklos ging das Gespräch weiter, ein bloßer Vorwand für die Antipathie zwischen José und dem Ehepaar Mathis. Graham hörte nur halb hin. Er wußte, daß Banat ihn früher oder später ansehen mußte, und er wollte diesen Blick sehen. Sicherlich würde er ihm nichts Neues sagen, aber er wollte ihn gleichwohl sehen. Er schaute Mathis an und beobachtete aus dem Augenwinkel Banat, der sein Glas an die Lippen führte und einen Schluck nahm. Als er es wieder abstellte, sah er Graham direkt an.

Graham lehnte sich in seinen Sessel zurück.

». . . aber vergleichen Sie doch, was man dafür bekommt«,

hörte er Mathis sagen. »Auf der Bahn hat man eine *couchette* mit andern zusammen, in einem Abteil. Man schläft, wenn man kann. In Belgrad kommt die Warterei auf die Kurswagen aus Bukarest, und in Triest auf die aus Budapest. Paßkontrollen mitten in der Nacht, und dann der Lärm und der Staub und der Ruß. Ich kann mir nicht denken...«

Graham trank sein Glas aus. Banat musterte ihn — heimlich, so wie der Henker den Mann mustert, den er am nächsten Morgen hinrichten soll, so wie er in Gedanken das Gewicht schätzt, sich seinen Hals ansieht, den Fall berechnet.

»Reisen ist heute sehr teuer«, sagte Mr. Kuvvetli noch einmal.

Da rief der Gong zum Essen. Banat stellte sein Glas hin und verließ den Raum. Das Ehepaar Mathis folgte. Graham bemerkte, daß Josette ihn besorgt ansah. Er stand auf. Von der Küche her roch es nach Essen. Die Italienerin und ihr Sohn kamen herein und setzten sich an den Tisch. Beim Gedanken ans Essen wurde Graham übel.

»Fühlen Sie sich auch bestimmt wohl?« fragte Josette, während sie zu Tisch gingen. »Sie sehen nicht so aus.«

»Ganz bestimmt.« Er dachte verzweifelt nach, was er sonst noch sagen könnte, und sagte das erste, was ihm in den Sinn kam: »Madame Mathis hat recht. Die Ventilation ist schlecht. Vielleicht können wir nach dem Essen an Deck spazierengehen.«

Sie schaute erstaunt drein. »Ah, jetzt weiß ich, daß Ihnen nicht gut sein kann! Sie sind galant. Aber gut, ich komme nachher mit.«

Er lächelte mechanisch, ging an seinen Tisch und wechselte einen reservierten Gruß mit den Italienern. Erst als er sich hingesetzt hatte, bemerkte er, daß neben ihren Plätzen noch ein Gedeck aufgelegt war.

Sein erster Impuls war: aufstehen und hinausgehen. Daß Banat auf dem Schiff war, das war schon schlimm genug;

mit ihm am selben Tisch essen zu müssen, das war unmöglich. Aber alles hing davon ab, daß er sich normal verhielt. Er *mußte* einfach bleiben. Er mußte sich Mühe geben, in Banat einen griechischen Kaufmann namens Mavrodopoulos zu sehen, von dem er noch nie etwas gesehen oder gehört hatte. Er mußte . . .

Haller kam herein und nahm neben ihm Platz. »Guten Abend, Mr. Graham! War's schön heute nachmittag in Athen?«

»Ja, danke. Es hat Mr. Kuvvetli gebührend Eindruck gemacht.«

»Ach richtig, Sie haben ja als Fremdenführer fungiert. Da sind Sie sicherlich müde.«

»Ich muß Ihnen gestehen — ich habe gekniffen. Ich habe ein Auto gemietet. Der Chauffeur machte den Fremdenführer. Da Mr. Kuvvetli fließend Griechisch spricht, ist alles recht gut verlaufen.«

»Er spricht Griechisch — und da ist er noch nie in Athen gewesen?«

»Er ist in Smyrna geboren. Sonst habe ich leider nichts herausbekommen. Ich persönlich halte ihn bloß für einen Langweiler.«

»Dann habe ich mich getäuscht. Ich hatte gehofft . . . Na, da kann man eben nichts machen. Ehrlich gesagt, nachträglich habe ich gewünscht, ich wäre mitgekommen. Sie sind doch sicher zum Parthenon hinaufgefahren?«

»Ja.«

Haller lächelte schüchtern. »Wenn man in mein Alter kommt, denkt man manchmal an den Tod. Heute nachmittag habe ich gedacht, ich hätte doch gern das Parthenon nur noch einmal gesehen. Ich glaube, ich werde keine Gelegenheit mehr dazu bekommen. Ich habe oft stundenlang im Schatten bei den Propyläen gestanden, es betrachtet und die Menschen zu verstehen versucht, die es bauten. Damals war ich noch jung und wußte nicht, wie schwer es für moderne Europäer ist, die traumschwere Seele der Antike zu verstehen. Eine Welt trennt sie. Der Gott der Schönheit ist vom Gott der Kraft verdrängt worden, und zwischen den beiden Begriffen liegt eine Unendlichkeit. Die Schicksalsidee, die sich symbolisch in den dorischen Säulen ausdrückt, ist für die Kinder Fausts unverständlich. Für uns . . .« Er brach ab. »Entschuldigen Sie. Ich sehe, wir haben einen neuen Passagier. Er wird wohl unser Tischnachbar sein.«

Graham zwang sich aufzusehen.

Banat war hereingekommen und ließ den Blick über die Tische gleiten. Hinter ihm kam der Steward, der dabei war, die Suppe zu servieren, und wies ihm den Platz neben der Italienerin an.

Banat kam heran, blickte sich am Tisch um und setzte sich. Mit einem schwachen Lächeln nickte er der Tischrunde zu.

»Mavrodopoulos«, stellte er sich vor. »*Je parle français un petit peu.*«

Seine Stimme war ausdruckslos und belegt, und er lispelte ein wenig. Rosenölduft zog über den Tisch.

Graham nickte kühl. Nun, da der Augenblick gekommen war, war er ganz ruhig.

Hallers Blick voll mühsam unterdrückten Abscheus wirkte beinahe komisch. Gespreizt sagte er: »Haller. Da neben Ihnen sind Signora und Signor Beronelli, und das hier ist Mr. Graham.«

Banat nickte ihnen noch einmal zu und sagte: »Ich habe eine weite Reise hinter mir — von Saloniki.«

Graham gab sich einen Ruck und fragte: »Wäre es nicht einfacher gewesen, von Saloniki mit der Bahn nach Genua zu fahren?« Er fühlte sich sonderbar leblos, als er das sagte, und seine Stimme klang ihm seltsam in den Ohren.

Mitten auf dem Tisch stand eine Schale mit Rosinen, und Banat steckte ein paar davon in den Mund, ehe er knapp antwortete: »Ich fahre nicht gern mit der Bahn.« Er sah Haller an. »Sie sind Deutscher, Monsieur?«

Haller runzelte die Stirn. »Ja.«

»Deutschland — das ist ein gutes Land.« Er wandte seine Aufmerksamkeit Signora Beronelli zu. »Italien ist auch gut.« Er nahm noch ein paar Rosinen.

Die Frau lächelte und neigte den Kopf. Der Sohn machte ein böses Gesicht.

»Und was halten Sie von England?« fragte Graham.

Die kleinen, müden Augen starrten ihn kühl an. »England kenne ich nicht.« Die Augen wanderten weiter, um den Tisch herum. »Als ich das letztemal in Rom war«, sagte er, »habe ich eine großartige Parade der italienischen Armee gesehen, mit Geschützen und Panzerwagen und Flugzeugen.« Er schluckte seine Rosinen hinunter. »Die Flugzeuge waren herrlich anzusehen. Man mußte dabei an Gott denken.«

»Wieso das, Monsieur?« erkundigte sich Haller. Sichtlich war ihm Monsieur Mavrodopoulos wenig sympathisch.

»Man mußte dabei an Gott denken. Mehr kann ich nicht sagen. Man spürt das in der Magengegend. Bei einem Gewitter muß man auch an Gott denken. Aber diese Flugzeuge waren noch besser als ein Gewitter. Die Luft hat gezittert wie Papier.«

Graham betrachtete den vollen, verkrampften Mund, der diesen Unsinn von sich gab, und überlegte, ob ein englisches Geschworenengericht in einem Mordprozeß wohl diesen Mann für unzurechnungsfähig erklären würde. Wahrscheinlich nicht. Er mordete für Geld, und das Gesetz betrachtet einen Menschen, der für Geld mordet, nicht als geisteskrank. Und doch war er sicher wahnsinnig. Es handelte sich bei ihm um den Wahnsinn des Unbewußten, der unverhüllt zutage trat, um eine Art Atavismus der Seele, die Gottes Majestät in Blitz und Donner erkannte, im Dröhnen von Bombern, in der Detonation einer 500-Pfund-Granate — den aus Furcht geborenen Wahnsinn des Urweltsumpfes. Es war durchaus möglich, daß Mord für diesen Menschen ein Geschäft war. Im Anfang hatte er sich wahrscheinlich darüber gewundert, daß Leute so ansehnliche Beträge zahlten für etwas, das sie doch ebensogut selber besorgen konnten. Aber dann war er — gleich andern erfolgreichen Geschäftsleuten — zum Schluß gekommen, daß er eben geschickter war als seine Mitmenschen. Seine geistige Einstellung zum Geschäft des Mordens war vermutlich die der Toilettenfrau zur Toilettenwartung oder die des Börsenmaklers zur Provision: eine rein praktische.

»Fahren Sie jetzt nach Rom?« fragte Haller höflich. Es war die würdige Höflichkeit eines alten Mannes gegenüber einem dummen Jungen.

»Ich fahre nach Genua.«

»Ich habe gehört«, sagte Graham, »daß die Hauptsehenswürdigkeit der Friedhof ist.«

Banat spuckte einen Rosinenkern aus. »So? Warum?« Eine solche Bemerkung brachte ihn offenbar nicht aus der Fassung.

»Es soll eine große, sehr gepflegte Anlage sein, mit herrlichen Zypressen.«

»Vielleicht gehe ich mal hin.«

Der Steward trug Suppe auf. Haller wandte sich ziemlich betont Graham zu und begann aufs neue vom Parthenon zu sprechen. Er dachte anscheinend gern laut. Der Monolog, der auf diese Weise zustande kam, verlangte vom Zuhörer praktisch nichts weiter als ein gelegentliches Nicken. Vom Parthenon kam er weiter auf vorgriechische Altertümer, indogermanische Heldensagen und die Veda-Religion zu sprechen. Graham hörte zu, aß mechanisch und beobachtete Banat. Der Mann aß, als schmecke es ihm. Beim Kauen sah er sich im Salon um, wie ein Hund, der vor einer Schüssel Fleischabfälle steht. Er hatte etwas Rührendes. Er wirkte — Graham erschrak bei dem Gedanken — mitleiderregend, so wie ein Affe in seiner Menschenähnlichkeit mitleiderregend wirken kann. Er war nicht wahnsinnig. Er war ein Tier, und er war gefährlich.

Als die Mahlzeit beendet war, ging Haller wie gewöhnlich zu seiner Frau. Graham ergriff dankbar die Gelegenheit, verließ ebenfalls den Salon, holte sich seinen Mantel und ging hinaus an Deck.

Der Wind hatte nachgelassen und das Schiff schlingerte nur noch sanft. Es kam gut voran, und das Wasser, das an seinen Wänden entlangglitt, zischte und brodelte, als wären sie glühheiß. Es war eine kalte, klare Nacht.

Der Rosenölduft hing ihm noch in Nase und Rachen. Er genoß es, die frische, unparfümierte Luft in die Lungen zu saugen. Die erste Hürde, sagte er sich, hatte er genommen. Er hatte Banat von Angesicht zu Angesicht gegenübergesessen und mit ihm gesprochen, ohne sich zu verraten. Der Mann konnte unmöglich ahnen, daß er erkannt und durchschaut war. Von nun an war es gewiß nicht mehr schwer. Er brauchte nur auf der Hut zu sein.

Er hörte Schritte hinter sich, schrak zusammen und drehte sich rasch um.

Es war Josette. Lächelnd kam sie auf ihn zu. »Ah, so sieht Ihre Galanterie aus! Sie fordern mich zu einem Spaziergang auf, aber Sie warten nicht auf mich. Ich muß Sie erst suchen. Sie sind wirklich schlimm.«

»Bitte verzeihen Sie! In dem Salon war's so stickig, daß . . .«

»Es ist durchaus nicht stickig im Salon, das wissen Sie genau!« Sie schob den Arm unter den seinen. »Also jetzt wollen wir auf und ab gehen, und Sie müssen mir genau erzählen, was *eigentlich* los ist.«

Er blickte sie rasch an. »Was *eigentlich* los ist? Was meinen Sie damit?«

Sie verwandelte sich in die *grande dame*. »Also Sie wollen es mir nicht sagen? Sie wollen mir nicht sagen, wieso Sie hier auf diesem Schiff sind? Sie wollen mir nicht sagen, was heute passiert ist und warum Sie so nervös sind?«

»Nervös? Aber . . .«

»Ja, Monsieur Graham, nervös!« Achselzuckend gab sie die *grande dame* auf. »Sie müssen verzeihen, aber ich weiß schließlich, wie Menschen aussehen, wenn sie Angst haben.

Dann sehen sie nämlich ganz anders aus als Menschen, die müde sind oder die sich in schlechter Luft nicht wohl fühlen. Ganz eigentümlich sehen sie aus, haben eingefallene Gesichter, sind grau um den Mund herum, und können die Hände nicht stillhalten.« Sie waren an der Treppe zum Bootsdeck angekommen. Sie wandte sich um und sah ihn an. »Wollen wir raufgehen?«

Er nickte. Er hätte auch genickt, wenn sie vorgeschlagen hätte, sie sollten über Bord springen. Er konnte nur an eines denken: Wenn Josette ihm die Angst *ansah*, dann auch Banat. Und wenn Banat etwas gemerkt hatte ... Aber er konnte ja nichts gemerkt haben. Er konnte doch gar nicht! Er ...

Sie waren nun auf dem Bootsdeck, und sie nahm wieder seinen Arm. »Es ist eine sehr schöne Nacht«, sagte sie. »Ich bin froh, daß wir so spazierengehen können. Heute morgen habe ich gefürchtet, ich hätte Sie verärgert. Ich wollte ja gar nicht nach Athen. Dieser Offizier, der sich auf seinen Charme so viel einbildet, hat mich gefragt, ob ich nicht mit ihm gehen wolle. Ich hab's nicht getan. Mit Ihnen aber wäre ich gegangen, wenn Sie mich aufgefordert hätten. Ich sage das nicht, um Ihnen zu schmeicheln. Ich sage es Ihnen, weil's wahr ist.«

»Das ist sehr nett von Ihnen«, murmelte er.

»Das ist sehr nett von Ihnen«, äffte sie ihn nach. »Sie sind ja so förmlich. Das tönt, als ob Sie mich nicht gern hätten.«

Er brachte es fertig zu lächeln. »Ach wo, natürlich hab ich Sie gern.«

»Aber Sie trauen mir nicht! Ich verstehe. Sie sehen mich im Jockey Cabaret tanzen, und weil Sie so ein erfahrener Mann sind, sagen Sie sich: ›Na, vor der Dame muß ich mich in acht nehmen.‹ Stimmt's? Aber ich mein's doch gut mit Ihnen. Sie sind so dumm.«

»Ja, ich bin dumm. –

Ja, ich habe Sie gern.« Ein törichter, wahnwitziger Gedanke keimte in ihm auf: ihr von Banat zu erzählen.

136

»Dann müssen Sie mir auch Vertrauen schenken!«

»Ja, das muß ich wohl.« Es war natürlich unsinnig. Er konnte ihr kein Vertrauen schenken. Ihre Motive lagen klar zutage. Er konnte niemandem Vertrauen schenken. Er war allein, entsetzlich allein. Wenn er jemanden gehabt hätte, mit dem er darüber hätte reden können, dann wäre es nicht ganz so schlimm gewesen. Wenn nun Banat gesehen hatte, daß er nervös war, und daraus schloß, daß er sich vorsah? Hatte er es gesehen oder nicht? Das konnte ihm Josette sagen.

»Woran denken Sie?«

»An morgen.« Sie hatte gesagt, sie meine es gut mit ihm. Wenn er jetzt etwas brauchte, dann — weiß Gott — jemanden, der es gut mit ihm meinte. Irgend jemanden, dem er davon erzählen, mit dem er darüber sprechen konnte. Außer ihm wußte niemand etwas davon. Wenn ihm etwas zustieß, war niemand da, der eine Beschuldigung gegen Banat vorbringen konnte. Er würde ungeschoren bleiben und seinen Lohn kassieren. Josette hatte recht. Es war dumm, ihr zu mißtrauen, nur weil sie als Tänzerin in Nachtlokalen auftrat. Schließlich schätzte doch Kopeikin sie, und der kannte sich bei Frauen aus.

Sie waren an der Ecke hinter dem Aufbau der Kommandobrücke angelangt. Sie blieb stehen, wie er es erwartet hatte. »Wenn wir hier stehen bleiben«, sagte sie, »wird mir kalt. Es ist besser, wir spazieren weiter auf dem Deck herum.«

»Ich dachte, Sie wollten mich ausfragen.«

»Ich habe Ihnen doch gesagt, daß ich nicht neugierig bin.«

»Ja, das weiß ich. Aber wissen Sie noch, wie ich Ihnen gestern abend erzählt habe, daß ich hier auf das Schiff gekommen bin, um jemandem aus dem Wege zu gehen, der mich erschießen wollte, und daß ich hier eine Schußwunde habe?« Er hob die rechte Hand hoch.

»Ja, das weiß ich noch. Das war ein schlechter Witz.«

»Ein sehr schlechter Witz. Aber leider wahr.«

Es war heraus. Er konnte ihr Gesicht nicht sehen, doch er hörte, wie sie heftig einatmete, und spürte, wie ihre Finger sich in seinen Arm bohrten.

»Sie lügen mir was vor.«

»Leider nicht.«

»Aber Sie sind Ingenieur«, sagte sie vorwurfsvoll, »das haben Sie doch gesagt. Was haben Sie denn getan, daß jemand Sie umbringen will?«

»Gar nichts habe ich getan.« Er zögerte. »Ich habe nur einen wichtigen geschäftlichen Auftrag. Irgendeiner Konkurrenzfirma liegt daran, daß ich nicht nach England zurückkehre.«

»Aber jetzt lügen Sie bestimmt.«

»Ja, ich lüge, aber nur ein wenig. Ich *habe* einen wichtigen geschäftlichen Auftrag, und es *gibt* Leute, denen daran liegt, daß ich nicht nach England zurückkehre. Sie haben Männer engagiert, die mich in Gallipoli ermorden sollten. Aber die türkische Polizei hat diese Leute festgenommen, ehe sie's noch versuchen konnten. Dann haben sie einen Berufsmörder gedungen. Als ich neulich in der Nacht aus dem Jockey Cabaret in mein Hotel zurückkam, hat er mir aufgelauert. Er hat auf mich geschossen, mich aber nur an der Hand erwischt.«

Ihr Atem ging rasch. »Das ist ja gräßlich! Bestialisch! Weiß Kopeikin das?«

»Ja. Es war zum Teil seine Idee, daß ich auf diesem Schiff reisen sollte.«

»Aber wer sind denn diese Leute?«

»Ich weiß nur von einem. Er heißt Moeller und lebt in Sofia. Die türkische Polizei hat mir gesagt, er sei ein deutscher Agent.«

»Dieser *salaud!* Aber jetzt kann er nicht an Sie heran.«

»Leider doch. Als ich heute nachmittag mit Mr. Kuvvetli an Land war, ist ein neuer Passagier an Bord gekommen.«

»Der Kleine, der so duftet? Dieser Mavrodopoulos? Aber . . .«

»Mit richtigem Namen heißt er Banat, und er ist der Berufsmörder, der in Istanbul auf mich geschossen hat.«

»Woher wissen Sie denn das?« fragte sie atemlos.

»Er war im Jockey Cabaret und hat mich beobachtet. Er ist mir dorthin nachgegangen, um sich zu vergewissern, daß ich aus dem Wege war, ehe er in mein Hotelzimmer eindrang. Es war dunkel im Zimmer, als er auf mich geschossen hat, aber die Polizei hat mir später ein Bild von ihm gezeigt, und da habe ich ihn wiedererkannt.«

Einen Augenblick schwieg sie. Dann sagte sie langsam: »Das ist nicht sehr schön. Dieser Kleine ist ein übler Bursche.«

»Nein, es ist nicht sehr schön.«

»Sie müssen zum Kapitän gehen.«

»Danke, das habe ich schon versucht, bin aber nur bis zum Zahlmeister vorgedrungen. Der ist der Meinung, ich sei entweder verrückt oder betrunken oder ich lüge.«

»Was wollen Sie denn machen?«

»Zunächst gar nichts. Er weiß nicht, daß ich weiß, wer er ist. Ich glaube, er wird warten, bis wir in Genua sind, ehe er's wieder versucht. Wenn wir ankommen, werde ich zum britischen Konsul gehen und ihn bitten, die Polizei zu benachrichtigen.«

»Ich glaube aber, er *weiß* schon, daß Sie einen Verdacht gegen ihn haben. Vor dem Essen, als wir im *salone* waren und der Franzose vom Eisenbahnfahren sprach, hat dieser Mann Sie beobachtet. Mr. Kuvvetli hat Sie auch beobachtet. Sie haben so ein merkwürdiges Gesicht gemacht.«

Sein Magen krampfte sich zusammen. »Sie wollen wohl sagen, die Angst stand mir im Gesicht geschrieben? Ja, ich habe Todesangst gehabt. Ich gebe es zu. Warum auch nicht? Ich bin nicht daran gewöhnt, daß mich jemand umbringen will.« Seine Stimme war lauter geworden. Er fühlte, daß er vor hysterischer Wut zitterte.

Sie packte ihn wieder am Arm: »Pst! Sie dürfen nicht so laut sprechen.« Und dann: »Macht's denn so viel aus, daß er das weiß?«

»Wenn er's weiß, dann bedeutet das, daß er handeln muß, ehe wir nach Genua kommen.«

»Auf diesem kleinen Schiff? Das riskiert er nicht.« Sie hielt inne. »José hat in seiner Kiste einen Revolver. Ich will versuchen, ob ich ihn kriegen kann.«

»Ich habe schon einen Revolver.«

»Wo?«

»Er ist in meinem Koffer. Wenn ich ihn in der Tasche hätte, würde er auffallen. Der Mann soll nicht sehen, daß ich von der Gefahr weiß.«

»Wenn Sie den Revolver bei sich haben, besteht keine Gefahr für Sie. Lassen Sie ihn das Ding ruhig sehen! Wenn ein Hund merkt, daß man Angst hat, beißt er. Solchen Burschen muß man zeigen, daß man ihnen gefährlich werden kann, dann kriegen sie Angst.« Sie ergriff seinen andern Arm. »Ach, Sie brauchen sich keine Sorgen zu machen. Sie werden schon nach Genua kommen, und dort gehen Sie zum britischen Konsul. Sie brauchen sich um diesen parfümierten Schurken nicht zu kümmern. Wenn Sie nach Paris kommen, haben Sie ihn schon vergessen.«

»Sofern ich nach Paris komme.«

»Sie sind unmöglich. Weshalb sollten Sie nicht nach Paris kommen?«

»Sie halten mich für einen Narren?«

»Nein, Sie sind nur übermüdet. Ihre Wunde. . . .«

»Es war doch nur ein Streifschuß.«

»Ach, es liegt ja nicht daran, wie groß die Wunde ist. Es liegt am Schock.«

Plötzlich hätte er auflachen mögen. Sie hatte recht. Er war über diese entsetzliche Nacht mit Kopeikin und Haki noch nicht hinweg. Seine Nerven waren überreizt. Er machte sich unnötige Sorgen. Er sagte: »Wenn wir nach Paris kommen, spendiere ich Ihnen ein Festessen, Josette.«

Sie kam dicht an ihn heran. »Ich möchte ja gar nicht, daß Sie mir irgendwas spendieren, *chéri*. Ich möchte, daß Sie mich gern haben. Sie *haben* mich doch gern?«

»Natürlich hab ich Sie gern. Das hab ich Ihnen doch gesagt.«

»Ja, das haben Sie mir gesagt.«

Seine linke Hand berührte den Gürtel ihres Mantels. Plötzlich drückte sich ihr Körper gegen den seinen. Im nächsten Augenblick hatte er die Arme um sie gelegt und küßte sie.

Als seine Arme ermüdeten, lehnte sie sich zurück, halb auf ihn, halb auf die Reling gestützt.

»Geht's dir besser, *chéri*?«

»Ja, mir geht's besser.«

»Gib mir bitte eine Zigarette.«

Er gab ihr die Zigarette, und über die Flamme des Streichholzes hinweg sah sie ihn an. »Denkst du an diese Frau in England, mit der du verheiratet bist?«

»Nein.«

»Aber du *wirst* doch an sie denken?«

»Wenn du immerzu von ihr redest, werde ich wohl nicht anders können.«

»Ich verstehe. Für dich bin ich bloß ein Teil der Reise von Istanbul nach London. Genauso wie Mr. Kuvvetli.«

»Nicht ganz so wie Mr. Kuvvetli. Mr. Kuvvetli werde ich nicht küssen, wenn ich's vermeiden kann.«

»Was hältst du von mir?«

»Ich finde dich sehr reizvoll. Ich finde dein Haar schön und deine Augen auch, und ich mag dein Parfüm.«

»Das ist sehr lieb. Soll ich dir mal was sagen, *chéri*?«

»Was?«

Sie sprach ganz leise: »Das Schiff hier ist sehr klein, die Kabinen sind sehr klein, die Wände sind sehr dünn, und überall sind Leute.«

»Ja?«

»Paris ist sehr groß, und da gibt es schöne Hotels mit großen Zimmern und dicken Wänden. Da braucht man niemanden zu sehen, den man nicht sehen will. Und wenn man eine Reise von Istanbul nach London macht und in Paris ankommt, muß man manchmal acht Tage warten, ehe man weiterfahren kann. Weißt du das, *chéri?*«

»Das ist aber lange.«

»Das liegt am Krieg, weißt du. Da gibt es immer Schwierigkeiten. Manchmal muß man tagelang auf die Ausreisebewilligung warten. Es gibt da einen besonderen Stempel, den man im Paß haben muß, und du darfst nicht in den Zug nach England, wenn du diesen Stempel nicht hast. Du mußt auf die *préfecture* gehen, und dort machen sie viel *chichi*. Du darfst Paris nicht verlassen, bis die alten Weiber in der *préfecture* sich bequemen, den Paß abzustempeln.«

»Das ist ja ärgerlich.«

Sie seufzte. »Wir könnten diese acht oder zehn Tage sehr nett verbringen. Ich denke nicht an das Hôtel des Belges. Das ist eine schmierige Bude. Aber es gibt auch das Hôtel Ritz und das Hôtel Lancaster und das Georges Cinq . . .« Sie hielt inne, und ihm war klar, daß er etwas sagen sollte.

Er sagte es: »Und das Crillon und das Meurice.«

Sie drückte seinen Arm. »Du bist sehr nett. Und verstehst mich, ja? Eine kleine Wohnung ist billiger, aber für so ein paar Tage geht das nicht. Und in einem billigen Hotel, da fühlt man sich nicht richtig wohl. Aber ich bin auch nicht für Verschwendung. Es gibt nette Hotels, in denen es nicht so teuer ist wie im Ritz oder im Georges Cinq, und man hat mehr Geld übrig zum Essen und zum Tanzen in netten Lokalen. Auch im Krieg gibt es nette Lokale.« Das brennende Ende ihrer Zigarette bewegte sich ungeduldig. »Aber ich darf nicht von Geld reden, sonst läßt du dir von den alten Weibern in der *préfecture* zu schnell deine Ausreisegenehmigung geben, und dann sitze ich da.«

Er sagte: »Liebe Josette, das tönt ja fast so, als meintest du es ernst.«

»Denkst du etwa, ich meine es nicht ernst?« Sie war indigniert.

»Ich bin überzeugt davon.«

Sie lachte auf. »Du kannst auf sehr höfliche Weise gemein sein. Das muß ich José erzählen. Der wird sich amüsieren.«

»Es liegt mir eigentlich nicht daran, daß José sich amüsiert. Wollen wir nach unten gehen?«

»Ach, du bist böse! Du denkst, ich hätte dich zum besten gehalten.«

»Durchaus nicht.«

»Dann gib mir einen Kuß!«

Etwas später sagte sie leise: »Ich habe dich sehr gern. Ein Zimmer für 50 Francs pro Tag würde mir nicht viel ausmachen. Aber das Hôtel des Belges ist schrecklich. Da möchte ich nicht wieder hin. Du bist mir nicht böse?«

»Nein, ich bin dir nicht böse.« Ihr Körper war weich und warm und sehr anschmiegsam. Sie hatte ihm das Gefühl gegeben, als seien Banat und der Rest der Reise ohne Bedeutung. Er war ihr dankbar, und zugleich tat sie ihm leid. Er nahm sich vor, ihr in Paris eine Handtasche zu kaufen und heimlich einen 1000-Francs-Schein hineinzutun, bevor er sie ihr gab. Er sagte: »Keine Sorge. Du brauchst nicht wieder ins Hôtel des Belges zu gehen.«

Als sie endlich in den Salon hinuntergingen, war es zehn Uhr vorbei. José und Mr. Kuvvetli saßen beim Kartenspiel. José, die Lippen zusammengekniffen und konzentriert, nahm keine Notiz von ihnen. Aber Mr. Kuvvetli sah auf und lächelte schwach. »Madame«, sagte er jammernd, »Ihr Gatte spielt ausgezeichnet.«

»Er hat ja auch viel Übung.«

»Ja, das glaube ich.« Er spielte eine Karte aus. José knallte triumphierend eine andere darauf. Mr. Kuvvetlis Gesicht wurde lang.

»Gewonnen!« sagte José und strich das bißchen Geld ein, das auf dem Tisch lag. »Sie haben 84 Lire verloren. Wenn wir um Lire gespielt hätten statt um Centesimi, hätte ich 8400 Lire gewonnen. Das wäre interessant gewesen. Wollen wir noch eins spielen?«

»Ich glaube, ich gehe jetzt schlafen«, sagte Mr. Kuvvetli schnell. »Gute Nacht, Messieurs-dame!« Er ging.

José zutschte an den Zähnen, als wenn ihm das Spiel einen unangenehmen Geschmack im Munde hinterlassen hätte. »Auf diesem gräßlichen Schiff geht alles zeitig schlafen«, sagte er. »Es ist so langweilig.« Er sah zu Graham auf. »Wollen Sie ein Spielchen machen?«

»Es tut mir leid, aber ich muß auch schlafen gehen.«

José zuckte die Achseln. »Na schön. Auf Wiedersehen!« Er sah Josette an und begann zu geben. »Ich spiele eins mit dir.«

Sie sah Graham an und lächelte resigniert. »Wenn ich nicht mitspiele, wird er ungemütlich. Gute Nacht, Monsieur!«

Graham lächelte und sagte gute Nacht.

Er konnte sich nicht verhehlen, daß er sehr erleichtert in seine Kabine zurückkehrte. Wie dumm er gewesen war! Und wie vernünftig Josette war! »Wenn ein Hund merkt, daß man Angst hat, beißt er«, hatte sie gesagt. Bei Menschen wie Banat war es gefährlich, subtil zu sein. Von jetzt an würde er einen Revolver bei sich tragen. Mehr noch — er wollte davon Gebrauch machen, wenn Banat bedrohlich werden sollte. Gegen Gewalt half nur Gewalt.

Er bückte sich, um seinen Koffer unter der Koje hervorzuziehen. Er wollte den Revolver jetzt gleich an sich nehmen.

Plötzlich hielt er inne. Für einen Augenblick war ihm der widerliche süße Geruch von Rosenöl in die Nase gekommen.

Es war nur ein Hauch gewesen, kaum merklich, und er konnte ihn nicht noch einmal feststellen. Er hockte einen Moment lang reglos da und sagte sich, er müsse sich den Geruch nur eingebildet haben. Dann ergriff ihn Panik.

Mit zitternden Fingern riß er die Riegel des Koffers auf und schlug den Deckel hoch.

Der Revolver war weg.

7. Kapitel

Langsam zog er sich aus und kroch in die Koje. Er lag und starrte auf die Risse in der Asbestverschalung eines Dampfrohres, das quer über die Decke der Kabine lief. Er spürte noch den Geschmack von Josettes Lippenstift im Munde. Dieser Geschmack war alles, was ihn noch an das Selbstvertrauen erinnerte, mit dem er in die Kabine zurückgekehrt war — das Selbstvertrauen, das von einer Angst weggespült worden war, die in ihm emporschoß wie Blut aus einer aufgeschnittenen Ader, einer Angst, die gerann und das Denken lähmte. Nur seine Sinne schienen noch lebendig zu sein.

Auf der anderen Seite der Zwischenwand war Mathis gerade mit dem Zähneputzen fertig, und man hörte lautes Stöhnen und Knarren, als er in die obere Koje kletterte. Endlich legte er sich seufzend hin.

»Wieder ein Tag!«

»Ja, glücklicherweise. Ist das Bullauge offen?«

»Leider ja. Ich spüre den Durchzug am Rücken. Das ist sehr unangenehm.«

»Wir wollen doch nicht krank werden wie der Engländer.«

»Bei dem hat das nichts mit der Zugluft zu tun gehabt. Das war Seekrankheit. Er hat's bloß nicht zugeben wollen, weil es sich für einen Engländer nicht gehört, seekrank zu sein. Die Engländer bilden sich alle ein, große Seefahrer zu sein. Er ist *drôle*, aber ich finde ihn ganz nett.«

»Weil er sich deinen Unsinn anhört. Er ist höflich — zu höflich. Er und der Deutsche begrüßen einander jetzt schon, als ob sie Freunde wären. *Das* gehört sich bestimmt nicht. Wenn dieser Gallindo . . .«

»Ach, von dem haben wir genug geredet.«

»Signora Beronelli sagt, er sei auf der Treppe mit ihr zusammengestoßen und weitergegangen, ohne sich zu entschuldigen.«

»Das ist ein schmieriger Kerl.«

Nach einer Pause fing sie noch einmal an: »Robert!«

»Ich schlafe schon fast.«

»Ich hab dir doch erzählt, daß der Mann von der Signora Beronelli bei dem Erdbeben umgekommen ist?«

»Ja und?«

»Ich habe heute abend mit ihr gesprochen. Die Geschichte ist schrecklich. Er ist gar nicht durch das Erdbeben umgekommen. Er ist erschossen worden.«

»Weshalb?«

»Sie will nicht, daß es sich herumspricht. Du darfst nichts davon sagen.«

»Ja und?«

»Es geschah nach dem ersten Beben. Als die heftigen Erdstöße vorbei waren, sind sie von dem Feld, auf das sie geflüchtet waren, wieder zu ihrem Haus gegangen. Das Haus war zerstört. Ein Stück von einer Mauer stand noch, und daran hat er aus Brettern eine Bude gebaut. Sie fanden noch einige Lebensmittel, die sie im Hause gehabt hatten, aber es gab kein Wasser — die Wasserbehälter waren geplatzt. Da hat er sie mit dem Jungen, ihrem Sohn, dort gelassen und sich auf die Suche nach Wasser gemacht. In der Nähe lebten Bekannte, die in Istanbul waren. Er ging zu ihrem Haus, das ebenfalls zerstört war, und suchte zwischen den Trümmern nach einem ganzen Wasserbehälter. Er fand einen, hatte aber nichts, worin er das Wasser mitnehmen konnte, und da hat er sich nach einem Krug oder einer Blechbüchse umgesehen. Er fand einen silbernen Krug, der leicht verbogen war. Nach dem Erdbeben waren Militärstreifen auf die Straße geschickt worden, um Plündereien zu verhüten — die waren an der Tagesordnung, weil überall in den Trümmern Wertsachen lagen. Wie er gerade dastand und den Krug wieder zurechtbiegen wollte, hat ein Soldat ihn festgenommen. Signora Beronelli hatte keine Ahnung davon, und als er nicht wiederkam, sind sie und der Sohn ihn suchen gegangen. Aber es war so ein Durcheinander, daß sie gar nichts machen konnten. Am nächsten Tag hat sie erfahren, daß er erschossen worden ist. Ist das nicht eine furchtbare Tragödie?«

»Ja, das ist eine Tragödie. So was passiert.«

»Wenn der liebe Gott ihn in dem Erdbeben hätte umkommen lassen, könnte sie sich leichter damit abfinden. Aber daß er erschossen worden ist...! Sie ist sehr tapfer. Sie macht den Soldaten keine Vorwürfe. Bei so einem Durcheinander kann man niemandem Vorwürfe machen. Es war der Wille des lieben Gottes.«

»Der ist ein Spaßvogel und macht solche Scherze. Das habe ich schon ein paarmal bemerkt.«

»Versündige dich nicht!«

»Nein, du versündigst dich. Du sprichst vom lieben Gott, als wenn er ein Kellner mit einer Fliegenklatsche wäre, der nach den Fliegen schlägt und manche tötet. Aber eine entwischt. *Ah, le salaud!* Da schlägt der Kellner noch einmal zu, und die Fliege ist Brei wie die andern auch. So ist der liebe Gott nicht. Er macht keine Erdbeben und Tragödien. Er ist etwas Geistiges.«

»Du bist unausstehlich. Hast du kein Mitleid mit der armen Frau?«

»Natürlich habe ich Mitleid mit ihr. Aber was hat sie denn davon, wenn wir hier noch eine Totenmesse lesen? Was hat sie davon, wenn ich wach bleibe und davon rede, statt zu schlafen, wie ich gerne möchte? Sie hat dir das erzählt, weil sie das Bedürfnis hat, davon zu sprechen. Arme Frau! Es ist ihr eine Erleichterung, wenn sie zur Heldin einer Tragödie wird. Die Sache selbst wird dadurch weniger wirklich. Aber ohne Publikum keine Tragödie. Wenn sie's mir erzählt, werde ich auch ein guter Zuhörer sein. Die Tränen werden mir kommen. Aber du bist nicht die Heldin. Schlaf!«

»Du bist eine herzlose Bestie.«

»Auch Bestien müssen schlafen. Gute Nacht, *chérie*!«

»Kamel!«

Es kam keine Antwort. Nach einer Weile seufzte Mathis schwer und wälzte sich in der Koje herum. Bald darauf begann er leise zu schnarchen.

Graham lag eine Zeitlang wach da und horchte auf das Rauschen der See und das gleichmäßige Stampfen der Maschinen. Ein Kellner mit einer Fliegenklatsche! In Berlin saß ein Mann, den er nie gesehen hatte, dessen Namen er nicht kannte, und der ihn zum Tode verurteilt hatte; in Sofia saß ein Mann namens Moeller, der die Anweisung erhalten hatte, für die Urteilsvollstreckung zu sorgen; und hier, ein paar Meter entfernt, in Kabine 9, war der Befehlsvollstrecker mit einer automatischen Pistole, Kaliber 9 mm, der den Verurteilten entwaffnet hatte und bereit war, seinen Auftrag auszuführen und sein Geld zu kassieren. Das Ganze war so unpersönlich, so leidenschaftslos wie die Gerechtigkeit selber. Der Versuch, sie überwinden zu wollen, schien so zwecklos, als wollte einer auf dem Schafott mit dem Henker rechten.

Er versuchte an Stefanie zu denken, und stellte fest, daß er es nicht konnte. Die Welt, zu der sie und sein Haus und seine Freunde gehörten, hatte aufgehört zu existieren. Er war allein. Versetzt in ein fremdes Land, dessen Grenze der Tod war, ganz allein — bis auf einen Menschen, mit dem er von den Schrecken dieses Landes sprechen konnte. Sie war Vernunft. Sie war Wirklichkeit. Er brauchte sie. Stefanie braucht er nicht. Sie war ein Gesicht und eine Stimme, an die er sich dunkel erinnerte, so wie er sich an andere Gesichter und Stimmen einer Welt erinnerte, die er einmal gekannt hatte.

Seine Gedanken gingen in ein beklemmendes Dösen über. Dann träumte er, er falle in einen Abgrund. Erschrocken wachte er auf. Er knipste das Licht an und griff zu einem der Bücher, die er sich am Nachmittag gekauft hatte. Es war ein Kriminalroman. Er las ein paar Seiten und legte

ihn wieder weg. Eine Erzählung, in der Leichen mit ›saube-
ren, leicht blutenden‹ Löchern in der rechten Schläfe ›in der
grotesken Verzerrung der Agonie‹ dalagen, war nicht die
richtige Lektüre zum Einschlafen.

Er stand auf, hüllte sich in eine Decke und setzte sich auf
die Koje, um eine Zigarette zu rauchen. Er nahm sich vor,
den Rest der Nacht so zu verbringen: sitzend und Zigaretten rauchend. Wenn er ausgestreckt lag, fühlte er sich doppelt hilflos. Wenn er nur einen Revolver gehabt hätte.

Als er so dasaß, kam es ihm vor, als sei ein Revolver
ebenso lebenswichtig wie das Augenlicht. Daß er so viele
Jahre ohne Revolver überhaupt überlebt hatte, war reiner
Zufall. Ohne Revolver war man schutzlos wie eine ange-
pflockte Ziege im Dschungel. Eine unglaubliche Dummheit
von ihm, daß er das Ding im Koffer gelassen hatte! Wenn
er nur . . .

Da fiel ihm ein, daß Josette gesagt hatte: »José hat in
seiner Kiste einen Revolver. Ich will versuchen, ob ich ihn
kriegen kann.«

Er atmete auf. Er war gerettet. José hatte einen Revolver. Josette würde ihn ihm besorgen, und dann war alles in
Ordnung. Um 10 Uhr war sie sicher an Deck. Dann würde
er raufgehen, ihr erzählen, was geschehen war, und sie bitten, ihm sofort den Revolver zu besorgen. Wenn er Glück
hatte, konnte er ihn eine halbe Stunde nach dem Verlassen
seiner Kabine in der Tasche haben. Wenn er sich dann zum
Essen setzte, würde sich das dicke Ding unter dem Stoff seines Anzugs abzeichnen. Das wäre eine Überraschung für
Banat! Wie gut, daß José so mißtrauisch veranlagt war!

Er gähnte und drückte seine Zigarette aus. Es wäre
dumm, die ganze Nacht hier zu sitzen. Dumm, unbequem
und langweilig. Außerdem war er schläfrig. Er breitete die
Decke wieder über die Koje und legte sich wieder hin. Fünf
Minuten später war er eingeschlafen.

Als er wieder aufwachte, bewegte sich ein halbmondför-
miger Sonnenstreifen, der durch das Bullauge fiel, auf der
weißgestrichenen Kabinenwand auf und nieder. Er lag da
und betrachtete ihn, bis er aufstehen mußte, um dem Steward, der ihm den Kaffee brachte, die Tür aufzuschließen.
Es war 9 Uhr. Er trank den Kaffee, rauchte eine Zigarette
und nahm ein heißes Meerwasserbad. Als er sich fertig an-
gekleidet hatte, war es kurz vor 10 Uhr. Er zog sich den
Mantel über und verließ die Kabine. Im Gang, an dem die
Kabinen lagen, konnten zwei Personen knapp aneinander
vorbeigehen. Er bildete drei Seiten eines Quadrats; die vierte
bestand aus der Treppe zu Salon und Schutzdeck und zwei
kleinen Nischen, in denen je eine staubige Palme in einem
Tonkübel stand. Er war noch ein bis zwei Meter vom Ende
des Ganges entfernt, als er sich Banat gegenübersah.

Der Mann war von der Nische am unteren Ende der
Treppe in den Gang eingebogen, und wenn er nur einen
Schritt zurückgetreten wäre, hätte er Graham vorbeilassen
können; aber er machte keine Anstalten dazu. Als er Gra-
ham sah, blieb er stehen. Dann steckte er ganz langsam die
Hände in die Taschen und lehnte sich an das stählerne
Schott. Graham konnte entweder umkehren und den gan-
zen Weg zurückgehen oder stehen bleiben, wo er war. Sein
Herz schlug heftig. Er blieb stehen.

Banat nickte. »Guten Morgen, Monsieur! Schönes Wetter
heute, nicht?«

»Ja, sehr schön.«

»Für einen Engländer muß es angenehm sein, einmal die
Sonne zu sehen.« Er hatte sich frisch rasiert, und sein
schlaffes Kinn zeigte noch Spuren von Seife. Er verströmte
Duftwolken von Rosenöl.

»Ja, sehr angenehm. Sie gestatten?« Er wollte sich zur
Treppe vorbeizwängen.

Banat machte wie zufällig eine Bewegung und versperrte
ihm den Weg. »Es ist zu eng! Einer muß dem andern Platz
machen, nicht?«

»Richtig. Wollen Sie vorbei?«

Banat schüttelte den Kopf. »Nein, es eilt nicht. Ich wollte mich nach Ihrer Hand erkundigen, Monsieur. Ich habe gestern abend gesehen, daß sie verbunden ist. Was ist denn los damit?«

Graham sah die kleinen, drohenden Augen, die dreist in die seinen starrten. Banat wußte, daß er unbewaffnet war, und wollte ihn auch noch um seine Fassung bringen. Und das schien ihm zu gelingen. Graham empfand plötzlich den Wunsch, ihm die Faust in das blasse, stumpfsinnige Gesicht zu schmettern. Nur mit Mühe beherrschte er sich. »Es ist eine kleine Wunde«, sagte er ruhig. Dann gingen seine aufgestauten Gefühle mit ihm durch. »Genau gesagt, eine Schußwunde«, setzte er hinzu. »In Istanbul hat irgendein mieser kleiner Dieb auf mich geschossen. Er war entweder ein schlechter Schütze oder er hat Angst gehabt. Er hat nicht richtig getroffen.«

Die kleinen Augen zuckten nicht, aber ein unangenehmes Lächeln verzog den Mund. Langsam sagte Banat: »Ein mieser kleiner Dieb, soso? Da müssen Sie aufpassen, damit Sie das nächstemal gleich zurückschießen können.«

»Ich werde schon zurückschießen. Darauf können Sie sich verlassen.«

Das Lächeln wurde breiter. »Haben Sie denn eine Pistole bei sich?«

»Selbstverständlich. Wenn Sie jetzt vielleicht gestatten...« Er trat vor, entschlossen, den andern aus dem Wege zu schieben, wenn er nicht Platz machte.

Aber Banat machte Platz. Er grinste jetzt. »Passen Sie nur auf, Monsieur!« sagte er und lachte.

Als Graham bei der Treppe angekommen war, blieb er stehen und sah sich um. »Ich glaube, das wird nicht nötig sein«, sagte er betont. »Bei einem Mann, der bewaffnet ist, riskiert die Sorte Geschmeiß nicht ihren Kopf.« Er gebrauchte das Wort *excrément*. Banats Lächeln verging. Ohne etwas darauf zu erwidern, drehte er sich um und ging weiter zu seiner Kabine.

Als Graham auf Deck kam, hatte die Reaktion eingesetzt. Seine Beine waren wie Gallerte, und er schwitzte. Daß es so unerwartet zu der Begegnung gekommen war, hatte es ihm leichter gemacht, und er hatte, alles in allem, gar nicht so schlecht dabei abgeschnitten. Er hatte geblufft. Vielleicht fragte Banat sich nun wirklich, ob er etwa noch einen zweiten Revolver habe. Aber mit Bluff konnte Graham nicht mehr allzuweit kommen. Jetzt wurde es ernst. Vielleicht mußte er seine Karten zeigen. Er brauchte unbedingt Josés Revolver.

Er ging schnell ums Schutzdeck herum. Haller ging mit seiner Frau am Arm langsam spazieren. Er grüßte, aber Graham wollte mit niemand anderem sprechen als mit Josette. Auf dem Schutzdeck war sie nicht. Er ging weiter hinauf zum Bootsdeck.

Dort war sie, aber sie sprach gerade mit dem jungen Offizier. Das Ehepaar Mathis und Mr. Kuvvetli standen ein paar Meter daneben. Aus dem Augenwinkel nahm Graham wahr, wie sie ihn erwartungsvoll ansahen, aber er tat so, als habe er sie nicht bemerkt, und ging auf Josette zu.

Sie begrüßte ihn mit einem Lächeln und einem verständnisinnigen Blick, der ausdrücken sollte, daß sie von ihrem Gesprächspartner genug hatte. Der junge Italiener sagte mürrisch guten Morgen und wollte das Gespräch wieder aufnehmen, wo Graham es unterbrochen hatte.

Aber Graham war nicht nach Höflichkeit zumute. »Sie müssen entschuldigen, Monsieur«, sagte er in französischer Sprache, »ich soll Madame etwas von ihrem Mann ausrichten.«

Der Offizier nickte und trat höflich beiseite.

Graham schaute mißbilligend drein. »Etwas *Privates*, Monsieur.«

Der Offizier wurde rot vor Ärger und sah Josette an. Sie nickte ihm freundlich zu und sagte auf italienisch etwas zu ihm. Er lächelte sie mit blitzenden Zähnen an, warf Graham noch einen mürrischen Blick zu und stolzierte weiter.

Sie kicherte. »Du bist aber gar nicht nett gewesen zu dem armen Jungen. Er war grad so schön in Fahrt. Ist dir nichts Besseres eingefallen, als daß du mir was von José ausrichten sollst?«

»Ich habe eben gesagt, was mir gerade einfiel. Ich muß unbedingt mit dir sprechen.«

Sie nickte anerkennend. »Das ist sehr nett.« Sie sah ihn schelmisch an. »Ich habe schon gefürchtet, du würdest dir die ganze Nacht über Vorwürfe machen wegen gestern abend. Aber du darfst nicht so ein ernstes Gesicht machen. Madame Mathis interessiert sich sehr für uns.«

»Mir ist auch ernst zumute. Es ist etwas passiert.«

Das Lächeln schwand von ihren Lippen. »Etwas Schlimmes?«

»Ja, etwas Schlimmes. Ich . . .«

Sie sah sich um. »Es ist besser, wir gehen auf und ab und tun so, als ob wir vom Meer und von der Sonne redeten. Sonst wird gleich getratscht. Es macht mir ja nichts aus, was die Leute sagen, aber es wäre doch unangenehm.«

»Also gut.«

Im Gehen sagte er ihr: »Als ich gestern nacht in meine Kabine kam, entdeckte ich, daß mein Revolver aus meinem Koffer gestohlen worden ist.«

Sie blieb stehen. »Ist das wahr?«

»Allerdings.«

Sie ging wieder weiter. »Das kann auch der Steward gewesen sein.«

»Nein, Banat ist in meiner Kabine gewesen. Ich habe noch sein Parfüm gerochen.«

Sie schwieg einen Augenblick. Dann fragte sie: »Hast du jemandem davon erzählt?«

»Sich zu beschweren hat doch keinen Zweck. Der Revolver wird wohl jetzt schon auf dem Meeresgrund liegen. Ich habe keinen Beweis dafür, daß Banat ihn entwendet hat. Außerdem würde man mich nach der Szene, die ich gestern beim Zahlmeister gemacht habe, gar nicht anhören.«

»Was willst du denn machen?«

»Dich um etwas bitten.«

Sie sah ihn rasch an. »Worum?«

»Du hast gestern abend gesagt, José habe einen Revolver und du könntest ihn mir vielleicht besorgen.«

»Meinst du das ernst?«

»So ernst wie noch nie.«

Sie biß sich auf die Lippe. »Aber was soll ich José sagen, wenn er merkt, daß der Revolver nicht mehr da ist?«

»Wird er's denn merken?«

»Möglich ist es.«

Er wurde ärgerlich. »Wenn ich mich nicht irre, bist du doch selber auf die Idee gekommen, mir das Ding zu besorgen.«

»Brauchst du wirklich unbedingt einen Revolver? Der Mann kann doch gar nichts machen.«

»Du bist auch auf die Idee gekommen, ich sollte mit einem Revolver in der Tasche herumlaufen.«

Sie machte ein mürrisches Gesicht. »Was du von dem Mann gesagt hast, hat mir angst gemacht. Aber das lag daran, daß es dunkel war. Jetzt bei Tageslicht sieht alles anders aus.« Sie lächelte plötzlich. »Ach, mein Lieber, sei doch nicht so ernst! Denk lieber daran, wie schön wir beide es in Paris haben werden! Der Mann wird schon nichts anstellen.«

»Ich fürchte doch.« Er erzählte ihr von dem Zusammenstoß an der Treppe und fügte hinzu: »Außerdem — warum hat er denn meinen Revolver gestohlen, wenn er nicht die Absicht hat, etwas anzustellen?«

Sie zögerte. Dann sagte sie langsam: »Na gut, ich will's versuchen.«

»Jetzt gleich?«

»Ja, wenn du das willst. Der Revolver liegt in seiner Kiste in der Kabine. José sitzt im *salone* und liest Zeitungen. Willst du hier auf mich warten?«

»Nein, ich warte auf dem unteren Deck. Ich möchte jetzt mit niemandem reden.«

Sie gingen hinunter und blieben einen Augenblick an der Reling am Fuße der Kajütstreppe stehen.

»Ich warte hier.« Er drückte ihre Hand. »Meine liebe Josette, ich kann dir nicht sagen, wie dankbar ich dir dafür bin.«

Sie lächelte ihm zu wie einem kleinen Jungen, dem sie Bonbons versprochen hatte. »Das kannst du mir in Paris sagen.«

Er sah ihr nach. Dann drehte er sich um und lehnte sich an die Reling. Josette konnte höchstens fünf Minuten ausbleiben. Er starrte eine Weile auf die lange, gekräuselte Bugwelle, die schön geschwungen nach hinten lief, bis sie von der schrägen Heckwelle geschnitten und zu Schaum aufgewirbelt wurde. Er sah auf die Uhr. 3 Minuten. Jemand kam die Kajütstreppe herabgepoltert. »Guten Morgen, Mr. Graham. Geht's heute besser?« Es war Mr. Kuvvetli.

Graham wandte den Kopf. »Ja, danke.«

»Monsieur und Madame Mathis wollen heute nachmittag Bridge spielen. Spielen Sie Bridge?«

»Ja.« Er wußte, daß er nicht sehr liebenswürdig war, aber er hatte Angst, Mr. Kuvvetli könnte sich an ihn hängen.

»Dann können wir vielleicht zu viert spielen?«

»Sicher.«

»Ich spiele nicht gut. Sehr schweres Spiel.«

»Ja.« Aus dem Augenwinkel sah er Josette vom Treppenabsatz durch die Tür aufs Deck treten.

Mr. Kuvvetli warf rasch einen Blick in ihre Richtung. Er grinste. »Also, heute nachmittag, Mr. Graham.«

»Ich freue mich darauf.«

Mr. Kuvvetli ging. Josette kam zu ihm heran. »Was hat er gesagt?«

»Er hat mich zum Bridge aufgefordert.« Als er ihr Gesicht sah, begann sein Herz wild zu hämmern. »Hast du ihn?« fragte er rasch.

Sie schüttelte den Kopf. »Die Kiste war abgeschlossen. Er hat die Schlüssel.«

Er spürte, wie ihm am ganzen Körper der Schweiß ausbrach. Er starrte sie an und überlegte, was er sagen könnte.

»Warum siehst du mich denn so an?« rief sie ärgerlich. »Ich kann doch nichts dafür, daß er die Kiste verschlossen hält.«

»Nein, du kannst nichts dafür.« Nun war ihm klar, daß sie gar nicht die Absicht gehabt hatte, ihm den Revolver zu besorgen. Er konnte es ihr nicht übelnehmen. Er konnte nicht erwarten, daß sie ihm zuliebe stahl. Er hatte zuviel von ihr verlangt. Aber er hatte fest mit Josés Revolver gerechnet. Was, um Gottes willen, sollte er jetzt tun?

Sie legte die Hand auf seinen Arm. »Bist du böse auf mich?«

Er schüttelte den Kopf. »Warum sollte ich böse sein? Ich hatte mich allerdings darauf verlassen, daß du mir einen Revolver besorgst. Aber eigentlich bin ich selber schuld. Ich hätte so intelligent sein sollen, meinen eigenen in der Tasche zu behalten. Aber wie gesagt, ich bin an so was nicht gewöhnt.«

Sie lachte. »Ach, du brauchst dir keine Sorgen zu machen. Ich kann dir was verraten: Der Mann hat gar keinen Revolver in der Tasche.«

»Was? Woher weißt du das?«

»Er ist vor mir die Treppe hinaufgegangen, als ich jetzt eben zurückkam. Sein Anzug sitzt knapp und ist zerknittert. Ein Revolver würde sich abzeichnen.«

»Bist du sicher?«

»Natürlich. Ich würde es dir doch nicht erzählen, wenn . . .«

»Aber einen *kleinen* vielleicht . . .« Er hielt inne. Eine automatische Pistole vom Kaliber 9 mm war nicht klein. Sie mochte etwa 2 Pfund wiegen und entsprechend groß sein. So ein Ding schleppte man nicht mit sich herum, wenn man es in einer Kabine lassen konnte. Wenn . . .

Sie beobachtete sein Gesicht.

»Er wird seinen Revolver in seiner Kabine gelassen haben«, sagte er langsam.

Sie sah ihm in die Augen. »Ich könnte dafür sorgen, daß er längere Zeit nicht in seine Kabine geht.«

»Wie denn?«

»José schafft das schon.«

»José?«

»Beruhige dich! Ich brauche ihm ja nicht zu erzählen, daß es deinetwegen ist. José wird heute abend mit ihm Karten spielen.«

»Banat spielt sicherlich. Er ist ein Hasardeur. Aber wird José ihn dazu auffordern?«

»Ich werde José erzählen, ich hätte gesehen, daß der Mann die Brieftasche voll Geld hat. Dann sorgt José schon dafür, daß Banat mit ihm spielt. Du kennst José nicht.«

»Glaubst du, du könntest das schaffen?«

Sie drückte seinen Arm. »Natürlich. Ich will nicht, daß du dir Sorgen machst. Wenn du ihm den Revolver wegnimmst, dann hast du überhaupt nichts zu befürchten.«

»Nein, dann habe ich überhaupt nichts zu befürchten.« Er sagte es fast verwundert. Es schien so einfach. Warum war er nicht schon früher draufgekommen? Natürlich, da hatte er noch nicht gewußt, daß der Mann seinen Revolver nicht bei sich trug. Man nehme dem Mann seinen Revolver weg, und er kann nicht schießen. Das ist logisch. Und wenn er nicht schießen konnte, dann gab's nichts zu fürchten. Auch das war logisch. *Einfachheit ist das Wesen jeder guten Strategie.* Er wandte sich ihr zu. »Wann kannst du das arrangieren?«

»Am besten heute abend. Nachmittags spielt José nicht so gern Karten.«

»Um welche Zeit?«

»Sei doch nicht so ungeduldig. Irgendwann nach dem Essen.« Sie zögerte. »Es wäre besser, wenn wir heute nachmittag nicht zusammen gesehen würden. Du willst doch nicht, daß er uns verdächtigt, unter einer Decke zu stecken?«

»Ich kann heute nachmittag mit Mr. Kuvvetli und Madame und Monsieur Mathis Bridge spielen. Aber wie erfahre ich, ob es klappt?«

»Ich werde dir schon irgendein Zeichen geben.« Sie lehnte sich an ihn. »Bist du mir auch bestimmt nicht böse wegen des Revolvers?«

»Ach wo.«

»Es guckt gerade niemand. Gib mir einen Kuß!«

»Das Bankgeschäft? Der reine Wucher!« sagte Mathis. »Sie verleihen Geld und nehmen Wucherzinsen dafür. Ihren guten Ruf haben sie bloß, weil das Geld, das sie verleihen, anderen Leuten gehört oder nur auf dem Papier steht. Wucher ist es trotzdem. Früher einmal war Wucher eine Todsünde und eine Schande, und ein Wucherer galt als Verbrecher, der in den Kerker gehörte. Heute sind die Wucherer die Götter der Erde, und die einzige Todsünde ist, arm zu sein.«

»Es gibt so viele arme Leute«, sagte Mr. Kuvvetli tiefsinnig.

»Es ist schrecklich!«

Mathis zuckte ungeduldig die Achseln. »Es wird noch mehr geben, ehe dieser Krieg aus ist. Darauf können Sie sich verlassen. Man wird gut dran sein, wenn man Soldat ist. Soldaten werden wenigstens was zu essen bekommen.«

»Immer redet er Unsinn«, sagte Madame Mathis. »Immer, immer. Aber wenn wir wieder in Frankreich sind, wird's anders sein. Seine Freunde werden nicht so höflich sein, zuzuhören. Bankgeschäfte! Was versteht der schon von Bankgeschäften!«

»Ha! Das hören die Bankiers gerne. Der Bankbetrieb als Mysterium, das die gewöhnlichen Sterblichen nicht verstehen!« Er lachte höhnisch. »Wenn man zwei plus zwei so addiert, daß fünf draus wird, kommt man ohne Geheimniskrämerei allerdings nicht aus.« Er wandte sich angriffig Graham zu. »Die eigentlichen Kriegsverbrecher, das sind die internationalen Bankiers, die seelenruhig in ihren Büros sitzen und Geld verdienen, während die andern ihnen das Morden besorgen.«

»Ich kenne einen internationalen Bankier«, sagte Graham, weil er glaubte, etwas sagen zu müssen, »einen gehetzten Menschen mit einem Zwölffingerdarmgeschwür. Er ist unruhig und ängstlich und macht sich dauernd Sorgen.«

»Eben!« sagte Mathis triumphierend. »Es liegt am System. Ich kann Ihnen was erzählen . . . «

Und dann erzählte er es ihnen.

Graham griff zu seinem vierten Whisky-Soda. Er hatte den größten Teil des Nachmittags mit Mr. Kuvvetli und dem Ehepaar Mathis Bridge gespielt und war ihrer überdrüssig. Josette hatte er währenddessen nur einmal gesehen. Sie war am Spieltisch stehengeblieben und hatte ihm mit einem Nicken zu verstehen gegeben, daß José auf die Kunde, Banat habe die Brieftasche voll Geld, angebissen hatte, und daß am Abend die Luft in Banats Kabine rein sein würde.

Die Nachricht machte ihm abwechselnd Mut und Angst. Der Plan schien narrensicher: er würde in Banats Kabine gehen, mit dem Revolver in seine eigene zurückkehren, ihn dort aus dem Bullauge werfen und wieder in den Salon gehen — einen großen Stein vom Herzen. Sofort meldeten sich jedoch Zweifel. War das nicht gar zu einfach? Banat mochte wahnsinnig sein, aber er war sicher kein Narr. Jemand, der sich seinen Lebensunterhalt so verdiente wie er und dabei Leben und Freiheit behielt, ließ sich nicht so leicht hinters Licht führen. Wenn er nun erriet, was sein Opfer im Schilde führte, José mitten im Spiel sitzenließ und in seine Kabine ging? Wenn er den Steward bestochen hatte, auf seine Kabine aufzupassen, weil er Wertsachen darin liegen habe?

Wenn er . . .

Aber gab es denn eine andere Möglichkeit? Sollte er untätig warten, bis Banat den Augenblick für gekommen hielte, ihn umzubringen? Hakis Weisheit, wenn man als Opfer ausersehen sei, brauche man nur sich selber zu verteidigen, klang zwar sehr schön, aber womit sollte Graham sich denn verteidigen? Wenn der Feind so nahe stand wie Banat, war Angriff die beste Verteidigung. Ja, so war es! Alles war besser, als bloß zu warten. Und der Plan mochte sehr wohl gelingen. Unkomplizierte, direkte Angriffe pflegten meistens Erfolg zu haben. Ein eitler Professioneller wie Banat würde gar nicht auf die Idee kommen, daß andere Leute sein Spiel mitmachen und auch Revolver stehlen könnten, daß ein hilfloser Anfänger sich zur Wehr setzen würde. Er sollte bald merken, wie sehr er sich getäuscht hatte.

Banat kam herein mit Josette und José, der den Liebenswürdigen spielte.

». . . genügt ein Wort: Briey!« schloß Mathis gerade seine Rede. »Damit ist alles gesagt.«

Graham trank sein Glas aus. »Ganz recht. Trinken Sie noch etwas?«

Das Ehepaar Mathis lehnte schroff und mit entrüsteter Miene ab. Aber Mr. Kuvvetli nickte vergnügt: »Ja, bitte, Mr. Graham.«

Mathis stand mit finsterem Gesicht auf. »Es ist Zeit, daß wir uns zum Essen fertigmachen. Wenn Sie gestatten . . .!«

Sie gingen. Mr. Kuvvetli rückte seinen Stuhl heran.

»Das war etwas plötzlich«, sagte Graham. »Was ist denn mit denen los?«

»Ich glaube«, sagte Mr. Kuvvetli vorsichtig, »sie haben gedacht, Sie machen lustig über sie.«

»Wie können sie das denn denken?«

Mr. Kuvvetli blickte zur Seite. »In fünf Minuten Sie haben dreimal sie gefragt, ob sie trinken wollen. Sie fragen einmal. Antwort: Nein. Sie fragen wieder. Antwort: Nein. Sie fragen wieder. Die Franzosen verstehen nicht englische Gastfreundschaft.«

»Ach so. Ich habe wohl gerade an was anderes gedacht. Da muß ich mich wohl entschuldigen.«

»Bitte!« Mr. Kuvvetli war außer sich. »Man muß nicht sich entschuldigen für Gastfreundschaft. Aber« — er warf einen zögernden Blick auf die Uhr an der Wand —, »es ist bald Zeit für Essen. Sie erlauben mir, daß ich später trinke, wie Sie anbieten?«

»Ja, gewiß.«

»Und Sie gestatten, daß ich jetzt gehe?«

»Aber bitte!«

Als Mr. Kuvvetli gegangen war, stand Graham auf. Ja, er hatte wohl auf den leeren Magen ein Glas zuviel getrunken. Er trat hinaus aufs Deck.

Am Sternenhimmel hingen kleine Dunstwölkchen. In der Ferne waren die Lichter der italienischen Küste zu sehen. Er stand einen Augenblick lang da und ließ sich den eisigen Wind ins Gesicht stechen. Gleich mußte der Gong zum Essen rufen. Ihm graute vor der bevorstehenden Mahlzeit wie einem Kranken vor dem Arzt mit der Sonde. Das hieß: dazusitzen und sich — wie schon beim Mittagessen — Hallers Monologe anzuhören und das trübselige Geflüster der Italienerin und ihres Sohnes, appetitlos die Bissen hinunterzuwürgen und dabei ständig daran zu denken, wer ihm da gegenübersaß, warum er hier war und in wessen Auftrag.

Er drehte sich um und lehnte sich an einen Pfosten der Reling. Er hatte bemerkt, daß er sich, solange er mit dem Rücken zum Deck stand, dauernd umsah, ob nicht jemand hinter ihm sei. Mit dem offenen Meer im Rücken fühlte er sich sicherer.

Durch eines der Bullaugen des Salons sah er Banat mit Josette und José dasitzen wie Figuren auf einem Bild von Hogarth: José gespannt und mit verkniffenem Mund, Josette lächelnd, Banat mit vorgestülpten Lippen, wenn er sprach. Die Luft war grau und rauchig, und in dem grellen Licht der schirmlosen Lampen wirkten ihre Gesichter verwischt. Es war ein Bild der Armseligkeit, wie eine Blitzlichtaufnahme in einer Bar.

Es kam jemand um die Ecke des Decks und näherte sich

ihm. Als die Gestalt in den Lichtkreis trat, erkannte er Haller.

Der alte Herr blieb stehen. »Guten Abend, Mr. Graham! Sie scheinen ja den frischen Wind richtig zu genießen. Ich selber wage mich ohne Mantel und Halstuch nicht hinaus.«

»Drin ist es so muffig.«

»Ja. Ich habe gesehen, wie Sie heute nachmittag tapfer Bridge gespielt haben.«

»Haben Sie für Bridge nichts übrig?«

»Man ändert seinen Geschmack.« Er blickte hinüber zu den Lichtern. »Ich sah immer gern von einem Schiff nach der Küste, und von den Küsten nach einem Schiff. Jetzt nicht mehr. Wenn man in mein Alter kommt, entwickelt sich anscheinend eine unterbewußte Abneigung gegen jegliche Bewegung, bis auf die der Atemorgane, die einen am Leben erhalten. Bewegung heißt Veränderung, und Veränderung heißt für einen alten Mann Tod.«

»Und die unsterbliche Seele?«

Haller rümpfte die Nase. »Auch das, was wir für unsterblich zu halten pflegen, stirbt früher oder später. Eines Tages wird es weder Tizian noch die Beethovenquartette mehr geben. Die bemalte Leinwand und die gedruckten Noten mögen vielleicht noch vorhanden sein, wenn sie sorgfältig konserviert werden, aber die Werke selbst werden mit dem letzten Auge und dem letzten Ohr, das sie versteht, gestorben sein. Und die unsterbliche Seele — das ist eine ewige Wahrheit, und die ewigen Wahrheiten sterben mit den Menschen, für die sie notwendig waren. Die ewigen Wahrheiten des Ptolemäischen Weltbildes waren für die Theologen des Mittelalters ebenso wichtig wie Keplers ewige Wahrheiten für die Theologen der Reformation und Darwins ewige Wahrheiten für die Materialisten des 19. Jahrhunderts. Eine ewige Wahrheit ist ein Gebet, das einen Geist bannen soll. Der primitive Mensch setzt sich damit zur Wehr gegen das, was Spengler die ›dunkle Allmacht‹ nennt.«

Er sah sich plötzlich um, denn die Tür des Salons ging

auf. Josette stand da und blickte unsicher von einem zum andern. In diesem Augenblick rief der Gong zum Abendessen.

»Entschuldigen Sie«, sagte Haller, »ich muß vor dem Essen noch nach meiner Frau sehen. Sie fühlt sich immer noch schlecht.«

»Aber selbstverständlich«, sagte Graham schnell.

Während Haller ging, trat Josette zu Graham.

»Was hat er gewollt, der Alte?« flüsterte sie.

»Er hat über Leben und Tod geredet.«

»Hu! Ich mag ihn nicht. Es schüttelt mich, wenn ich ihn nur sehe. Aber ich muß wieder gehen. Ich wollte dir bloß sagen, daß es klappt.«

»Wann wird denn gespielt?«

»Nach dem Essen.« Sie drückte seinen Arm. »Er ist schrecklich, dieser Banat. Für jemand anders täte ich das nicht, nur für dich, *chéri*.«

»Du weißt, daß ich dir dankbar bin, Josette. Ich werde mich dafür revanchieren.«

»Ach, Dummerchen!« Sie lächelte ihn zärtlich an. »Du darfst nicht alles so ernst nehmen.«

Er zögerte. »Wirst du ihn auch bestimmt festhalten können?«

»Mach dir nur keine Sorgen! Ich halte ihn schon fest. Aber komm in den *salone* zurück, wenn du in der Kabine gewesen bist, damit ich weiß, daß es geklappt hat. Abgemacht, *chéri?*«

»Ja, abgemacht.«

Es war 9 Uhr vorbei, und Graham saß seit einer halben Stunde in der Nähe der Salontür und tat, als läse er in einem Buch. Zum hundertsten Mal wanderten seine Augen in die entgegengesetzte Ecke des Salons, wo Banat sich mit Josette und José unterhielt.

Plötzlich schlug sein Herz schneller. José hatte ein Spiel Karten in der Hand. Er lächelte über eine Bemerkung von Banat. Dann ließen sie sich am Spieltisch nieder. Josette warf Graham von weitem einen Blick zu.

Er wartete noch eine Minute. Dann, als er sah, wie sie die Karten abhoben, stand er langsam auf und ging hinaus.

Oben an der Treppe blieb er einen Moment stehen und wappnete sich für sein Vorhaben. Jetzt, da es soweit war, fühlte er sich wohler. Zwei Minuten — höchstens drei — dann war alles vorüber, dann hatte er den Revolver und war gerettet. Er durfte jetzt nur den Kopf nicht verlieren.

Er ging die Treppe hinunter. Kabine 9 lag im Mittelteil des Korridors, der seinen gegenüber. Als er zu den Palmen kam, war ihm noch niemand begegnet. Er ging weiter.

Es war ihm klar, daß verstohlenes Anschleichen nicht in Frage kam. Er mußte geradewegs auf die Kabine zugehen, die Türe aufmachen und ohne zu zögern hineingehen. Wenn er Pech hatte und dabei vom Steward oder sonst jemandem überrascht wurde, so konnte er sagen, er habe die Kabine Nummer 9 für leer gehalten und sei nur aus Neugierde hineingegangen.

Doch es erschien niemand. Er kam vor der Tür von Nummer 9 an, blieb einen Moment stehen, machte sie dann leise auf und ging hinein. Gleich darauf hatte er die Tür hinter sich zugemacht und den Riegel vorgeschoben. Falls der Steward aus irgendeinem Grunde in die Kabine wollte und die Tür verriegelt fand, mußte er annehmen, Banat sei drinnen.

Er sah sich um. Das Bullauge war zu, und die Luft roch nach Rosenöl. Es war eine kahle Kabine mit Doppelkoje. Abgesehen von dem Geruch deuteten nur zwei Dinge darauf hin, daß sie bewohnt war: der graue Regenmantel, der zusammen mit dem weichen Hut hinter der Tür hing, und ein verbeulter Fiberkoffer unter der Koje.

Er fuhr mit den Händen über den Regenmantel. In den Taschen steckte nichts, und er machte sich an den Koffer. Er war unverschlossen. Graham zog ihn hervor und klappte den Deckel auf.

Der Koffer war mit schmutzigen Hemden und schmutziger Unterwäsche vollgestopft. Außerdem lagen einige bunte

Seidentaschentücher, ein Paar schwarze Schuhe ohne Senkel, ein Parfümzerstäuber und eine kleine Dose Salbe darin. Aber kein Revolver.

Er schlug den Koffer zu, schob ihn wieder zurück und machte die Schranktür auf. Das Kleiderfach enthielt nichts weiter als ein Paar schmutzige Socken. Auf dem Regal neben dem Zahnputzglas war ein grauer Waschlappen, ein Rasierapparat, ein Stück Seife und eine Flasche Parfüm mit geschliffenem Glasstöpsel.

Er wurde allmählich unruhig. Er war fest davon überzeugt gewesen, daß der Revolver in der Kabine war. Wenn das, was Josette gesagt hatte, stimmte, *mußte* er doch irgendwo in der Kabine sein.

Er sah sich nach einem anderen möglichen Versteck um. Da waren die Matratzen. Er fuhr mit den Händen über die Sprungfedern darunter. Nichts. Da war der Abfallkübel unter dem Waschbecken. Auch nichts. Er warf einen Blick auf seine Uhr. Er war schon vier Minuten in der Kabine. Er sah sich noch einmal verzweifelt um. Der Revolver *mußte* doch einfach in der Kabine sein. Aber er hatte schon überall gesucht. Fieberhaft machte er sich von neuem über den Koffer her.

Nach zwei Minuten richtete er sich langsam auf. Er wußte nun, daß der Revolver nicht in der Kabine war, daß der einfache Plan allzu einfach gewesen war, daß sich nichts geändert hatte. Ein paar Sekunden lang stand er ratlos da und suchte den Augenblick hinauszuzögern, da er die Kabine verlassen und sich damit geschlagen geben mußte.

Da schreckten ihn Schritte draußen auf dem Gang empor. Die Schritte machten halt. Er hörte einen Eimer klappern. Dann entfernten sich die Schritte wieder

Er zog den Riegel leise zurück und machte die Tür auf. Der Gang war leer. Eine Sekunde später ging er auf demselben Weg zurück, den er gekommen war.

Erst als er an der Treppe stand, nahm er sich Zeit zum Überlegen. Dann zögerte er. Er hatte mit Josette abgemacht, wieder in den Salon zu kommen. Doch das hieß Banat sehen. Er mußte sich zuerst beruhigen. Er kehrte um und ging zurück in seine Kabine.

Er machte die Tür auf, trat einen Schritt vor und blieb wie angewurzelt stehen. Auf der Koje saß, die Beine übereinandergeschlagen, ein Buch auf den Knien, Haller.

Bedächtig nahm er seine Hornbrille ab und blickte auf: »Ich habe auf Sie gewartet, Mr. Graham«, sagte er gutgelaunt.

Mühsam fand Graham die Sprache wieder. »Ich verstehe nicht . . .«, begann er.

Hallers Hand kam unter dem Buch hervor. Sie hielt eine große automatische Pistole.

Er hob sie empor. »Ich glaube, *das* haben Sie gesucht, nicht wahr?« sagte er.

8. Kapitel

Graham blickte von der Pistole zum Gesicht des Mannes, der sie in der Hand hielt — auf die lange Oberlippe, die blaßblauen Augen, die faltige, gelbliche Haut.

»Ich versetehe nicht . . .«, sagte er und streckte die Hand aus, um die Pistole in Empfang zu nehmen. »Wieso . . .?« Er brach ab. Die Pistole war auf ihn gerichtet, und Hallers Zeigefinger lag am Abzug.

Haller schüttelte den Kopf. »Nein, Mr. Graham, die behalte ich lieber. Ich bin gekommen, um mich ein bißchen mit Ihnen zu unterhalten. Setzen Sie sich doch hier auf die Koje und drehen Sie sich zur Seite, damit wir einander ins Gesicht sehen können!«

Graham gab sich Mühe, das bedrohliche Schwindelgefühl zu verbergen, das ihn überkam. Es war ihm, als sei er im Begriff, verrückt zu werden. Aus der Flut von Fragen, die ihm durch den Kopf schossen, ragte nur ein einziges Fleckchen trockenen Landes heraus: Oberst Haki hatte die Personalien aller Passagiere, die in Istanbul an Bord gingen, überprüft und berichtet, daß keiner seinen Schiffsplatz weniger als drei Tage vor der Abfahrt gebucht hatte und daß sie durchwegs harmlos waren. Daran klammerte er sich verzweifelt.

»Ich verstehe nicht . . .«, wiederholte er.

»Natürlich nicht. Setzen Sie sich hin, dann erklär ich's Ihnen.«

»Ich stehe lieber.«

»Ach so — körperliche Härte als moralische Stütze. Bleiben Sie ruhig stehen, wenn Ihnen das Spaß macht!« Er sprach in energischem, herablassendem Tone. Das war ein neuer Haller, der etwas jünger wirkte. Er betrachtete die Pistole, als sähe er sie zum erstenmal. »Wissen Sie, Mr. Graham«, fuhr er nachdenklich fort, »der arme Mavrodo-

167

poulos hat sich seinen Mißerfolg in Istanbul sehr zu Herzen genommen. Wie Sie wahrscheinlich gemerkt haben, ist er nicht sehr intelligent, und, wie alle dummen Menschen, schiebt er's auf andere, wenn er etwas falsch gemacht hat. Er beklagte sich, daß Sie sich bewegt hätten.« Nachsichtig zuckte er die Achseln. »Es ist ja klar, daß Sie sich bewegt haben. Er konnte ja kaum erwarten, daß Sie still stehen würden, damit er genauer zielen konnte. Das habe ich ihm auch gesagt. Aber er war trotzdem böse auf Sie, und als er an Bord gekommen ist, habe ich darauf bestanden, seine Pistole in Verwahrung zu nehmen. Er ist jung, und diese Rumänen sind solche Hitzköpfe. Ich will nichts überstürzen.«

»Sie heißen wohl nicht zufällig Moeller?« fragte Graham.

»So was!« Er runzelte die Stirn. »Ich hatte keine Ahnung, daß Sie so gut informiert sind. Oberst Haki muß in sehr mitteilsamer Stimmung gewesen sein. Hat er gewußt, daß ich in Istanbul bin?«

Graham wurde rot. »Ich glaube nicht.«

Moeller lachte vor sich hin. »Das habe ich auch nicht angenommen. Haki ist nicht dumm. Ich halte viel von ihm. Aber er ist auch nur ein Mensch und daher fehlbar. Ja, nach dem Fiasko in Gallipoli hab ich's für ratsam gehalten, mich selber der Sache anzunehmen. Und dann, als alles vorbereitet war, sind Sie so ungefällig gewesen, durch Ihre Bewegung dem armen Mavrodopoulos den Schuß zu verderben. Aber ich trage Ihnen das nicht nach, Mr. Graham. Im ersten Augenblick habe ich mich natürlich darüber geärgert. Mavrodopoulos . . .«

»Banat ist leichter auszusprechen.«

»Danke vielmals! Jedenfalls — Banats Mißerfolg bedeutete für mich weitere Arbeit. Aber mittlerweile hat sich mein Ärger gelegt. Ich finde die Reise sogar sehr angenehm. Die Archäologenrolle macht mir Spaß. Zu Anfang war ich ein bißchen nervös, aber als ich sah, daß es mir gelungen war, Sie zu langweilen, wußte ich, daß alles in Ordnung ist.« Er hielt das Buch hoch, in dem er gelesen hatte.

»Wenn Sie meine Vorträge gedruckt lesen wollen, kann ich Ihnen das Buch hier empfehlen. *Fritz Haller: ›Das Parthenon der Sumerer‹.* Seine wissenschaftliche Laufbahn können Sie aus der Titelseite erfahren. Zehn Jahre am Deutschen Institut in Athen, die Zeit in Oxford, die akademischen Titel — steht alles da. Er scheint ein fanatischer Spenglerjünger zu sein, und zitiert den Meister ausgiebig. Das nostalgische Vorwort ist mir sehr zustatten gekommen, und das von den ewigen Wahrheiten finden Sie auf Seite 341. Natürlich habe ich den Text hier und da ein bißchen abgewandelt, wie mir's gerade in den Sinn kam. Auch von den längeren Fußnoten habe ich reichlichen Gebrauch gemacht. Ich mußte doch den Eindruck eines gelehrten, aber liebenswürdigen alten Langweilers machen. Sie werden bestimmt zugeben, daß mir das gut gelungen ist?«

»Es gibt also wirklich einen Haller?«

Moeller spitzte die Lippen. »O ja. Es hat mir leid getan, daß ich ihm und seiner Frau Ungelegenheiten machen mußte, aber es ging nicht anders. Als ich erfuhr, daß Sie mit diesem Schiff fahren sollten, schien es mir zweckmäßig, Sie zu begleiten. Aber wenn ich im letzten Augenblick einen Schiffsplatz gebucht hätte, wäre es Oberst Haki natürlich aufgefallen. Deshalb habe ich Schiffskarten und Pässe der Hallers übernommen. Er und seine Frau haben sich nicht gerade gefreut, aber sie sind gute Deutsche, und nachdem ich ihnen klargemacht hatte, daß die Interessen des Vaterlandes wichtiger sind als ihre persönlichen Wünsche, haben sie sich nicht länger widersetzt. In ein paar Tagen kriegen sie ihre Pässe samt Bildern wieder. Die einzige Schwierigkeit war die armenische Dame, die Frau Professor Haller spielt. Sie kann kaum ein Wort Deutsch und ist so gut wie schwachsinnig. Es ist mir nichts anderes übriggeblieben, als sie möglichst wenig in Erscheinung treten zu lassen. Sie verstehen, ich hatte keine Zeit, eine bessere Lösung zu finden. Dem Mann, der sie für mich aufgegabelt hat, ist es ohnehin schon schwergefallen, sie zu überzeugen, daß sie nicht in ein

169

italienisches *bordello* verschleppt werden soll. Die weibliche Eitelkeit ist manchmal geradezu unwahrscheinlich.« Er zog ein Zigarettenetui heraus. »Sie nehmen's mir hoffentlich nicht übel, daß ich Ihnen alle diese Kleinigkeiten erzähle, Mr. Graham. Ich möchte ganz einfach offen zu Ihnen sein. Ich glaube, eine Atmosphäre der Offenheit ist bei einem geschäftlichen Gespräch immer wichtig.«

»Geschäftlichen Gespräch?«

»Allerdings. Also setzen Sie sich doch mal hin und rauchen Sie eine Zigarette! Die wird Ihnen guttun.« Er hielt ihm das Zigarettenetui hin. »Sie sind heute schon den ganzen Tag ziemlich nervös, nicht wahr?«

»Sagen Sie, was Sie sagen wollen, und dann raus mit Ihnen!«

Moeller lachte vor sich hin. »Ja, ziemlich nervös, das kann man wohl sagen!« Plötzlich wurde sein Gesicht wieder ernst. »Ich muß gestehen, es ist meine Schuld. Wissen Sie, Mr. Graham, ich hätte ja schon früher mit Ihnen darüber reden können, aber ich wollte Sie in eine empfängliche Stimmung bringen.«

Graham lehnte sich an die Tür. »Was meine momentane Stimmung anbelangt, so habe ich mir eben überlegt, ob ich Ihnen nicht einen Tritt in die Zähne geben soll. Von hier aus hätte ich das tun können, ehe Sie dazu gekommen wären, Ihre Pistole zu gebrauchen.«

Moeller zog die Augenbrauen hoch. »Und trotzdem haben Sie's nicht gemacht? Hat Sie der Gedanke an meine weißen Haare zurückgehalten oder fürchteten Sie die Folgen?« Er machte eine Pause. »Keine Antwort? Dann nehmen Sie's mir hoffentlich nicht übel, wenn ich mir selber einen Vers drauf mache?« Er setzte sich etwas bequemer zurück. »Der Selbsterhaltungstrieb ist etwas Wunderschönes. Es ist leicht, heroisch schwärmend Prinzipien höher zu stellen als das Leben, solange man nicht beim Wort genommen wird. Aber wenn einem dann der Geruch der Gefahr in die Nase steigt, denkt man praktisch und sucht nach Auswegen.

Dann fragt man nicht mehr, was Ehre und Unehre ist, sondern was das größere und was das kleinere Übel ist. Ich weiß nicht, ob ich Sie dazu bringen kann, meinen Standpunkt zu verstehen.«

Graham schwieg. Er gab sich Mühe, die panische Angst, die ihn ergriffen hatte, niederzukämpfen. Er wußte, wenn er den Mund aufmachte, würde er Beschimpfungen herausschreien, bis ihn der Hals schmerzte.

Moeller steckte gemächlich eine Zigarette in eine kurze Bernsteinspitze. Er hatte offenbar keine Antwort auf seine Frage erwartet. Er hatte die gelassene Miene eines Mannes, der schon vor der Zeit zu einer wichtigen Verabredung erschienen ist. Als er mit seiner Zigarettenspitze fertig war, sah er auf. »Sie sind mir sympathisch, Mr. Graham«, sagte er. »Ich habe Ihnen gestanden, daß ich mich geärgert habe, als Banat sich in Istanbul so blamierte. Aber nachdem ich Sie kennengelernt habe, bin ich froh, daß es so ausgegangen ist. Sie haben sich am ersten Abend an Bord, in jener peinlichen Situation bei Tisch, sehr anständig benommen. Sie haben sich meinen mühsam auswendig gelernten Vortrag höflich angehört. Sie sind ein begabter Ingenieur, und Sie sind trotzdem nicht überheblich. Der Gedanke, daß Sie durch die Hand eines meiner Untergebenen getötet — ermordet — werden sollen, ist mir nicht angenehm.« Er zündete seine Zigarette an. »Doch leider ist das Leben kein Kompromiß, sondern ein Kampf, und Pardon wird nicht gewährt. Ich muß Ihnen leider mitteilen, daß Sie — so wie die Dinge jetzt liegen — wenige Minuten nach unserer Landung in Genua am Samstagmorgen tot sein werden.«

Graham hatte sich wieder in der Hand. Er sagte: »Das tut mir aber leid.«

Moeller nickte beifällig. »Ich bin froh, daß Sie's so ruhig aufnehmen. Wenn ich in Ihrer Haut steckte, hätte ich große Angst.« Er kniff plötzlich die blaßblauen Augen zusammen, als er fortfuhr: »Für *mich* allerdings gäbe es keinen Zweifel, daß ein Entrinnen ausgeschlossen ist. Wenn Banat auch in Istanbul versagt hat, ist er doch ein junger Mann, mit dem nicht zu spaßen ist. Ich wüßte auch, daß Banat in Genua auf Schützenhilfe rechnen kann, auf Männer seines Schlages. Infolgedessen wäre ich mir im klaren darüber, daß ich keine Chance hätte, eine Freistätte zu erreichen, ehe mich das Schicksal ereilt. Mir bliebe nur die Hoffnung, daß die Leute ihre Arbeit verstehen und ich nicht viel davon spüre.«

»Was meinen Sie mit ›so wie die Dinge jetzt liegen‹?«

Moeller lächelte triumphierend. »Ah! Das freut mich. Sie haben prompt den springenden Punkt erkannt. Ich meine damit, daß Sie nicht unbedingt zu sterben brauchen, Mr. Graham. Es gibt noch einen Ausweg.«

»Aha! Ein kleineres Übel.« Aber sein Herz hüpfte dabei unwillkürlich.

»Ein Übel kann man es kaum nennen«, entgegnete Moeller. »Es ist ein Ausweg, der noch dazu keineswegs unangenehm ist.« Er setzte sich bequemer hin. »Ich habe schon gesagt, daß Sie mir sympathisch sind, Mr. Graham. Ich möchte noch hinzufügen, daß mir ein Gewaltakt ebenso zuwider ist wie Ihnen. Ich bin ein Feigling, ich gebe es offen zu. Wenn ein Autounfall passiert ist, mache ich einen großen Bogen, um nicht die traurigen Überreste sehen zu müssen. Wenn es also irgendeine Möglichkeit gibt, diese Angelegenheit ohne Blutvergießen zu erledigen, dann bin ich im Prinzip dafür. Und falls Sie an meinem persönlichen Wohlwollen Ihnen gegenüber immer noch zweifeln, will ich Ihnen das Problem in einem anderen nackten Licht zeigen: Da die Tat schnell geschehen müßte, würde sie die Mörder zusätzlichen Gefahren aussetzen und das käme teurer. Bitte, verstehen Sie mich nicht falsch! Ich scheue keine Kosten, wenn es nötig ist, aber ich hoffe natürlich, daß es nicht nötig sein wird. Ich kann Ihnen versichern, daß niemand — außer Ihnen vielleicht — froher wäre als ich, wenn wir die ganze Geschichte auf freundschaftlicher Geschäftsbasis erledigen könnten. Ich hoffe, Sie glauben mir wenigstens, daß ich das ehrlich meine?«

Graham geriet allmählich in Zorn. »Ich pfeife darauf, ob Sie's ehrlich meinen oder nicht.«

Moeller machte ein enttäuschtes Gesicht. »Na ja, das kann ich verstehen. Ich habe nicht bedacht, daß Sie einiges hinter sich haben. Ihnen liegt begreiflicherweise nur daran, heil und gesund wieder nach England zu kommen. Aber das ist durchaus nicht unmöglich. Es hängt nur davon ab, wie ruhig und logisch Sie an das Problem herangehen. Wie Ihnen sicherlich klargeworden ist, kommt es darauf an, daß die Fertigstellung der Arbeit, an der Sie gerade sind, verzögert wird. Wenn Sie nun umkommen, ehe Sie wieder in England sind, wird jemand anders nach der Türkei geschickt, und der muß Ihre Arbeit noch mal von vorne anfangen. Nach meinen Informationen würde sich auf diese Weise das gesamte Projekt um sechs Wochen verzögern, und diese sechs Wochen wären für die, denen es auf diese Verzögerung ankommt, ausreichend. Man könnte nun daraus schließen, daß die einfachste Lösung die wäre, Sie in Genua zu entführen, Sie die sechs Wochen, auf die's ankommt, hinter Schloß und Riegel zu stecken, und Sie dann wieder freizulassen, nicht wahr?«

»Ja, das könnte man.«

Moeller schüttelte den Kopf. »Aber das wäre falsch. Nehmen wir an, Sie verschwinden. Was passiert? Ihre Firma und sicher auch die türkische Regierung stellen Nachforschungen an. Die italienische Polizei wird benachrichtigt. Das britische Foreign Office ersucht die italienische Regierung um Auskunft und macht viel Wind. Die italienische Regierung befürchtet, daß ihre Neutralität ins Zwielicht gerät, und unternimmt etwas. Mir könnten ernstliche Schwierigkeiten erwachsen, besonders dann, wenn Sie freigelassen werden und alles erzählen können. Es wäre äußerst unangenehm für mich, wenn ich von der italienischen Polizei gesucht würde. Sie verstehen?«

»Ja, ich verstehe.«

»Das einfachste ist, Sie umzubringen. Es gibt aber noch

eine dritte Möglichkeit.« Er machte eine Pause. Dann sagte er: »Sie sind in einer sehr glücklichen Lage, Mr. Graham.«

»Was heißt denn *das* nun wieder?«

»In Friedenszeiten erheben nur fanatische Nationalisten die Forderung, man solle sich mit Haut und Haaren der Regierung seines Heimatlandes verschreiben. Im Kriege, wenn Soldaten fallen und die Atmosphäre gefühlsgeladen ist, lassen sich wohl auch vernünftige Menschen dazu hinreißen, von der ›patriotischen Pflicht‹ zu reden. Aber Sie sind in einer glücklichen Lage, denn Sie haben einen Beruf, in dem man diese Heldentümelei als das erkennt, was sie ist: der Gefühlsüberschwang der Dummen und Primitiven. ›Vaterlandsliebe‹ — ein sonderbarer Begriff! Liebe zu einem bestimmten Fleckchen Erde? Kaum. Setzen Sie mal einen Deutschen auf einen Acker in Nordfrankreich, sagen Sie ihm, es sei Hannover, und er kann Ihnen nicht widersprechen. Liebe zu den Landsleuten? Sicherlich nicht. Jeder Mensch liebt einige seiner Landsleute und haßt andere. Liebe zur Kultur des betreffenden Landes? Die Menschen, die von der Kultur ihres Landes am meisten wissen, sind in der Regel die intelligentesten und am wenigsten patriotischen. Liebe zur Regierung des Landes? Regierungen sind doch bei dem Volk, das sie regieren, meistens unbeliebt. Wir sehen also, daß Vaterlandsliebe nichts weiter ist als ein verschwommener mystischer Begriff, der auf Dummheit und Furcht beruht. Er ist natürlich ganz gut zu gebrauchen. Wenn eine herrschende Klasse erreichen möchte, daß ein Volk etwas tut, wozu es keine Lust hat, dann appelliert sie an den Patriotismus. Und das, wozu die Leute am wenigsten Lust haben, ist natürlich, sich umbringen zu lassen. Aber Sie müssen entschuldigen. Das sind alte Argumente, die Ihnen sicher bekannt sind.«

»Ja, sie sind mir bekannt.«

»Gut so. Es täte mir leid, wenn ich mich in der Beurteilung Ihrer Intelligenz getäuscht hätte. Es fällt mir nun viel leichter, zu sagen, was ich sagen will.«

»Ja, was *wollen* Sie denn nun eigentlich sagen?«

Moeller drückte seine Zigarette aus. »Die dritte Möglichkeit, Mr. Graham, bestünde darin, daß Sie sich dazu bewegen ließen, aus freien Stücken sechs Wochen lang mit Ihrer Arbeit auszusetzen — also Urlaub zu machen.«

»Sind Sie verrückt?«

Moeller lächelte. »Sie können mir glauben, daß Ihr Dilemma mir klar ist. Wenn Sie sich einfach sechs Wochen lang versteckt halten und dann wieder nach Hause kommen, wäre es wohl ziemlich peinlich, Rechenschaft abzulegen. Das verstehe ich. Hysterische Hohlköpfe könnten sagen, Sie hätten sich schändlich benommen, indem Sie es vorgezogen haben, am Leben zu bleiben, statt sich von unserm Freund Banat umbringen zu lassen. Daß die Arbeit sich sowieso verzögert hätte, und daß Sie England und seinen Alliierten lebend mehr nützen können als tot, würde man dabei übersehen. Patrioten sind, wie alle Schwarmgeister, für logisches Denken nicht zu haben. Man müßte ein kleines Täuschungsmanöver zu Hilfe nehmen. Ich will Ihnen sagen, wie sich das einrichten ließe.«

»Sie bemühen sich umsonst.«

Moeller hörte gar nicht hin. »Es gibt Dinge, Mr. Graham, über die selbst Patrioten keine Macht haben. Dazu gehört zum Beispiel Krankheit. Sie kommen aus der Türkei, und dort ist infolge von Erdbeben und Überschwemmungen an mehreren Stellen Typhus aufgetreten. Was wäre unverdächtiger, als daß bei Ihnen gleich nach der Landung in Genua ein leichter Typhus zum Ausbruch kommt? Was dann? Nun, Sie werden natürlich sofort in eine Privatklinik gebracht, und der Arzt dort schreibt auf Ihren Wunsch an Ihre Frau und Ihre Firma in England. Verzögerungen sind natürlich unvermeidlich, denn wir haben ja Krieg. Bis es jemandem gelingt, Sie zu besuchen, ist die Krise vorbei und Sie sind auf dem Wege zur Besserung — auf dem Wege der Besserung, aber noch viel zu schwach, um zu arbeiten oder zu reisen. Wenn die sechs Wochen um sind, haben Sie sich dann soweit erholt, daß Sie dazu wieder in der Lage sind. Alles ist wieder in Ordnung. Was halten Sie davon, Mr. Graham? Mir scheint, das ist die einzige Lösung, bei der Ihre und auch meine Interessen gewahrt sind.«

»Ich verstehe. Sie ersparen sich die Mühe, mich zu erschießen. Ich bin für die gewünschten sechs Wochen aus dem Wege und kann hinterher nichts ausplaudern, ohne mich selber zu verraten. So ist das gedacht?«

»Das ist sehr grob ausgedrückt, aber Sie haben durchaus recht, so ist es gedacht. Was halten Sie von dem Gedanken? Mir persönlich wäre die Aussicht auf sechs Wochen völliger Ruhe in der Klinik, die ich im Auge habe, sehr verlockend. Sie liegt ganz nahe bei Santa Margherita, zwischen Pinien, mit Blick aufs Meer. Ich bin freilich ein alter Mann. Ihnen ist es vielleicht schrecklich.«

Er zögerte und fuhr dann langsam fort: »Wenn Ihnen der Gedanke zusagt, ließe es sich vielleicht einrichten, daß Señora Gallindo den sechswöchigen Urlaub zusammen mit Ihnen verbringt.«

Graham wurde rot. »Verdammt noch mal, was soll denn das heißen?«

Moeller zuckte die Achseln. »Na, hören Sie mal, Mr. Graham, ich bin doch nicht blind! Wenn der Vorschlag Sie wirklich kränkt, bitte ich vielmals um Entschuldigung. Wenn nicht . . . Ich brauche kaum zu sagen, daß außer Ihnen keine Patienten da sind. Das Pflegepersonal würde aus mir selber, Banat und einem weiteren Mann bestehen, abgesehen von der Köchin, dem Gärtner und so weiter, und alle würden sich möglichst unaufdringlich verhalten, außer wenn Sie etwa Besuch aus England bekämen. Aber darüber könnte man später noch sprechen. Nun, was sagen Sie dazu?«

Graham raffte sich zusammen. Mit betonter Gelassenheit sagte er: »Ich sage, Sie bluffen. Haben Sie nicht daran gedacht, daß ich vielleicht kein solcher Trottel bin, wie Sie glauben? Ich werde selbstverständlich dem Kapitän von dieser Unterhaltung berichten. Wenn wir nach Genua kommen, wird die Polizei die Sache untersuchen. Meine Papiere sind vollkommen echt. Ihre nicht. Die von Banat auch nicht. Ich habe nichts zu verbergen. Sie haben eine ganze Menge zu verbergen. Banat ebenfalls. Sie verlassen sich darauf, daß meine Furcht vor der Ermordung mich dazu zwingt, auf Ihren Plan einzugehen. Das werde ich aber nicht tun. Ich werde auch nicht den Mund halten. Ich gebe zu, daß ich's mit der Angst gekriegt habe. Ich habe sehr unangenehme 24 Stunden hinter mir. So machen Sie das anscheinend, wenn Sie eine empfängliche Stimmung herbeiführen wollen. Aber bei mir zieht das nicht. Ich müßte ein Narr sein, wenn ich nicht erschrocken wäre. Aber ich habe nicht vor Angst den Verstand verloren. Sie bluffen, Moeller — das sage ich! So, und jetzt raus mit Ihnen!«

Moeller rührte sich nicht. Wie ein Arzt, der über eine nicht ganz unvorhergesehene Komplikation nachdenkt, sagte er: »Ja, ich hatte befürchtet, Sie könnten mich mißverstehen. Schade.« Er sah auf. »Und zu wem wollen Sie mit Ihrer Geschichte zuerst gehen, Mr. Graham? Zum Zahlmeister? Der dritte Offizier hat mir erzählt, was für ein sonderbares Theater Sie wegen des armen Monsieur Mavrodopoulos aufgeführt haben. Anscheinend haben Sie die tolle Verdächtigung von sich gegeben, daß er ein Verbrecher namens Banat sei und Sie umbringen wolle. Die Schiffsoffiziere, einschließlich des Kapitäns, sollen sich sehr amüsiert haben. Aber auch der beste Witz kann einem auf die Nerven gehen, wenn man ihn zu oft hört. Die Behauptung, auch ich sei ein Verbrecher, der Sie umbringen wolle, würde also ziemlich unwahrscheinlich klingen. Gibt es nicht eine medizinische Bezeichnung für solche Wahnvorstellungen? Also, Mr. Graham! Sie sagten, Sie seien kein Trottel. Dann benehmen Sie sich bitte auch nicht wie ein solcher. Ich wäre doch mit meinem Plan nicht an Sie herangetreten, wenn ich angenommen hätte, Sie könnten ihn mir auf so simple Weise durchkreuzen. Das wäre ja dumm gewesen. Und ebenso dumm ist es, wenn Sie meine Abneigung, Sie ermorden zu lassen, als Schwäche auffassen. Vielleicht ist es Ihnen lieber, mit einer Kugel im Rücken irgendwo tot im Rinnstein zu liegen, als sechs Wochen in einer Villa an der ligurischen Riviera zu verbringen. Das ist Ihre Sache. Aber geben Sie sich bitte keiner Täuschung hin: für eine dieser Möglichkeiten werden Sie sich entscheiden müssen.«

Graham lächelte grimmig. »Und wenn ich etwa noch Gewissensbisse haben sollte, mich in das Unausweichliche zu schicken, dann würde die kleine Moralpredigt über den Patriotismus sie zerstreuen. Ich verstehe. Nun, es tut mir leid, aber das zieht nicht. Ich sage immer noch, daß Sie bluffen. Ich gebe zu, Sie haben sehr geschickt geblufft. Sie haben mir wirklich Angst eingejagt. Ich habe tatsächlich einen Augenblick lang gedacht, ich müßte mich entscheiden: Tod oder Ehrlosigkeit — wie der Held in einem Rührstück. In Wirklichkeit habe ich natürlich zu entscheiden, ob ich meinen gesunden Menschenverstand gebrauchen oder ob ich mich von meiner augenblicklichen Stimmung verleiten lassen soll. Wenn Sie mir weiter nichts zu sagen haben, Mr. Moeller . . .«

Moeller erhob sich langsam. »Ja, Mr. Graham«, sagte er ruhig, »weiter habe ich nichts zu sagen.« Er schien zu zögern. Dann setzte er sich sehr bedächtig wieder hin. »Nein, Mr. Graham, ich habe es mir anders überlegt. Etwas *muß* ich doch noch sagen. Wenn Sie in Ruhe darüber nachdenken, könnten Sie ja immerhin zu dem Schluß kommen, daß Sie eine Dummheit gemacht haben und daß ich vielleicht doch nicht so ungeschickt bin, wie Sie jetzt anscheinend denken. Offen gestanden, ich rechne nicht damit. Sie sind bedauernswert selbstsicher. Aber für den Fall, daß Ihre Stimmung über Ihren Verstand siegt, möchte ich Sie warnen.«

»Wovor?«

Moeller lächelte. »Sie wissen vieles nicht; z. B., daß Oberst Haki es für ratsam gehalten hat, einen seiner Agenten hier an Bord unterzubringen, damit der auf Sie aufpaßt. Ich habe mir gestern die größte Mühe gegeben, bei Ihnen Interesse für ihn zu erwecken, aber das ist mir nicht gelungen. Ihsan Kuvvetli macht freilich einen ziemlich unscheinbaren Eindruck, aber er gilt als ein sehr gewitzter Bursche. Wenn er nicht so ein guter Patriot wäre, könnte er ein reicher Mann sein.«

»Wollen Sie mir etwa erzählen, Kuvvetli sei ein türkischer Agent?«

»Allerdings, Mr. Graham.« Er kniff die blaßblauen Augen zusammen. »Wenn ich schon heute abend an Sie herangetreten bin und nicht erst morgen abend, dann deshalb, weil ich mit Ihnen sprechen wollte, ehe er sich Ihnen zu erkennen gegeben hat. Ich glaube, er hat erst heute gemerkt, wer ich bin. Er hat heute abend meine Kabine durchsucht. Er muß wohl gehört haben, wie ich mit Banat sprach — die Kabinenwände sind ja so dünn. Auf jeden Fall habe ich angenommen, daß er es, in Anbetracht der Gefahr, in der Sie schweben, an der Zeit fand, sich Ihnen zu erkennen zu geben. Schließlich wird ein Mann mit seiner Erfahrung nicht denselben Fehler begehen wie Sie. Immerhin, er muß seine Pflicht tun, und zweifellos hat er mit viel Mühe irgendeinen Plan ausgeheckt, wie er Sie sicher nach Frankreich bringen kann. Ich möchte Sie nur davor warnen, ihm etwas von meinem Vorschlag zu erzählen. Denn wenn Sie sich doch noch zu meinem Standpunkt bekehren sollten, wäre es natürlich sehr peinlich für uns beide, wenn ein Agent der türkischen Regierung etwas von unserm kleinen Täuschungsmanöver wüßte. Wir könnten wohl kaum erwarten, daß er den Mund hält. Verstehen Sie, was ich meine, Mr. Graham? Wenn Sie Kuvvetli in das Geheimnis einweihen, bringen Sie sich um Ihre einzige Chance, lebendig nach England zurückzukommen.« Er lächelte schwach. »Ein schicksalsschwerer Gedanke, nicht wahr?« Er stand wieder auf und ging zur Tür. »Weiter wollte ich nichts sagen. Gute Nacht, Mr. Graham!«

Graham sah, wie die Tür sich schloß. Dann setzte er sich auf die Koje. Das Blut jagte ihm durch den Kopf, als sei er gerannt. Bluff half nun nichts mehr. Er mußte sich jetzt darüber klarwerden, was er tun sollte. Er mußte ruhig und scharf nachdenken.

Doch er konnte nicht ruhig und scharf nachdenken. Er war verwirrt. Das Schaukeln des Schiffes wurde ihm bewußt, und er fragte sich, ob er sich vielleicht alles bloß eingebildet habe. Aber auf der Koje, wo Moeller gesessen war, war noch die Vertiefung zu sehen und die Kabine war voll von Zigarettenrauch. Nicht Moeller war ein Phantasiegebilde, sondern Haller.

Er empfand jetzt keine Angst mehr, sondern ein Gefühl der Demütigung. Die Beklemmung in der Brust, das Hämmern des Herzens, der Druck in der Magengrube, das gruselige Kribbeln im Rücken — diese Reaktionen seines Körpers auf die Zwangslage, in der er sich befand, waren ihm schon fast vertraut geworden. Auf seltsame, makabre Weise war die Situation sogar anregend gewesen. Er hatte seine Verstandeskräfte mit einem Gegner gemessen — einem gefährlichen Gegner —, dem er sich aber geistig überlegen glaubte, so daß er hoffen konnte, den Sieg davonzutragen. Jetzt war ihm klar, daß es ganz anders gewesen war. Der Gegner hatte heimlich über ihn gelacht. Graham war gar nicht auf den Gedanken gekommen, ›Haller‹ zu verdächtigen. Er hatte einfach dagesessen und sich höflich Zitate aus einem Buch angehört. Lieber Himmel, für wie naiv mußte der Mann ihn halten! Moeller und Banat hatten durch ihn hindurchgesehen, als wäre er aus Glas. Nicht einmal seine armseligen *tête-à-têtes* mit Josette waren ihnen entgangen. Wahrscheinlich hatten sie auch gesehen, wie er sie geküßt hatte. Und wie um ihm das ganze Ausmaß ihrer Verachtung zu zeigen, hatte Moeller selber ihn darauf aufmerksam gemacht, daß Mr. Kuvvetli ein türkischer Agent war, der den Auftrag hatte, ihn zu beschützen. Kuvvetli! Es war zum Lachen. Josette würde sich gewiß darüber amüsieren.

Plötzlich fiel ihm wieder ein, daß er versprochen hatte, in den Salon zurückzukehren. Sie machte sich gewiß schon Sorgen. Außerdem war es in der Kabine zum Ersticken. Er konnte besser denken, wenn er etwas Luft schnappte. Er stand auf und zog sich den Mantel an.

José und Banat waren noch beim Kartenspielen — Banat kühl und bedächtig, José mit merkwürdig gespannter Aufmerksamkeit, als argwöhne er, daß Banat mogle. Josette lehnte in ihrem Sessel und rauchte. Mit Bestürzung fiel Graham ein, daß noch keine halbe Stunde vergangen war, seit er den Raum verlassen hatte. Es war erstaunlich, wie eine so kurze Zeitspanne den Menschen mitnehmen, wie sich die ganze Atmosphäre eines Raumes ändern konnte. Er bemerkte auf einmal Dinge im Salon, die ihm früher nicht aufgefallen waren: eine Messingplatte mit dem eingravierten Namen der Schiffswerft, einen Fleck auf dem Teppich, einen Stapel alter Zeitschriften in einer Ecke.

Er stand einen Augenblick still und starrte auf die Messingplatte. Das Ehepaar Mathis und die Italienerin und ihr Sohn lasen und sahen ihn nicht. Er blickte zu Josette, die sich wieder den Spielern zuwandte. Sie hatte ihn bemerkt. Er ging durch den Salon und trat auf das Schutzdeck hinaus. Sie würde gewiß bald nachkommen, um zu erfahren, ob er Erfolg gehabt hatte.

Während er langsam das Deck entlangging, überlegte er, was er ihr sagen wollte, ob er ihr von Moeller und seinem Ausweg erzählen sollte oder nicht. Ja, er wollte es ihr erzählen. Dann würde sie ihm sicher sagen, er brauche sich keine Sorgen zu machen, Moeller bluffe nur. Wenn nun aber Moeller doch nicht bluffte?

»Sie werden alles unternehmen, um das zu erreichen. *Alles,* Mr. Graham. Verstehen Sie?« Haki hatte nicht von Bluff gesprochen, und die Wunde unter dem schmutzigen Verband an seiner Rechten war echt. Und wenn Moeller nicht bluffte — was dann?

Er blieb stehen und blickte hinaus auf die Lichter der Küste. Sie waren jetzt näher, so nahe, daß er wahrnehmen konnte, wie das Schiff sich an ihnen vorbeibewegte. Es war unglaublich, daß gerade ihm das alles passierte. Es war unmöglich. Vielleicht war er in Istanbul doch ziemlich schwer verletzt worden und lag jetzt in der Narkose und träumte. Vielleicht würde er bald aufwachen, sich wiederfinden in einem Krankenhausbett. Doch das von der Seeluft feuchte Teakholzgeländer, auf dem seine Hand ruhte, war durchaus fest und wirklich. Er umklammerte es in plötzlicher Wut über seine eigene Dummheit. Nachdenken sollte er, sein Gehirn strapazieren, Pläne machen, Entschlüsse fassen, etwas tun — statt herumzustehen und zu dösen! Moeller hatte ihn vor mehr als 5 Minuten verlassen, und immer noch versuchte er, aus der Wirklichkeit in ein Märchenland mit Krankenhaus und Narkose zu fliehen. Wie sollte er sich gegenüber Kuvvetli verhalten? Sollte er an ihn herantreten oder ihm den ersten Schritt überlassen? Was . . .?

Hinter ihm kamen rasche Schritte das Deck entlang. Es war Josette, den Pelzmantel um die Schultern gehängt, das Gesicht blaß und angstvoll in dem trübseligen Licht der Decklampe. Sie faßte ihn am Arm. »Was ist passiert? Warum bist du so lange geblieben?«

»Es war kein Revolver da.«

»Aber er muß doch dasein. Etwas ist passiert. Als du eben in den *salone* kamst, hast du ausgesehen, als sei dir ein Gespenst über den Weg gelaufen oder als sei dir schlecht. Was ist los, *chéri?*«

»Es war kein Revolver da«, wiederholte er. »Ich habe alles abgesucht.«

»Hat dich auch niemand gesehen?«

»Nein, gesehen hat mich niemand.«

Sie atmete auf. »Als ich dein Gesicht sah, hab ich Angst gehabt . . . « Sie brach ab. »Aber begreifst du denn nicht? Alles ist gut! In der Tasche hat er keinen Revolver, in seiner Kabine ist kein Revolver — er hat überhaupt keinen Revolver!« Sie lachte. »Vielleicht hat er ihn versetzt. Ach, mach doch nicht so ein ernstes Gesicht, *chéri!* Er kann sich ja in Genua einen Revolver besorgen, aber dann ist es zu spät. Dir kann nichts passieren. Du bist in Sicherheit.« Ihre Miene wurde kummervoll. »Aber ich habe Schwierigkeiten.«

»Du?«

»Dieser parfümierte Mensch spielt so gut. Er gewinnt immerzu, und José verliert. Das paßt José nicht. Da wird er mogeln müssen, und wenn er mogelt, ist er schlechter Laune. Er sagt, das strenge seine Nerven zu sehr an. Aber natürlich möchte er gewinnen, weil er sich für den besseren Spieler hält.« Sie hielt inne und sagte plötzlich: »Warte mal bitte!«

Sie waren am Ende des Decks angekommen. Josette blieb stehen und wandte sich ihm zu. »Was ist los, *chéri*? Du hörst mir gar nicht zu. Du denkst an was anderes.« Sie verzog schmollend den Mund. »Ach, ich weiß, du denkst an deine Frau. Jetzt weißt du, daß keine Gefahr ist, und dann denkst du wieder an sie.«

»Nein.«

»Wirklich nicht?«

»Nein, wirklich nicht.« Nun wußte er, daß er ihr nichts von Moeller erzählen würde. Er wollte, daß sie mit ihm redete — aus dem Glauben heraus, daß keine Gefahr mehr sei, daß ihm nichts passieren könne, daß er in Genua ohne Furcht die Gangway hinuntergehen könne. Er hatte Angst, sich selbst Illusionen zu schaffen, aber er konnte doch in einer Illusion leben, die sie schuf. Er brachte ein Lächeln zustande. »Laß dich von mir nicht stören, Josette! Ich bin müde. Es macht einen ziemlich müde, wenn man fremde Kabinen durchsucht, weißt du!«

Sofort war sie voller Mitgefühl. »*Mon pauvre chéri!* Ich bin schuld, nicht du. Ich habe nicht mehr daran gedacht, wie schrecklich das alles für dich gewesen ist. Wollen wir wieder in den *salone* gehen und ein Gläschen trinken?«

Er hätte viel um einen Whisky gegeben, aber im Salon hätte er Banat ansehen müssen, und das wollte er nicht. »Ach nein. Erzähl mir lieber, was wir als erstes machen, wenn wir in Paris ankommen.«

Sie lächelte ihm zu. »Wenn wir hier stehen bleiben, wird uns kalt werden.« Sie hüllte sich in ihren Mantel und schob ihren Arm unter den seinen. »So, wir fahren also zusammen nach Paris?«

»Natürlich — ich dachte, das sei abgemacht?«

»Freilich, aber« — sie drückte seinen Arm — »ich habe nicht geglaubt, daß du es ernst meinst. Weißt du«, fuhr sie behutsam fort, »viele Männer reden gern davon, was alles sein wird, aber oft denken sie später nicht mehr gern an das, was sie gesagt haben. Nicht, daß sie's etwa nicht ernst meinen, wenn sie's sagen; aber sie sind eben nicht immer in derselben Stimmung. Verstehst du mich, *chéri?*«

»Ja, ich verstehe.«

»Ich möchte, daß du das verstehst«, fuhr sie fort, »denn es ist mir sehr wichtig. Ich bin Tänzerin und muß auch an meinen Beruf denken.« Sie drehte sich impulsiv zu ihm. »Aber du wirst denken, ich sei egoistisch, und ich will nicht, daß du das denkst. Ich habe dich eben sehr gern und will nicht, daß du etwas bloß tust, weil du's versprochen hast. Solange du dir darüber im klaren bist, ist es gut. Reden wir nicht mehr davon!« Sie schnippte mit den Fingern. »Also paß auf! Wenn wir nach Paris kommen, fahren wir gleich in ein Hotel an der Metro-Station St. Philippe du Roule, das ich kenne. Es ist sehr modern und ordentlich, und wenn du willst, können wir ein Badezimmer haben. Teuer ist es nicht. Dann gehen wir in die Ritz-Bar und trinken Champagner-Cocktail. Der kostet bloß neun Francs pro Glas. Dabei können wir uns dann überlegen, wohin wir essen gehen. Ich habe das türkische Essen gründlich satt, und schon beim Anblick von Ravioli wird mir schlecht. Wir wollen gutes französisches Essen.« Sie machte eine Pause und setzte dann zögernd hinzu: »Ich bin noch nie im Tour d'Argent gewesen.«

»Dann gehen wir eben hin.«

»Wirklich? Da esse ich, bis ich platze. Und dann geht's erst los!«

»Was denn?«

»Es gibt ein paar kleine Lokale, die sind trotz der Polizeivorschriften immer noch bis spät in die Nacht offen. Ich mache dich mit einer guten Freundin bekannt. Die ist die *sous-maquecée* im Moulin Galant gewesen, als Le Boulanger es führte, und bevor die Gangster gekommen sind. Weißt du, was *sous-maquecée* heißt?«

»Nein.«

Sie lachte. »Das war sehr schlimm von mir. Ich erklär's dir ein andermal. Aber Suzie wird dir Eindruck machen. Sie hat sich einen Haufen Geld zusammengespart und ist jetzt sehr respektabel. Sie hat ein Lokal in der Rue de Liège gehabt, das war besser als das Jockey Cabaret in Istanbul. Als der Krieg kam, hat sie's zumachen müssen; aber sie hat in einer Sackgasse bei der Rue Pigalle wieder ein Lokal aufgemacht, und ihre Freunde können da hingehen. Sie hat sehr viele Freunde, und auf diese Weise verdient sie wieder. Sie ist schon ziemlich alt, und die Polizei läßt sie in Ruhe. Sie schert sich nicht um die Polizei. Es ist schließlich nicht nötig, daß wir alle Trübsal blasen, bloß weil jetzt Krieg ist. Ich habe noch mehr gute Bekannte in Paris. Du wirst sie reizend finden, wenn du sie kennenlernst. Wenn sie hören, daß du mein Freund bist, werden sie sich höflich benehmen. Sie sind sehr nett und höflich, wenn man jemanden dabeihat, der im Quartier bekannt ist.«

Sie erzählte von ihnen. Zum größten Teil waren es Frauen: Lucette, Dolly, Sonia, Claudette, Berthe; doch es waren auch ein paar Männer darunter: Jojo, Ventura — Ausländer, die nicht zum Militär geholt worden waren. Sie sprach etwas unklar von ihnen, aber mit einer halb aufrichtigen, halb verschämten Begeisterung. Reich im amerikanischen Sinne waren sie vielleicht nicht, aber sie waren Leute von Welt. Jeder zeichnete sich durch irgend etwas aus. Der eine war ›sehr intelligent‹, ein anderer hatte einen Freund im Innenministerium, ein dritter wollte sich eine Villa in St. Tropez kaufen und im Sommer alle seine Freunde dorthin einladen. Alle waren ›amüsant‹ und gut zu gebrauchen, wenn man ›etwas Besonderes‹ wollte. Was sie mit ›etwas Besonderes‹ meinte, sagte sie nicht, und Graham fragte sie nicht danach.

Ihm gefiel das Bild, das sie entwarf. Der Gedanke, im Café Graf zu sitzen und den Geschäftsleuten aus dem *milieu* des Montmartre Getränke zu spendieren, erschien ihm in diesem Moment unendlich verlockend. Dort würde er frei und sicher sein, wieder er selber, könnte seinen Gedanken nachhängen, könnte natürlich lächeln statt verkrampft zu grinsen. Ja, so würde es sein. Es war unsinnig, sich ermorden zu lassen. In einem Punkt jedenfalls hatte Moeller recht: er konnte England lebend mehr nützen als tot.

Wesentlich mehr! Die sechs Wochen Aufschub würden ja den Vertrag mit der Türkei nicht annullieren. Wenn Graham nach diesen sechs Wochen noch am Leben war, so konnte er frisch und munter weiterarbeiten, vielleicht sogar etwas von der verlorenen Zeit wieder gutmachen. Schließlich war er ja der Chefkonstrukteur, und im Krieg fand sich nicht so leicht Ersatz für ihn. Zwar hatte er durchaus die Wahrheit gesagt, als er Haki erklärt hatte, es gebe dutzendweise Leute mit seinen Fachkenntnissen; aber er hatte es nicht für nötig gehalten, Hakis Argumente zu stärken durch den Hinweis, daß sie nicht nur aus Engländern bestanden, sondern auch aus Amerikanern, Franzosen, Deutschen, Japanern und Tschechen. Der vernünftige Weg war gewiß auch der sichere Weg. Er war Ingenieur von Beruf, und nicht Geheimagent. Ein Geheimagent hätte vermutlich mit Männern wie Moeller und Banat fertigwerden können. Graham aber konnte das nicht. Es war nicht seine Sache, zu entscheiden, ob Moeller bluffte oder nicht. Seine Sache war es, am Leben zu bleiben. Das bedeutete natürlich, daß er lügen mußte: gegenüber Stefanie und ihren Bekannten, gegenüber dem Generaldirektor und den Vertretern der türkischen Regierung. Er mußte sie anlügen, denn sie würden sagen, er hätte sein Leben riskieren müssen. Solche Standpunkte vertraten die Leute doch, wenn sie sicher und bequem in ihren Sesseln saßen. Aber ob sie ihm glaubten, wenn er log? Die Leute zu Hause wohl — aber Haki? Haki mußte den Braten riechen und Fragen stellen. Und Kuvvetli? Moeller mußte etwas tun, um ihn abzulenken. Das war gewiß ein heikles Unterfangen, aber Moeller würde das schon machen, Moeller hatte Übung in solchen Dingen. Moeller . . .

Mit einem Ruck hielt er inne. Um Gottes willen, wohin wanderten denn seine Gedanken? War er verrückt geworden? Moeller war ein feindlicher Agent. Was er — Graham — sich da durch den Kopf hatte gehen lassen, war nichts anderes als Landesverrat. Und doch . . . Und doch was? Plötzlich wurde ihm klar, daß es in seinem Kopf geklickt hatte. Der Gedanke, sich auf einen Kuhhandel mit einem feindlichen Agenten einzulassen, war ihm nicht mehr undenkbar. Er brachte es fertig, Moellers Vorschlag ganz ruhig und kühl zu prüfen. Er war bereits demoralisiert. Er konnte sich nicht mehr auf sich selber verlassen.

Josette schüttelte seinen Arm. »Was ist denn, *chéri*? Was ist denn los?«

»Mir ist gerade etwas eingefallen«, murmelte er.

»Ach!« sagte sie ärgerlich. »Das ist aber gar nicht höflich. Ich frage dich, ob du weiter spazierengehen willst, und du gibst keine Antwort. Ich frage dich noch einmal, und du bleibst stehen, als ob dir schlecht sei. Du hast gar nicht gehört, was ich gesagt habe.«

Er riß sich zusammen. »Doch, ich hab's schon gehört, aber mir ist dabei eingefallen — wenn ich mich in Paris aufhalten will, muß ich mehrere wichtige Geschäftsbriefe schreiben, damit ich sie gleich bei der Ankunft aufgeben kann.« Mit einigermaßen geschickt gespielter Aufgeräumtheit setzte er hinzu: »Ich möchte doch in Paris nicht arbeiten.«

»Wenn es nicht diese *salauds* sind, die dich umbringen wollen, dann ist es das Geschäft«, brummte sie. Doch sie schien besänftigt zu sein.

»Bitte entschuldige, Josette! Es soll nicht wieder vorkommen. Ist dir auch bestimmt warm? Möchtest du vielleicht was trinken?«

Er wollte sie jetzt loswerden. Er wußte, was er zu tun hatte, und er wollte es sogleich tun, bevor er es sich noch einmal überlegte.

Aber sie nahm wieder seinen Arm. »Nein, es ist schon gut. Ich bin nicht böse, und mir ist nicht kalt. Wenn wir auf das oberste Deck gehen, kannst du mir einen Kuß geben zum Zeichen, daß wir uns wieder vertragen. Ich muß bald wieder zu José. Ich habe gesagt, ich würde nur ein paar Minuten bleiben.«

Eine halbe Stunde später ging er in seine Kabine hinab, zog den Mantel aus und ging den Steward suchen, den er, mit Mop und Eimer beschäftigt, in der Toilette fand.

»*Signore?*«

»Ich habe Signor Kuvvetli versprochen, ihm ein Buch zu leihen. Welche Kabine hat er?«

»Nummer 3, *signore.*«

Graham ging weiter nach hinten zur Kabine 3 und stand einen Augenblick lang zögernd davor. Vielleicht sollte er es sich noch einmal überlegen, ehe er einen entscheidenden Schritt tat, einen Schritt, den er später womöglich bereute. Vielleicht war es besser, bis zum nächsten Morgen damit zu warten. Vielleicht . . .

Er biß die Zähne zusammen, hob die Hand und klopfte an.

9. *Kapitel*

Mr. Kuvvetli machte die Tür auf. Er trug über einem Flanellnachthemd einen alten Morgenrock aus rotem Wollstoff, und sein grauer Haarkranz stand ihm in Löckchen vom Kopf ab. In der Hand hielt er ein Buch, und es sah aus, als habe er auf der Koje gelesen. Einen Moment sah er Graham erstaunt an, dann erschien sein altes Lächeln wieder. »Mr. Graham! Es freut mich. Bitte, was kann ich tun?«

Bei seinem Anblick sank Graham der Mut. Diesem speckigen Männchen mit dem blöden Lächeln wollte er seine Sicherheit anvertrauen! Aber nun war es zu spät umzukehren. »Ich hätte mich gerne mal mit Ihnen unterhalten, Mr. Kuvvetli«, sagte er.

Mr. Kuvvetli zwinkerte ein wenig verschmitzt. »Unterhalten? Ja, bitte, kommen Sie herein!«

Graham trat in die Kabine. Sie war ebenso klein wie die seine, und die Luft war stickig.

Mr. Kuvvetli strich die Decken auf seiner Koje glatt. »Bitte setzen Sie hin!«

Graham setzte sich und tat den Mund auf, um zu sprechen; doch Mr. Kuvvetli kam ihm zuvor: »Zigarette bitte, Mr. Graham?«

»Ja, bitte.« Er nahm sich eine Zigarette. »Danke. — Ich habe heute abend Besuch von Herrn Professor Haller gehabt«, begann er. Dann fielen ihm die dünnen Kabinenwände ein und er warf einen diesbezüglichen Blick darauf.

Mr. Kuvvetli zündete ein Streichholz an und hielt es ihm hin. »Herr Professor Haller ist sehr interessanter Mann, nicht?« Als Grahams Zigarette und seine eigene brannten, blies er das Streichholz aus. »Kabinen auf beiden Seiten leer«, verkündete er.

»Dann ... «

»Bitte«, unterbrach Mr. Kuvvetli, »darf ich französisch

sprechen? Mein Englisch ist doch nicht sehr gut. Ihr Französisch ist sehr gut. Dann verstehen wir uns leichter.«

»Selbstverständlich.«

»So geht's besser.« Mr. Kuvvetli setzte sich neben ihm auf die Koje. »Ich wollte Ihnen morgen sagen, wer ich bin, Monsieur Graham. Ich glaube, jetzt hat mir Monsieur Moeller die Mühe erspart. Sie wissen wohl schon, daß ich kein Tabakkaufmann bin?«

»Laut Moeller sind Sie ein türkischer Agent und arbeiten für Oberst Haki. Stimmt das?«

»Ja, das stimmt. Ich will ehrlich sein. Es wundert mich, daß Sie das nicht schon selber entdeckt haben. Als der Franzose mich gefragt hat, bei welcher Firma ich sei, mußte ich sagen: ›Pazar und Co.‹, weil ich diesen Namen Ihnen genannt hatte. Leider gibt es keine Firma Pazar und Co. Er hat sich natürlich gewundert. Für einen Augenblick konnte ich ihn von weiteren Fragen abbringen, aber ich habe erwartet, er würde hinterher mit Ihnen darüber sprechen.« Das Lächeln war verschwunden, mit ihm auch die strahlende Blödigkeit, die — für Graham — zu dem Tabakkaufmann gehört hatte. Dafür waren jetzt ein strafferer, entschlossener Mund und ein Paar ruhige braune Augen da, die ihn mit so etwas wie gutmütiger Verachtung musterten.

»Er hat nichts davon gesagt.«

»Und Ihnen ist nicht der Verdacht gekommen, ich wiche seinen Fragen aus?« Er zuckte die Achseln. »Man nimmt sich immer mehr in acht, als nötig ist. Die Menschen sind viel vertrauensseliger, als man denkt.«

»Warum hätte mir ein Verdacht kommen sollen?« fragte Graham gereizt. »Aber ich verstehe nicht, warum Sie nicht sofort mit mir gesprochen haben, als Sie wußten, daß Banat auf dem Schiff ist. Ich nehme doch an«, setzte er spitz hinzu, »Sie *wissen,* daß Banat auf dem Schiff ist?«

»Ja, das weiß ich«, sagte Mr. Kuvvetli wegwerfend. »Ich habe aus drei Gründen nicht mit Ihnen gesprochen.« Er hob drei rundliche Finger. »Erstens hat Oberst Haki mir erklärt, Sie seien Sicherheitsvorkehrungen gegenüber ablehnend eingestellt, und ich solle mich Ihnen erst zu erkennen geben, wenn es unbedingt nötig sei. Zweitens hat Oberst Haki kein großes Zutrauen zu Ihrer Fähigkeit, Ihre Gefühle zu verbergen, und hielt es daher für besser, Ihnen nicht zu sagen, wer ich bin.«

Graham war knallrot. »Und der dritte Grund?«

»Drittens«, fuhr Mr. Kuvvetli gelassen fort, »wollte ich abwarten, was Banat und Moeller tun würden. Jetzt erfahre ich, daß Moeller mit Ihnen gesprochen hat. Ausgezeichnet. Ich möchte gern hören, was er gewollt hat.«

Jetzt war Graham wütend. »Ehe ich damit meine Zeit vergeude«, sagte er kalt, »können *Sie* sich eigentlich ausweisen? Bis jetzt habe ich nur aus Moellers und aus Ihrem eigenen Munde gehört, daß Sie wirklich ein türkischer Agent sind. Ich habe auf dieser Reise schon ein paar dumme Fehler begangen. Ich möchte nicht noch mehr begehen.«

Zu seiner Überraschung grinste Mr. Kuvvetli. »Es freut mich, daß Sie in so munterer Stimmung sind, Monsieur Graham. Ich habe mir heute abend Sorgen um Sie gemacht. In einer solchen Situation schadet Whisky den Nerven. Einen Augenblick, bitte.« Er wandte sich zur Tür, an der seine Jacke hing, zog einen Brief aus der Tasche und reichte ihn Graham. »Oberst Haki hat mir das für Sie gegeben. Ich glaube, das wird Ihnen genügen.«

Graham sah sich das Blatt an. Es war ein gewöhnliches Empfehlungsschreiben in französischer Sprache, auf einen Bogen getippt, den der aufgeprägte Briefkopf des türkischen Innenministeriums zierte. Es war an ihn adressiert und mit ›Zia Haki‹ unterzeichnet. Er steckte es in die Tasche. »Ja, Monsieur Kuvvetli, das genügt mir vollkommen. Ich muß um Entschuldigung bitten, daß ich an Ihrem Wort gezweifelt habe.«

»Das war ganz richtig von Ihnen«, sagte Mr. Kuvvetli steif. »Und jetzt erzählen Sie mir, was Moeller gesagt hat. Sie müssen schön erschrocken sein, als Banat auf dem Schiff auftauchte. Ich hatte auch ein schlechtes Gewissen, als ich Sie in Athen so lange festhielt, aber es war am besten so. Was Moeller anbelangt . . . «

Graham warf ihm einen schnellen Blick zu. »Moment mal! Soll das heißen, daß Sie gewußt haben, daß Banat an Bord kommen würde? Soll das heißen, daß Sie so lange mit mir in Athen geblieben sind und so viele dumme Fragen gestellt haben, bloß damit ich nicht vor der Abfahrt merken konnte, daß Banat an Bord ist?«

Mr. Kuvvetli machte ein verlegenes Gesicht. »Es war notwendig. Sie müssen verstehen . . . «

»Das ist ja zum . . .«, begann Graham empört.

»Einen Augenblick bitte!« sagte Mr. Kuvvetli scharf. »Ich habe gesagt, es war nötig. Ich hatte in Canakkale ein Telegramm von Oberst Haki bekommen, des Inhalts, Banat habe türkisches Gebiet verlassen und würde möglicherweise versuchen, im Piräus auf das Schiff zu kommen und . . .«

»Das haben Sie gewußt! Und da . . .«

»Bitte, Monsieur, lassen Sie mich weiterreden. Oberst Haki sagte noch, ich solle Sie auf dem Schiff zurückhalten. Das war vernünftig. Denn auf dem Schiff konnte Ihnen ja gar nichts passieren. Es hätte doch sein können, daß Banat nur deshalb zum Piräus gefahren wäre, damit Sie's mit der Angst bekämen und an Land gingen, und dort hätte Ihnen dann etwas sehr Unangenehmes zustoßen können. Geduld, bitte! Ich bin mit Ihnen nach Athen gefahren, damit Sie nicht an Land überfallen werden, und auch, damit Sie, wenn Banat tatsächlich an Bord käme, ihn nicht vor der Abfahrt zu sehen bekämen.«

»Aber warum in aller Welt hat Oberst Haki denn Banat nicht festgenommen oder ihn wenigstens aufgehalten, bis es zu spät war und er das Schiff nicht mehr erreichen konnte?«

»Weil dann bestimmt Ersatz für ihn geschickt worden wäre. Banat kennen wir. Irgendein anderer, unbekannter Monsieur Mavrodopoulos wäre ein neues Problem gewesen.«

»Aber Sie sagen doch, Banat — oder vielmehr Moeller — könnte die Absicht gehabt haben, mir Angst einzujagen und mich so vom Schiff zu vertreiben. Banat konnte doch nicht wissen, daß ich ihn kannte?«

»Sie haben Oberst Haki erzählt, daß Sie im Jockey Cabaret auf Banat aufmerksam gemacht worden seien, als er Sie dort beobachtet hat. Darum hat er wahrscheinlich gewußt, daß Sie ihn bemerkt hatten. Er ist ja kein Dilettant. Verstehen Sie Oberst Hakis Standpunkt? Wie gesagt, er rechnete mit der Möglichkeit, daß Sie an Land getrieben und dort umgebracht werden würden. In diesem Falle wäre es besser gewesen, wenn die Leute das tatsächlich versucht und nicht geschafft hätten; denn wenn der Versuch zu früh vereitelt worden wäre, hätten sie einen neuen vorbereiten können.

Tatsächlich aber«, fuhr er munter fort, »haben sie nicht die Absicht gehabt, Sie an Land zu treiben, und meine Vorsichtsmaßnahmen waren daher umsonst. Banat ist zwar wirklich aufs Schiff gekommen, aber er ist in seiner Kabine geblieben, bis der Lotse abgesetzt war.«

»Da haben Sie's!« zischte Graham. »Ich hätte an Land gehen und mich in den Zug setzen können. Jetzt wäre ich schon wohlbehalten in Paris.«

Mr. Kuvvetli dachte einen Augenblick lang über diesen Einwand nach und schüttelte dann langsam den Kopf. »Das glaube ich nicht. Sie haben Monsieur Moeller vergessen. Ich glaube, daß er und Banat das Schiff verlassen hätten, wenn Sie zur Abfahrtszeit nicht zurück gewesen wären.«

Graham lachte kurz. »Haben Sie das damals schon gewußt?«

Mr. Kuvvetli betrachtete seine schmutzigen Fingernägel. »Ich will ehrlich sein, Monsieur Graham. Ich habe es nicht gewußt. Ich habe Monsieur Moeller natürlich dem Namen nach gekannt. Mir ist durch einen Mittelsmann einmal das Angebot gemacht worden, gegen hohe Bezahlung für ihn zu arbeiten. Ich hatte ein Foto von ihm gesehen. Aber Fotos nützen meistens nicht viel. Ich habe ihn jedenfalls nicht erkannt. Weil er in Istanbul an Bord gegangen war, habe ich auch keinen Verdacht gegen den Herrn Professor gehabt. Erst Banats Verhalten zeigte mir, daß ich etwas übersehen hatte, und als ich dann sah, wie er mit dem Herrn Professor sprach, bin ich der Sache nachgegangen.«

»Er sagt, Sie hätten seine Kabine durchsucht.«

»Stimmt. Ich habe Briefe mit seiner Adresse in Sofia gefunden.«

»Kabinendurchsuchungen sind ja hier an der Tagesordnung gewesen«, sagte Graham bitter. »Gestern abend hat mir Banat meinen Revolver aus dem Koffer gestohlen. Heute abend bin ich in seine Kabine gegangen und habe nach seiner Pistole gesucht — die, mit der er in Istanbul auf mich geschossen hat. Sie war nicht da. Als ich wieder in meine Kabine kam, saß Moeller mit Banats Pistole da.«

Mr. Kuvvetli hatte mit düsterer Miene zugehört. »Wenn Sie mir bitte erzählen möchten, was Moeller von Ihnen gewollt hat«, sagte er dann, »kommen wir beide viel schneller ins Bett.«

Graham lächelte. »Wissen Sie, Kuvvetli, ich habe ja auf diesem Schiff schon verschiedene Überraschungen erlebt. Sie sind die erste angenehme.« Dann schwand sein Lächeln. »Moeller teilte mir mit, daß ich meine Rückkehr nach England um sechs Wochen hinausschieben solle, weil ich sonst fünf Minuten nach meiner Ankunft in Genua ein toter Mann sein würde. Er habe zum Zwecke meiner Ermordung außer Banat noch andere Männer an den Hafen in Genua bestellt.«

Mr. Kuvvetli schien nicht überrascht. »Und wo sollen Sie die sechs Wochen verbringen?«

»In einer Villa bei Santa Margherita. Er denkt sich das so, daß ein Arzt mir Typhus bescheinigt, und daß ich mich in dieser Villa aufhalte, als sei sie eine Klinik und ich ein Patient. Falls Besuch aus England käme, würden Moeller und Banat Arzt und Pfleger spielen. Wie Sie sehen, will er mich in das Täuschungsmanöver einbeziehen, damit ich hinterher nichts ausplaudern kann.«

Mr. Kuvvetli zog die Augenbrauen hoch. »Und wie hat er sich das mit mir vorgestellt?«

Graham berichtete es ihm.

»Und obwohl Sie glauben, was Monsieur Moeller sagt, haben Sie sich entschlossen, seinen Rat in den Wind zu schlagen und mir von seinem Vorschlag zu erzählen?« Mr. Kuvvetli strahlte anerkennend. »Das war sehr mutig von Ihnen, Monsieur.«

Graham wurde rot. »Denken Sie denn, ich hätte darauf eingehen können?«

Mr. Kuvvetli mißverstand ihn. »Ich denke gar nichts«, sagte er schnell und fuhr dann zögernd fort: »Wenn jemand in Lebensgefahr schwebt, ist er nicht immer ganz normal. Er ist imstande etwas zu tun, was er sonst nicht tun würde. Das kann man ihm nicht übelnehmen.«

Graham lächelte: »Ich will offen zu Ihnen sein. Ich bin jetzt gleich zu Ihnen gekommen und nicht erst morgen früh, damit mir keine Zeit bleibt, es mir noch mal zu überlegen und am Ende seinen Vorschlag vielleicht doch anzunehmen.«

»Das Wesentliche jedenfalls ist«, sagte Mr. Kuvvetli ruhig, »daß Sie tatsächlich zu mir gekommen *sind*. Haben Sie ihm gesagt, daß Sie das tun wollten?«

»Nein. Ich habe ihm gesagt, ich glaube, er bluffe.«

»Und *glauben* Sie, daß er blufft?«

»Ich weiß es nicht.«

Mr. Kuvvetli kratzte sich nachdenklich in den Achselhöhlen. »Es ist dabei so vieles zu bedenken. Und es kommt darauf an, was Sie damit meinen, wenn Sie sagen, er bluffe. Wenn Sie meinen, er könnte oder würde Sie nicht umbringen, dann, glaube ich, sind Sie im Irrtum. Er könnte und würde es tun.«

»Aber wie? Ich habe doch einen Konsul. Was hindert mich daran, mich am Hafen in ein Taxi zu setzen und schnurstracks zum Konsulat zu fahren? Dort könnte ich sicher irgendein Schutzgeleit bekommen.«

Mr. Kuvvetli zündete sich eine neue Zigarette an. »Wissen Sie, wo in Genua das britische Generalkonsulat ist?«

»Das wird der Taxichauffeur schon wissen.«

»Ich kann es Ihnen auch sagen. Es ist an der Ecke der Via Ippolito d'Aste. Unser Schiff legt im Ponte San Giorgio am Hafenbecken Vittorio Emmanuele an, mehrere Kilometer vom Konsulat entfernt. Ich bin diese Strecke schon gefahren und kenne mich aus. Der Hafen von Genua ist sehr groß. Ich glaube nicht, daß Sie auch nur einen von diesen Kilometern schaffen würden, Monsieur Graham. Sie werden mit einem Wagen auf Sie warten. Wenn Sie ein Taxi nehmen, werden sie ihm bis zur Via Franca folgen, es auf den Bürgersteig drängen und Sie, der Sie drin gefangen sitzen, abknallen.«

»Ich könnte ja den Konsul vom Hafen aus anrufen.«

»Das könnten Sie freilich. Aber erst müßten Sie mal durch den Zoll. Dann müßten Sie warten, bis der Konsul kommt. *Warten,* Monsieur! Ist Ihnen klar, was das bedeutet? Selbst wenn Sie den Konsul sofort ans Telefon kriegen und ihn davon überzeugen, daß Ihr Fall dringend ist, müssen Sie doch mindestens eine halbe Stunde auf ihn warten. Sie dürfen mir glauben: Ihre Chancen, diese Zeit zu überleben, würden nicht geringer, wenn Sie unterdessen ein Glas Blausäure tränken. Es ist nicht schwer, einen Mann zu ermorden, der keine Waffe hat und nicht bewacht wird. Zwischen den Hallen am Hafen wäre es geradezu ein Kinderspiel. Nein, ich glaube nicht, daß Moeller blufft, wenn er sagt, daß er Sie umbringen kann.«

»Aber was ist mit seinem Vorschlag? Er hat sich viel Mühe gegeben, mich zu überreden.«

Mr. Kuvvetli kratzte sich den Kopf. »Das kann verschiedene Gründe haben. Es kann zum Beispiel sein, daß er vorhat, Sie auf alle Fälle zu ermorden, und es gern mit möglichst wenig Aufsehen tun möchte. Es ist nicht zu leugnen,

daß es leichter wäre, Sie auf dem Wege nach Santa Margherita umzubringen, als in Genua im Hafen.«

»Das sind ja schöne Aussichten.«

»Aber so wird's sein.« Mr. Kuvvetli runzelte die Stirn.
»Wissen Sie, dieser Vorschlag sieht sehr einfach aus: Sie
werden krank, eine falsche ärztliche Bescheinigung wird
ausgestellt, Sie werden wieder gesund, Sie fahren nach
Hause. Fertig — *voilà*! Aber jetzt stellen Sie sich mal die
wirkliche Situation vor! Sie sind Engländer und wollen auf
dem schnellsten Wege wieder nach England. Sie landen in
Genua. Was würden Sie da normalerweise machen? Selbstverständlich den nächsten Zug nach Paris nehmen. Und was
müssen Sie jetzt tun? Sie müssen aus irgendeinem geheim-
nisvollen Grunde lange genug in Genua bleiben, um zu
merken, daß Sie Typhus haben. Dann dürfen Sie das nicht
tun, was jeder andere in diesem Falle tun würde — nämlich
sich in ein Krankenhaus bringen lassen. Sie müssen sich statt
dessen in eine Privatklinik bei Santa Margherita bringen
lassen. Würde man in England Ihr Verhalten nicht merkwürdig finden? Ziemlich sicher! Außerdem ist Typhus eine
meldepflichtige Krankheit. In diesem Falle wäre aber eine
Meldung nicht möglich, denn es liegt ja kein Typhus vor,
und darauf würde die Gesundheitsbehörde bald kommen.
Schließlich könnten auch Ihre Leute in England leicht davon
erfahren, daß Ihr Fall nicht gemeldet worden ist. Sie sind
ja ein wichtiger Mann. Es könnte sein, daß der britische
Konsul beauftragt wird, der Sache nachzugehen. Und was
dann? Nein, ich kann mir nicht vorstellen, daß Monsieur
Moeller so ein unsinniges Risiko auf sich nimmt. Warum
auch? Es ist doch einfacher, Sie umzubringen.«

»Er sagt, er ließe nicht gern jemanden umbringen, wenn
er's vermeiden kann.«

Mr. Kuvvetli kicherte. »Der muß Sie wirklich für sehr
dumm halten. Hat er Ihnen gesagt, wie er mit der Tatsache
fertigwerden will, daß ich hier auf dem Schiff bin und das
merken müßte?«

»Nein.«

»Das wundert mich nicht. Sein Vorhaben, so wie er's darstellt, kann ja nur gelingen, wenn er mich vorher umbringt. Und auch nachdem er mich umgebracht hätte, würde ich ihm immer noch Ungelegenheiten machen. Dafür würde Oberst Haki schon sorgen. Nein, ich glaube, der Vorschlag von Monsieur Moeller ist nicht sehr aufrichtig.«

»Es hat sich ganz überzeugend angehört. Ich hätte übrigens auch — damit der Zwangsurlaub angenehmer gewesen wäre — Señora Gallindo mitnehmen dürfen.«

Mr. Kuvvetli grinste — ein schuppiger Faun im Flanellnachthemd. »Haben Sie das Señora Gallindo erzählt?«

Graham wurde rot. »Von Moeller weiß sie überhaupt nichts. Von Banat habe ich ihr erzählt. Gestern abend, als Banat in den Salon kam, habe ich mich leider verraten. Sie hat mich gefragt, was los sei, und da hab ich's ihr gesagt. Ich habe ja auch ihre Hilfe gebraucht«, fügte er entschuldigend, wenn auch nicht ganz wahrheitsgemäß hinzu. »Sie ist es gewesen, die dafür gesorgt hat, daß Banat beschäftigt war, während ich seine Kabine durchsuchte.«

»Indem sie dafür gesorgt hat, daß ihr guter José mit ihm Karten spielt. Jawohl. Und wenn Sie das Angebot, daß Josette mit Ihnen geht, angenommen hätten, wäre es sicher zurückgezogen worden. Es wären ›unvorhergesehene Schwierigkeiten‹ aufgetreten. Weiß José von der ganzen Sache?«

»Ich glaube nicht, daß sie ihm davon erzählt hat. Sie ist vertrauenswürdig, glaube ich«, fügte er so beiläufig hinzu wie möglich.

»Keine Frau ist vertrauenswürdig«, sagte Mr. Kuvvetli hämisch. »Aber ich gönne Ihnen Ihr Vergnügen, Monsieur Graham.« Er fuhr sich mit der Zungenspitze über die Oberlippe und grinste. »Señora Gallindo ist sehr attraktiv.«

Graham verkniff sich die Entgegnung im letzten Moment. »Sehr«, sagte er lakonisch. »Also — wir sind nun zum Schluß gelangt, daß ich umgebracht werde, ob ich Moellers

Vorschlag annehme oder nicht.« Dann verlor er die Beherrschung. »Verdammt noch mal, Kuvvetli«, platzte er auf englisch heraus, »meinen Sie, es ist angenehm für mich, hier zu sitzen und mir von Ihnen erzählen zu lassen, wie leicht es für diese Schufte wäre, mich umzubringen? Aber was soll ich denn *tun*?«

Mr. Kuvvetli klopfte ihm beruhigend aufs Knie. »Mein lieber Freund, das verstehe ich vollkommen. Ich wollte Ihnen nur zeigen, daß Sie unmöglich in der üblichen Weise an Land gehen können.«

»Aber wie *kann* ich denn sonst an Land gehen? Ich bin doch nicht unsichtbar?«

»Das will ich Ihnen erklären«, sagte Mr. Kuvvetli selbstgefällig. »Das ist sehr einfach. Sehen Sie, dieses Schiff legt zwar am Samstagmorgen um neun Uhr am Kai an, wo die Passagiere aussteigen können, aber es kommt schon in den frühen Morgenstunden vor Genua an, ungefähr um vier. Nachtlotsendienst ist teuer, und darum nimmt es zwar einen Lotsen an Bord, sobald es anfängt, hell zu werden, aber in den Hafen fährt es erst bei Sonnenaufgang ein. Das Lotsenboot . . .«

»Wenn Sie damit sagen wollen, ich soll mit dem Lotsenboot an Land fahren — das ist unmöglich.«

»Für Sie, aber nicht für mich. Ich kann besondere Rechte in Anspruch nehmen. Ich habe einen Diplomatenpaß.« Er klopfte auf seine Jackentasche. »Um acht Uhr kann ich auf dem türkischen Konsulat sein. Dann kann das Nötige veranlaßt werden, damit Sie wohlbehalten vom Schiff zum Flugplatz gelangen. Der internationale Zugverkehr ist nicht so gut wie früher, und der Zug nach Paris geht erst um 14 Uhr. Es ist besser, Sie halten sich nicht so lange in Genua auf. Wir chartern ein Flugzeug, das Sie sofort nach Paris bringt.«

Grahams Herz schlug schneller. Ein starkes Gefühl der Erleichterung und Heiterkeit überkam ihn. Am liebsten hätte er gelacht. Er sagte gleichgültig: »Das hört sich sehr gut an.«

»Es wird auch gutgehen. Aber wir müssen Vorsichtsmaßregeln ergreifen, damit es wirklich klappt. Wenn Monsieur
Moeller ahnt, daß Sie unter Umständen entwischen könnten, passiert etwas Unangenehmes. Bitte hören Sie genau
zu!« Er kratzte sich an der Brust und hob dann den Zeigefinger. »Erstens: Sie müssen morgen mit Monsieur Moeller reden und ihm sagen, Sie seien mit seinem Vorschlag, in
Santa Margherita zu bleiben, einverstanden.«

»Was?«

»Nun ja, dadurch wird er in Sicherheit gewiegt. Ich überlasse es Ihnen, sich eine passende Gelegenheit auszusuchen.
Aber folgenden Vorschlag möchte ich Ihnen machen: Es
kann sein, daß er seinerseits noch einmal an Sie herantritt,
und darum ist es vielleicht am besten, Sie geben ihm Zeit
dazu. Warten Sie bis spät abends! Wenn er sich bis dahin
noch nicht an Sie gewandt hat, gehen Sie zu ihm. Stellen Sie
sich nicht zu treuherzig, aber gehen Sie auf alles ein, was er
will! Hierauf gehen Sie in Ihre Kabine, schließen sich ein
und bleiben dort. Verlassen Sie Ihre Kabine unter keinen
Umständen vor acht Uhr früh! Das könnte gefährlich sein.
Und nun kommt das Wichtigste. Um acht Uhr früh müssen
Sie fertig sein und Ihr Gepäck bereithalten. Lassen Sie den
Steward kommen, geben Sie ihm ein Trinkgeld und sagen
Sie ihm, er soll Ihr Gepäck zum Zoll bringen! Und nun
müssen Sie genau beachten, was ich sage. Sie müssen nämlich
unbedingt auf dem Schiff bleiben, bis ich komme, um Ihnen
zu sagen, daß alles geregelt ist und Sie ungefährdet an
Land gehen können. Es gibt dabei allerdings einen Haken:
Wenn Sie in Ihrer Kabine blieben, würde der Steward dafür sorgen, daß Sie zusammen mit den übrigen Passagieren,
darunter auch Moeller und Banat, an Land gehen. Wenn Sie
von sich aus an Deck gingen, würde dasselbe passieren. Sie
müssen zusehen, daß Sie nicht dazu gezwungen werden, an
Land zu gehen, ehe alles sicher ist.«

»Aber wie?«

»Das will ich Ihnen erklären. Sie müssen Ihre Kabine

verlassen und dann in die nächste leere Kabine gehen, aber dabei müssen Sie aufpassen, daß niemand Sie sieht. Ihre Kabine ist Nummer fünf. Gehen Sie in Nummer vier! Das ist die Kabine neben dieser hier. Warten Sie dort! Da sind Sie völlig in Sicherheit. Der Steward hat sein Trinkgeld schon bekommen. Wenn er überhaupt noch einmal an Sie denkt, dann wird er annehmen, Sie seien an Land gegangen. Wenn er etwa nach Ihnen gefragt werden sollte, sieht er bestimmt nicht in leeren Kabinen nach. Moeller und Banat werden Sie natürlich suchen, denn Sie haben sich ja bereit erklärt, mitzugehen. Aber die beiden werden allein an Land gehen und dort auf Sie warten müssen. Mittlerweile bin ich dann wieder da und kann in Aktion treten.«

»In Aktion treten?«

Mr. Kuvvetli lächelte grimmig. »Wir werden doppelt so viele Leute da haben wie sie. Ich glaube, sie werden nicht den Versuch machen, uns aufzuhalten. Ist Ihnen ganz klar, was Sie zu tun haben?«

»Ganz klar.«

»Eine Kleinigkeit noch. Monsieur Moeller wird Sie fragen, ob ich mich Ihnen zu erkennen gegeben habe. Da sagen Sie natürlich ja. Er wird Sie fragen, was ich gesagt habe. Da erzählen Sie ihm, ich hätte Ihnen angeboten, selber mit Ihnen nach Paris zu fahren, und als Sie sagten, Sie wollten unbedingt zum britischen Konsulat gehen, hätte ich Ihnen gedroht.«

»Mir gedroht?«

»Ja.« Mr. Kuvvetli lächelte immer noch, doch sein Blick war dabei etwas stechend geworden. »Wenn Sie sich anders zu mir verhalten hätten, wäre ich vielleicht gezwungen gewesen, Ihnen zu drohen.«

»Womit?« fragte Graham spitz. »Mit dem Tod? Das wäre ja wohl irrsinnig gewesen.«

Mr. Kuvvetli lächelte unbewegt. »Nein, Monsieur Graham, nicht mit dem Tod, aber mit der Anschuldigung, Sie hätten sich von einem feindlichen Agenten bestechen lassen, den Aufbau der türkischen Marine zu sabotieren. Mir liegt nämlich genausoviel daran, daß Sie nach England zurückkommen, wie Monsieur Moeller daran liegt, das zu verhindern.«

Graham starrte ihn an. »Ich verstehe. Und jetzt wollen Sie mich taktvoll darauf aufmerksam machen, daß die Drohung auch jetzt noch gilt, falls ich mich etwa doch von Moeller überreden lasse, auf seinen Vorschlag einzugehen. Stimmt's?« Sein Ton war bewußt aggressiv.

Mr. Kuvvetli richtete sich auf. »Ich bin Türke, Monsieur Graham«, sagte er mit Würde, »und ich liebe mein Vaterland. Ich habe mit dem Ghazi für die Freiheit der Türkei gekämpft. Glauben Sie, ich würde zulassen, daß irgend jemand das, was wir errungen haben, in Gefahr bringt? Ich bin bereit, für die Türkei mein Leben zu opfern. Kann es Sie da wundern, wenn ich ohne zu zaudern etwas tue, was für mich weniger unangenehm ist?«

Er sagte es mit Pathos. Er wirkte lächerlich und dabei doch imponierend, gerade weil seine Worte in so merkwürdigem Mißverhältnis zu seiner Erscheinung standen. Graham war entwaffnet. Er lächelte. »Nein, das wundert mich gar nicht. Sie brauchen nichts zu befürchten. Ich werde mich ganz so verhalten, wie Sie mir gesagt haben. — Aber wenn er nun wissen will, wo unsere Unterhaltung stattgefunden hat?«

»Dann sagen Sie die Wahrheit. Es ist ja denkbar, daß jemand gesehen hat, wie Sie in meine Kabine gekommen sind. Sie können sagen, ich hätte Sie darum gebeten, ich hätte Ihnen einen Zettel in die Kabine gelegt. Denken Sie auch daran, daß man uns von jetzt an nicht mehr bei Gesprächen unter vier Augen sehen darf! Das beste ist, wir sprechen überhaupt nicht mehr miteinander. Es gibt ja auch nichts weiter zu sagen. Alles ist abgemacht. Nur etwas müssen wir noch besprechen: Señora Gallindo.«

»Ja?«

»Sie haben sie teilweise eingeweiht. Wie stellt sie sich zur Sache?«

»Sie denkt, jetzt sei alles in Ordnung.« Er wurde rot. »Ich habe gesagt, ich würde mit ihr zusammen nach Paris fahren.«

»Und dann?«

»Sie glaubt, ich wolle mich dort eine Weile mit ihr aufhalten.«

»Das haben Sie aber natürlich nicht vorgehabt.« Er sagte es wie ein Lehrer, der einen schwierigen Schüler vor sich hat.

Graham zögerte. »Nein, eigentlich wohl nicht«, sagte er langam. »Ehrlich gesagt, es war angenehm, von einer Reise nach Paris zu reden. Wenn man damit rechnet, daß man ermordet wird . . .«

»Aber jetzt rechnen Sie nicht mehr damit, daß Sie ermordet werden, und da ist es doch anders?«

»Ja, jetzt ist es anders.« Aber war es wirklich anders? Er wußte es nicht recht.

Mr. Kuvvetli strich sich das Kinn. »Andererseits wäre es gefährlich, wenn Sie ihr sagten, Sie seien davon abgekommen«, überlegte er. »Sie könnte böse sein — oder vielleicht indiskret. Sagen Sie ihr nichts! Wenn sie von Paris redet, ist alles wie bisher. Sie können ja vorbringen, Sie hätten nach der Landung etwas in Genua zu erledigen und wollten sich im Zug mit ihr treffen. Damit wird vermieden, daß sie nach Ihnen sucht, ehe sie an Land geht. Ist das klar?«

»Ja, das ist klar.«

»Sie ist hübsch«, fuhr Mr. Kuvvetli nachdenklich fort. »Schade, daß Sie so dringend wieder nach England müssen. Aber vielleicht könnten Sie noch mal nach Paris fahren, wenn Sie mit Ihrer Arbeit fertig sind.« Er lächelte — der Lehrer, der für gutes Betragen ein Bonbon verspricht.

»Vielleicht, ja. Sonst noch etwas?«

Mr. Kuvvetli lächelte listig. »Nein. Das ist alles. Höchstens, daß ich Sie darum bitten muß, weiter so ein verstörtes Gesicht zu machen wie seit der Abfahrt vom Piräus. Es wäre schade, wenn Monsieur Moeller wegen Ihres Verhaltens Verdacht schöpfte.«

»Wegen meines Verhaltens? Ach so, ich verstehe.« Er stand auf und stellte mit Erstaunen fest, wie weich er in den Knien war. Er sagte: »Ich habe mich oft gefragt, wie einem zum Tode Verurteilten zumute ist, wenn er von seiner Begnadigung erfährt. Jetzt weiß ich's.«

Mr. Kuvvetli lächelte gönnerhaft. »Jetzt sind Sie wohl obenauf, was?«

Graham schüttelte den Kopf. »Nein. Mr. Kuvvetli, obenauf bin ich nicht. Ich fühle mich müde und elend, und ich werde das Gefühl nicht los, daß irgendein Fehler dabei ist.«

»Ein Fehler! Nein, es ist kein Fehler dabei. Sie brauchen keine Angst zu haben. Es wird alles gut. Legen Sie sich jetzt hin, mein Freund, und morgen früh wird Ihnen besser sein. Ein Fehler!« Mr. Kuvvetli lachte.

10. Kapitel

Wie Mr. Kuvvetli vorhergesagt hatte, fühlte sich Graham am nächsten Morgen tatsächlich besser. Wie er da auf seiner Koje saß und seinen Kaffee trank, fühlte er sich frei, den Dingen gewachsen. Er war genesen von einem Leiden, das ihm arg zugesetzt hatte, er war wieder er selber, war gesund und normal. Wie dumm von ihm, daß er sich überhaupt Sorgen gemacht hatte. Er hätte doch wissen müssen, daß alles gut ausgehen würde. Ob nun Krieg herrschte oder nicht, Menschen wie er wurden doch nicht einfach auf der Straße niedergeschossen. So etwas gab es gar nicht. Nur unreife Köpfe wie Moeller und Banat konnten mit solchen Gedanken spielen. Er hegte keinerlei Befürchtungen mehr. Auch seiner Hand ging's besser. In der Nacht hatte der Verband sich verschoben, und dabei war der blutdurchtränkte Mull abgegangen, der an der Wunde geklebt hatte. Er konnte ihn durch ein Stück Scharpie und zwei kleine Heftpflaster ersetzen. Er empfand den Verbandwechsel als etwas Symbolisches. Und auch der Gedanke, daß ihm der kommende Tag einige unangenehme Dinge bringen würde, konnte seine Stimmung nicht beeinträchtigen.

Zunächst einmal galt es zu überlegen, wie er sich Moeller gegenüber verhalten sollte. Es war, wie Mr. Kuvvetli gesagt hatte, durchaus möglich, daß der Mann bis zum Abend wartete, bevor er nachsehen ging, ob der Fisch auf den in der Nacht vorher ausgelegten Köder angebissen hatte. Das würde bedeuten, daß Graham zwei Mahlzeiten mit Moeller und Banat verbringen mußte, ohne sich zu verraten. Eine unangenehme Aussicht. Er überlegte, ob es nicht sicherer wäre, gleich mit Moeller zu reden. Schließlich mußte es doch wesentlich glaubhafter wirken, wenn das Opfer den ersten Schritt tat. Oder ob es etwa weniger glaubhaft wirkte? War es nicht richtiger, wenn der Fisch so lange am Haken zappelte, bis die Schnur eingeholt wurde? Das war offensichtlich Mr. Kuvvetlis Meinung gewesen. Gut, Mr. Kuvvetlis Anweisungen sollten genau befolgt werden. Das Problem, wie er sich beim Mittag- und Abendessen verhalten sollte, würde sich an Ort und Stelle von selber lösen. Und vor der entscheidenden Unterredung mit Moeller war ihm nicht mehr bang. Er würde Moeller nicht in allen Einzelheiten seinen Willen lassen. Mit einiger Überraschung stellte Graham fest, daß ihm der Gedanke, wie er sich Josette gegenüber verhalten sollte, am meisten zu schaffen machte.

Er fand, er behandle sie doch eigentlich recht schäbig. Sie war auf ihre Weise nett zu ihm gewesen, ja, sie hätte gar nicht netter sein können. Es war keine Entschuldigung für ihn, wenn er sich sagte, sie habe in der Angelegenheit mit Josés Revolver versagt. Es war eine unfaire Zumutung gewesen, daß sie ihm zuliebe etwas stehlen sollte — José war schließlich ihr Partner. Nun hatte er nicht einmal mehr die Möglichkeit, ihr — wie er sich vorgenommen hatte — eine Handtasche mit einem 1000-Francs-Schein zu schenken, es sei denn, er gab das Präsent während seines Zwischenaufenthaltes in Paris für sie im Hôtel des Belges ab. Und dann war es sehr wohl möglich, daß sie gar nicht dort abstieg. Es war sinnlos, sich mit dem Gedanken zu beruhigen, daß sie nahm, was sie kriegen konnte. Sie hatte daraus kein Geheimnis gemacht, und er hatte das stillschweigend gelten lassen. Er behandelte sie schäbig, sagte er sich noch einmal. Es war ein Versuch, seinen Gefühlen mit der Vernunft beizukommen — ein Versuch, der seltsamerweise mißglückte. Er war verdutzt.

Er sah sie erst kurz vor dem Mittagessen, und da war José bei ihr.

Es war ein trübseliger Tag. Der Himmel war bedeckt, und es wehte ein eisiger Nordostwind, der Schnee ahnen ließ. Graham hatte fast den ganzen Vormittag in einer Ecke des Salons gesessen und in alten Nummern von *l'Illustration* gelesen, die er dort gefunden hatte. Mr. Kuvvetli hatte ihn nicht beachtet. Graham hatte mit niemandem gesprochen — nur mit den Beronellis, die ihn mit einem abweisenden *»Buon Giorno«* gegrüßt hatten, und mit Madame und Monsieur Mathis, die seinen Gruß mit einer kühlen Verbeugung erwidert hatten. Graham hatte es für richtig gehalten, dem französischen Ehepaar zu erklären, daß ihm am Abend zuvor schlecht gewesen sei und daß er keine Unhöflichkeit beabsichtigt habe. Sie hatten diese Erklärung mit einer gewissen Verlegenheit gelten lassen, und ihm war dabei der Gedanke gekommen, eine stumme Fehde wäre ihnen möglicherweise lieber gewesen als eine Entschuldigung. Besonders der Mann schien unsicher, als komme er sich irgendwie lächerlich vor. Sie hatten sich schnell verabschiedet, und durch ein Bullauge hatte Graham wenige Minuten später gesehen, wie sie mit Mr. Kuvvetli an Deck promenierten. Sonst war dort niemand zu sehen gewesen an diesem Vormittag, mit Ausnahme von Moellers Armenierin, die bei der starken Dünung mitleiderregend demonstrierte, daß ihr Widerwille gegen die See nicht nur in der Phantasie ihres angeblichen Gatten bestand. Kurz nach 12 Uhr hatte Graham Hut und Mantel geholt und einen Rundgang gemacht. Als er in den Salon ging, um sich einen doppelten Whisky zu Gemüte zu führen, traf er auf Josette und José.

José blieb fluchend stehen und hielt seinen weichen Hut mit der gewellten Krempe fest, den ihm der Wind vom Kopf reißen wollte.

Josette sah Graham in die Augen und lächelte bedeutungsvoll.

»José ist wieder mal böse. Er hat gestern abend Karten gespielt und verloren. Mit dem kleinen Griechen, dem Mavrodopoulos. Das Rosenöl war stärker als California Poppy.«

»Das ist kein Grieche«, sagte José giftig. »Der redet wie ein Ziegenbock und stinkt auch so. Wenn das ein Grieche ist, will ich . . .« Er sagte, was er dann tun wollte.

»Aber spielen kann er, *mon cher caid.*«

»Er hat zu zeitig Schluß gemacht«, sagte José. »Keine Angst, ich bin noch nicht fertig mit ihm.«

»Vielleicht ist er mit dir fertig.«

»Er muß ein sehr guter Spieler sein«, schaltete sich Graham taktvoll ein.

José glotzte ihn verächtlich an. »Was verstehen Sie denn davon?«

»Nichts«, erwiderte Graham kalt. »Von meinem Standpunkt aus kann's auch einfach daran liegen, daß Sie ein sehr schlechter Spieler sind.«

»Möchten Sie vielleicht mit mir spielen?«

»Eigentlich nicht. Ich finde Kartenspielen langweilig.«

José grinste spöttisch. »Ja, ja, es gibt wohl besseren Zeitvertreib, was?« Er zutschte geräuschvoll an den Zähnen.

»Wenn er schlechte Laune hat«, erklärte Josette, »kann er nicht höflich sein. Da kann man nichts machen. Er kümmert sich nicht darum, was die Leute denken.«

José spitzte die Lippen zu einem süßlichen Lächeln. »›Er kümmert sich nicht darum, was die Leute denken‹«, äffte er sie im Falsett nach. Dann entspannten sich seine Züge wieder. »Warum soll ich mich auch darum kümmern, was die Leute denken?« fragte er.

»Du bist albern«, sagte Josette.

»Wenn das den Leuten nicht paßt, können sie ja auf der Toilette bleiben«, erklärte José aggressiv.

»Das nähme man gerne dafür in Kauf«, murmelte Graham.

Josette kicherte. José machte ein böses Gesicht. »Das verstehe ich nicht.«

Graham fand es sinnlos, das zu erklären. Ohne sich um José zu kümmern, sagte er auf englisch zu Josette: »Ich wollte gerade etwas trinken gehen. Kommst du mit?«

Sie schaute unentschlossen drein. »Willst du José auch einladen?«

»Muß das sein?«

»Ich werde ihn nicht los.«

José stierte die beiden argwöhnisch an. »Es empfiehlt sich nicht, mich zu beleidigen«, sagte er.

»Kein Mensch beleidigt dich, du Idiot. Monsieur hat uns in die Bar eingeladen. Möchtest du was trinken?«

Er rülpste. »Mir ist es gleich, mit wem ich trinke, wenn wir nur von diesem gräßlichen Deck wegkommen.«

»Er ist so höflich«, sagte Josette.

Sie hatten ihre Gläser ausgetrunken, als der Gong zum Essen rief. Graham stellte bald fest, daß es klug von ihm gewesen war, das Problem, wie er sich zu Moeller verhalten sollte, sich selbst zu überlassen. Wer auf den Gongschlag hin erschien, war ›Haller‹, der Graham begrüßte, als ob nichts geschehen wäre, und alsbald mit einer ausführlichen Darstellung der Erscheinungsformen des Himmelsgottes An begann. Nur einmal gab er zu erkennen, daß er sich der Veränderung in ihrem Verhältnis bewußt war. Kurz nach Beginn seines Monologs kam Banat herein und setzte sich. Moeller hielt inne und sah ihn über den Tisch hinweg an. Banat starrte stumpf zurück.

Moeller wandte sich betont an Graham. »Monsieur Mavrodopoulos macht ein Gesicht«, bemerkte er, »als hätte er irgendeine Enttäuschung erlebt, als hätte er erfahren, daß ihm etwas, worauf er brennt, möglicherweise entgeht. Finden Sie nicht auch, Mr. Graham? Ob ihm wohl eine solche Enttäuschung bevorsteht?«

Graham sah von seinem Teller auf und fand die blaßblauen Augen fest auf sich gerichtet. Die Frage, die in ihnen lag, war unmißverständlich. Er war sich bewußt, daß auch Banat ihn beobachtete. Langsam sagte er: »Es wäre ein Vergnügen, Monsieur Mavrodopoulos eine Enttäuschung zu bereiten.«

Moeller lächelte, und seine Augen lächelten mit. »Ja, sicherlich. Aber wovon habe ich gerade gesprochen? Ach, richtig . . .«

Das war alles. Aber als Graham weiteraß, wußte er, daß

zumindest eines der Probleme des Tages gelöst war: er brauchte nicht an Moeller heranzutreten. Moeller würde an ihn herantreten.

Doch Moeller hatte es offenbar nicht eilig damit. Der Nachmittag war unerträglich langweilig. Mr. Kuvvetli hatte gesagt, sie dürften überhaupt nicht mehr miteinander sprechen, und als Mathis eine Partie Bridge vorschlug, fand Graham es geraten, Kopfschmerzen vorzuschützen.

Der Franzose war über seine Ablehnung eigenartig betroffen. Er nahm sie nur mit einem unbehaglichen Zögern hin und machte dabei den Eindruck, als habe er etwas Wichtiges sagen wollen und es sich dann anders überlegt. Seine Augen hatten den gleichen Ausdruck von Verlegenheit, den Graham am Morgen wahrgenommen hatte. Doch Graham dachte nur wenige Sekunden lang darüber nach. Er interessierte sich nicht übermäßig für das Ehepaar Mathis.

Moeller, Banat, Josette und José waren gleich nach dem Essen in ihre Kabinen gegangen. Signora Beronelli hatte sich überreden lassen, als vierte mit den beiden Franzosen und Mr. Kuvvetli Bridge zu spielen, und schien sich gut dabei zu unterhalten. Ihr Sohn saß neben ihr und beobachtete sie neidisch. Graham machte sich aus lauter Verzweiflung wieder über die Zeitschriften her. Gegen 5 Uhr aber sah es so aus, als wollte die Bridge-Runde sich auflösen, und um nicht in ein Gespräch mit Mr. Kuvvetli gezogen zu werden, ging Graham hinauf aufs Deck.

Die Sonne, die seit gestern versteckt gewesen war, warf nun einen rotglühenden Schimmer durch eine dünne Stelle in der Wolkendecke, knapp über dem Horizont. Im Osten war der lange, flache Küstenstreifen, der früher zu sehen gewesen war, schon in schiefergrauen Abenddunst gehüllt, und die Lichter einer Stadt blinkten auf. Die Wolken zogen rasch dahin, als braue sich ein Sturm zusammen, und die ersten dicken Regentropfen fielen schräg auf das Deck. Er trat aus dem Regen zurück und fand Mathis neben sich.

Der Franzose nickte ihm zu.

»War es ein gutes Spiel?« fragte Graham.

»Ja, recht gut. Madame Beronelli und ich haben verloren. Sie spielt mit Begeisterung, aber ungeschickt.«

»Dann war's also — von ihrer Begeisterung abgesehen — auch nicht anders, als wenn ich mitgespielt hätte.«

Mathis lächelte ein wenig nervös. »Ich hoffe, Ihre Kopfschmerzen haben sich gebessert.«

»Ja, erheblich, danke.«

Es hatte nun richtig zu regnen angefangen. Mathis starrte düster in die zunehmende Dunkelheit hinaus. »Scheußlich!« bemerkte er.

»Ja.«

Eine Pause trat ein. Dann sagte Mathis plötzlich: »Ich hatte befürchtet, daß Sie keine Lust haben würden, mit uns zu spielen. Ich konnte es Ihnen nicht übelnehmen. Es war sehr freundlich, daß Sie sich heute morgen entschuldigt haben, aber eigentlich hätte ich mich bei Ihnen entschuldigen müssen.« Er sah Graham dabei nicht an.

»Ich finde wirklich . . .«, begann Graham zu stammeln.

Doch Mathis sprach weiter, als rede er mit den Möwen, die hinter dem Schiff herflogen. »Ich vergesse immer wieder«, sagte er in bitterem Ton, »daß das, was dem einen nützt oder schadet, einen andern ganz einfach langweilen kann. Meine Frau ist schuld daran, daß ich zu sehr auf die Macht des Wortes vertraue.«

»Das verstehe ich leider nicht ganz.«

Mathis wandte den Kopf und lächelte ein wenig schief. »Kennen Sie das Wort *encotillonné*?«

»Nein.«

»Ein Mann, der sich von seiner Frau herumkommandieren läßt, ist *encotillonné*.«

»Also wenn er unter dem Pantoffel steht.«

»Ja. Da muß ich Ihnen etwas Komisches erzählen. Ich bin einmal *encotillonné* gewesen. Aber wie! Wundert Sie das?«

»Ja, das wundert mich.« Graham merkte, daß der Mann sich in seiner Rolle gefiel, und wurde neugierig.

»Meine Frau war früher furchtbar launenhaft. Ich glaube, sie ist es immer noch, nur merke ich es nicht mehr. Aber in den ersten zehn Jahren unserer Ehe war es schrecklich. Ich hatte ein kleines Geschäft. Es ging sehr schlecht, und ich machte pleite. Es lag nicht an mir, aber sie hat immer behauptet, ich sei schuld daran gewesen. Ist Ihre Frau auch so launenhaft, Monsieur?«

»Nein, gar nicht.«

»Da können Sie froh sein. Ich habe jahrelang die Hölle auf Erden gehabt. Aber dann habe ich eines Tages eine große Entdeckung gemacht. Bei uns in der Stadt war eine sozialistische Versammlung, und da bin ich hingegangen. Ich war Monarchist, müssen Sie wissen. Meine Familie hatte kein Vermögen, aber einen Adelstitel, und meine Verwandten hätten ihn gerne geführt — nur wollten sie nicht, daß ihre Nachbarn sich darüber mokierten. Ich gehörte natürlich zu meiner Familie. Zu dieser Versammlung bin ich nur aus Neugier gegangen. Der Redner war gut, und er sprach von Briey. Das interessierte mich, weil ich bei Verdun gewesen war. Acht Tage später saßen wir mit Bekannten im Café, und ich erzählte, was ich gehört hatte. Da lachte meine Frau so merkwürdig. Als ich dann nach Hause kam, habe ich meine große Entdeckung gemacht. Ich stellte fest, daß meine Frau ein Snob war, dümmer als ich es mir je hätte träumen lassen. Sie warf mir vor, sie gedemütigt zu haben durch all die Dinge, die ich gesagt hatte und an die ich doch nicht glaube. Alle ihre Bekannten seien bessere Leute, und ich solle nicht daherreden wie ein Arbeiter. Sie hat sogar geheult. Da wußte ich, daß ich frei war. Ich hatte eine Waffe gegen sie. Wenn sie mich ärgerte, wurde ich zum Sozialisten und predigte den biederen kleinen Krämern, mit deren Frauen sie verkehrte, die Abschaffung von Profit und Familie. Ich kaufte mir Bücher und Broschüren, um meinen Reden noch mehr Durchschlagskraft zu verleihen. Meine Frau wurde ganz gefügig. Sie kochte mir, was ich gern esse, bloß damit ich ihr keine Schande machte.« Er machte eine Pause.

»Soll das heißen, daß Sie gar nicht an das glauben, was Sie von Briey und den Banken und dem Kapitalismus sagten?«

Mathis lächelte schwach. »Das ist eben das Komische dabei. Eine Zeitlang war ich frei. Meine Frau tat, was ich wollte, und ich hatte sie gern. Ich war Abteilungsleiter in einer großen Fabrik. Und dann geschah etwas Schreckliches: Ich merkte, wie ich anfing, zu glauben, was ich sagte. Die Bücher, die ich las, zeigten mir, daß ich eine Wahrheit entdeckt hatte. Ich, von Haus aus Monarchist, wurde zum Sozialisten aus Überzeugung. Noch schlimmer – ich wurde zum Märtyrer des Sozialismus. In der Fabrik war ein Streik, und ich, ein Abteilungsleiter, trat für die streikenden Arbeiter ein. Ich war in keiner Gewerkschaft. Selbstverständlich nicht! Und da bin ich entlassen worden. Es war lächerlich!« Er zuckte die Achseln. »Da sehen Sie, was aus mir geworden ist! Herr im eigenen Haus, und sonst ein langweiliger Schwätzer. Ein guter Witz, nicht wahr?«

Graham lächelte. Bei näherer Bekanntschaft fand er Monsieur Mathis sehr nett. Er sagte: »Ein sehr guter Witz, wenn es ganz stimmte. Sie haben mich gestern abend aber gar nicht gelangweilt. Wenn ich nur mit halbem Ohr zugehört habe, so geschah das aus einem andern Grund.«

»Sie sind ein höflicher Mensch«, begann Mathis zweifelnd. »Aber . . .«

»Ach, es handelt sich nicht um Höflichkeit. Wissen Sie, ich arbeite nämlich bei einer Rüstungsfabrik, darum hat mich das, was Sie sagten, besonders interessiert. In manchen Punkten gebe ich Ihnen recht.«

Im Gesicht des Franzosen ging eine Veränderung vor. Es rötete sich leicht. Ein freudiges Lächeln spielte um seine Lippen, und zum erstenmal sah Graham, wie seine gespannten Züge sich lockerten. »In welchen Punkten geben Sie mir *nicht* recht?« fragte Mathis begierig.

In diesem Augenblick wurde Graham klar: Was ihm auch auf der *Sestri Levante* zugestoßen sein mochte, einen Freund zumindest hatte er gewonnen.

Sie waren noch immer beim Debattieren, als Josette aufs Deck heraustrat. Mathis, der seine Rede ungern unterbrach, verbeugte sich: »Madame!«

Sie kräuselte zum Gruß die Nase. »Worüber diskutieren Sie denn? Es ist anscheinend sehr wichtig, wenn Sie dazu draußen im Regen stehen müssen.«

»Wir haben von Politik gesprochen«, antwortete Graham.

»Nein, nein!« sagte Mathis rasch. »Nicht von Politik — von Wirtschaft! Politik ist die Wirkung. Wir haben von den Ursachen gesprochen. Aber Sie haben recht, der Regen ist scheußlich. Wenn Sie gestatten, möchte ich mal sehen, was aus meiner Frau geworden ist.« Er zwinkerte Graham zu: »Wenn sie ahnt, daß ich hier Propaganda mache, kann sie heute nacht nicht schlafen.«

Lächelnd nickend ging er weg.

Josette sah ihm nach. »Der ist nett, der Mann. Warum heiratet der so eine Frau?«

»Er hat sie sehr lieb.«

»In derselben Weise, wie du mich lieb hast?«

»Das vielleicht nicht. Wollen wir nicht auch reingehen?«

»Nein. Ich bin rausgekommen, um ein bißchen frische Luft zu schnappen. Aber drüben auf der andern Seite des Decks ist der Regen sicher nicht so stark.«

Sie gingen auf die andere Seite. Es war unterdessen dunkel geworden, und die Decklampen brannten.

Sie nahm seinen Arm. »Ist dir klar, daß wir uns heute den ganzen Tag noch nicht richtig gesehen haben? Nein, das ist dir natürlich nicht klar. Du vertreibst dir die Zeit mit Politisieren. Daß ich mich sorge, ist dir egal.«

»Sorgen? Worüber?«

»Über diesen Mann, der dich umbringen will, du Dummkopf. Du erzählst mir gar nicht, was du in Genua machen willst.«

Er zuckte die Achseln. »Ich habe mir deinen Rat zu Herzen genommen. Ich rege mich nicht mehr auf wegen dieses Mannes.«

»Aber zum britischen Konsul gehst du?«

»Ja.« Nun war es soweit, daß er tapfer draufloslügen mußte. »Da fahre ich gleich vom Hafen aus hin. Dann muß ich geschäftlich noch ein paar Leute sprechen. Der Zug geht ja erst um 14 Uhr, da werde ich wohl genügend Zeit haben. Wir können uns im Zug treffen.«

Sie seufzte. »Geschäftliche Besprechungen! Aber essen können wir doch zusammen?«

»Das wird leider nicht gehen. Wenn wir uns verabreden, könnte ich vielleicht nicht kommen. Das beste ist, wir treffen uns im Zug.«

Sie wandte erregt den Kopf. »Sagst du mir auch die Wahrheit? Sagst du das nicht etwa bloß, weil du's dir anders überlegt hast?«

»Meine liebe Josette!« Er hatte schon den Mund aufgemacht, um noch einmal zu erklären, daß er sich um seine Geschäfte kümmern müsse, aber er hielt sich noch rechtzeitig zurück. Er durfte seine Beteuerungen nicht übertreiben.

Sie drückte seinen Arm. »Ich hab's nicht böse gemeint, *chéri*. Ich möchte nur gern sicher sein. Wenn du's so willst, treffen wir uns im Zug. In Turin können wir zusammen etwas trinken. Wir kommen um 4 Uhr dort an und haben eine halbe Stunde Aufenthalt — wegen der Kurswagen aus Mailand. In Turin gibt es nette Lokale. Das wird wunderbar sein nach der Reise auf diesem Schiff!«

»Das wird herrlich. Aber was wird mit José?«

»Ach, das ist nicht so wichtig. Der kann allein trinken. Nachdem er sich heute morgen dir gegenüber so schlecht benommen hat, ist es mir egal, was José macht. Was ist mit den Briefen, die du schreiben wolltest — hast du sie alle fertig?«

»Ich schreibe sie heute abend fertig.«

»Und dann ist Schluß mit der Arbeit?«

»Ja, dann ist Schluß mit der Arbeit.« Er hatte das Gefühl, lange könne er das nicht mehr aushalten. Er sagte: »Dir wird kalt werden, wenn wir noch lange hier draußen bleiben. Wollen wir reingehen?«

Sie machte halt und ließ seinen Arm los, so daß er sie küssen konnte. Ihr Rücken war straff, als sie sich an ihn drückte.

Nach ein paar Sekunden löste sie sich von ihm. »Ich muß daran denken«, sagte sie lachend, »daß ich jetzt nicht mehr ›Whisky-Soda‹ sage, sondern ›Whisky and Soda‹. Das ist doch sehr wichtig, nicht?«

»Sehr wichtig.«

Sie drückte seinen Arm. »Du bist nett. Ich habe dich sehr gern, *chéri*.«

Sie gingen wieder auf den Salon zu. Er war froh, daß das Licht so schwach war.

Moeller ließ ihn nicht lange warten. Gewöhnlich war der deutsche Agent gleich nach der Mahlzeit aufgestanden und in seine Kabine gegangen. An diesem Abend aber entfernte sich Banat als erster, offensichtlich auf Verabredung, und Moellers Monolog ging weiter, bis auch die Beronellis aufgestanden waren. Diesmal zog er Vergleiche zwischen sumerisch-babylonischen Liturgien und dem Ritual mesopotamischer Fruchtbarkeitskulte, und das Triumphgefühl, mit dem er endlich zum Schluß kam, war unverkennbar. »Sie müssen zugeben, Mr. Graham«, setzte er mit gesenkter Stimme hinzu, »daß es eine beachtliche Leistung ist, daß ich mir soviel gemerkt habe. Ein paar Fehler habe ich natürlich gemacht, und sicherlich ist in meiner Übersetzung auch manches weggeblieben. Der Autor würde seinen Text wahrscheinlich nicht wiedererkennen. Aber ich nehme an, für Laien hat's sehr echt geklungen.«

»Ich habe mich schon gewundert, warum Sie sich so viel Mühe gemacht haben. Die Beronellis hätten auch nicht darauf geachtet und nichts gemerkt, wenn Sie chinesisch gesprochen hätten.«

Moeller machte ein schmerzlich betroffenes Gesicht. »Ich habe nicht für die Beronellis gesprochen, sondern zu meiner ganz persönlichen Genugtuung. Wie dumm, wenn man sagt, daß bei fortschreitendem Alter das Gedächtnis nachlasse! Würden Sie mich für sechsundsechzig halten?«

»Ihr Alter interessiert mich nicht.«

»Na, das ist zu verstehen. Aber wollen wir nicht unser Gespräch unter vier Augen fortsetzen? Ich schlage vor, wir machen zusammen einen Deckspaziergang. Es regnet zwar, aber ein bißchen Regen wird uns nichts schaden.«

»Mein Mantel liegt da drüben auf dem Stuhl.«

»Dann treffen wir uns in ein paar Minuten auf dem Oberdeck.«

Graham wartete schon am oberen Ende der Kajütstreppe, als Moeller heraufkam. Sie stellten sich unter eines der Rettungsboote.

Moeller kam sofort zur Sache: »Ich glaube, Sie haben mit Kuvvetli gesprochen.«

»Ja, das habe ich«, sagte Graham finster.

»Und?«

»Ich habe mich entschlossen, Ihren Rat zu befolgen.«

»Auf Kuvvetlis Empfehlung hin?«

Die Sache schien nicht so leicht zu gehen, wie er gedacht hatte, stellte Graham fest. Er antwortete: »Nein, von mir aus. Er hat mir nicht imponiert. Offen gestanden, ich habe mich sehr gewundert, daß die türkische Regierung so einen Einfaltspinsel eingesetzt hat. Ich finde das geradezu unglaublich.«

»Wie kommen Sie auf die Idee, er sei ein Einfaltspinsel?«

»Er ist anscheinend der Meinung, daß Sie mich irgendwie bestechen wollen und daß ich geneigt bin, das Geld anzunehmen. Er hat mir gedroht, mich bei der britischen Regierung anzuschwärzen. Als ich sagte, daß ich mein Leben riskiere, hat er offenbar geglaubt, ich wolle ihn auf irgendeine dumme Tour reinlegen. Wenn Sie sich einen gewitzten Mann so vorstellen, können Sie mir leid tun.«

»Vielleicht hat er keine Erfahrung im Umgang mit Eigendünkel englischer Provenienz«, erwiderte Moeller bissig. »Wann hat denn diese Unterhaltung stattgefunden?«

»Gestern abend, kurz nach meinem Gespräch mit Ihnen.«

»Hat er mich namentlich erwähnt?«

»Ja. Er hat mich vor Ihnen gewarnt.«

»Und wie haben Sie sich zu der Warnung gestellt?«

»Ich habe gesagt, ich würde Oberst Haki melden, wie er sich benommen hat. Ich muß sagen, er hat sich anscheinend nicht viel draus gemacht. Jedenfalls — wenn ich je die Absicht gehabt hätte, seinen Schutz in Anspruch zu nehmen, dann habe ich sie aufgegeben. Ich habe kein Zutrauen zu ihm. Außerdem weiß ich nicht, warum ich für Leute, die mich wie eine Art Verbrecher behandeln, mein Leben riskieren soll.«

Er hielt inne. Er konnte im Dunkeln Moellers Gesicht nicht sehen, doch er spürte, daß der Mann befriedigt war.

»Und da haben Sie sich entschlossen, meinen Vorschlag anzunehmen?«

»Ja, das habe ich. Aber«, fuhr Graham fort, »ehe wir weiter darüber reden, möchte ich Verschiedenes klarstellen.«

»Ja?«

»Da ist zunächst dieser Kuvvetli. Wie gesagt, er ist ein Einfaltspinsel, aber irgendwie muß er wohl abgelenkt werden.«

»Da brauchen Sie sich keine Sorgen zu machen.« Es kam Graham vor, als höre er einen verächtlichen Ton aus der glatten, sonoren Stimme heraus. »Kuvvetli wird keine Schwierigkeiten machen. Es ist nicht schwer, ihn in Genua abzuhängen. Das nächste, was er von Ihnen hören wird, ist, daß Sie an Typhus erkrankt sind. Er wird nicht in der Lage sein, das Gegenteil zu beweisen.«

Graham war erleichtert. Offensichtlich hielt Moeller ihn für einen Trottel. In zweifelndem Tone sagte er: »Ach so, ja. Das wäre dann in Ordnung. Aber wie ist das mit diesem Typhus? Wenn ich schon krank werden soll, muß ich auch krank werden wie sich's gehört. Wenn ich tatsächlich krank würde, dann würde das doch wahrscheinlich passieren, während ich im Zug sitze.«

Moeller seufzte. »Ich sehe, Sie haben sehr genau darüber nachgedacht, Mr. Graham. Ich will Ihnen das auseinandersetzen. Wenn Sie sich tatsächlich mit Typhus infiziert hätten, würden Sie sich schon jetzt nicht wohl fühlen. Die Inkubationszeit beträgt eine Woche bis zehn Tage. Sie wüßten natürlich nicht, was Ihnen fehlt. Morgen würden Sie sich noch etwas elender fühlen. Es wäre ganz normal, wenn Sie sich scheuten, die Nacht im Zug zu verbringen. Sie würden wahrscheinlich in einem Hotel übernachten. Wenn dann am nächsten Morgen Ihr Fieber stiege und die typischen Symptome der Krankheit sich zeigten, würden Sie in eine Klinik gebracht werden.«

»Dann gehen wir also morgen in ein Hotel?«

»Ganz recht. Ein Wagen wird uns erwarten. Aber ich rate Ihnen, die Durchführung der Sache mir zu überlassen, Mr. Graham. Vergessen Sie nicht, daß mir ebensoviel daran liegt wie Ihnen, daß niemand Verdacht schöpft.«

Graham tat so, als dächte er darüber nach. »Na gut«, sagte er endlich, »ich überlasse das Ihnen. Ich will nicht den Schwierigen spielen, aber Sie werden ja begreifen, daß ich keinen Ärger haben möchte, wenn ich nach Hause komme.«

Eine Pause trat ein, und einen Augenblick lang glaubte er, er habe zu dick aufgetragen.

Dann sagte Moeller langsam: »Sie brauchen sich keine Sorgen zu machen. Wir werden vor dem Zollgebäude auf Sie warten. Versuchen Sie nur nicht, irgendwelche Dummheiten zu machen, zum Beispiel, sich das mit Ihrem Urlaub doch noch anders zu überlegen. Dann wird alles glattgehen. Ich kann Ihnen versichern, daß Sie keinerlei Ärger haben werden, wenn Sie nach Hause kommen.«

»Na dann ist ja alles in Ordnung.«

»Möchten Sie sonst noch etwas sagen?«

»Nein. Gute Nacht!«

»Gute Nacht, Mr. Graham! Bis morgen.«

Graham wartete, bis Moeller auf dem unteren Deck angekommen war. Dann atmete er tief ein. Es war vorüber.

Er war in Sicherheit. Nun brauchte er nur noch in seine Kabine zu gehen, die Nacht durchzuschlafen und am nächsten Morgen in Kabine Nummer 4 auf Kuvvetli zu warten. Plötzlich fühlte er sich todmüde. Sein Körper schmerzte, als wenn er übermäßig schwere Arbeit getan hätte. Er ging die Treppe hinunter auf seine Kabine zu. Als er an der Tür des Salons vorbeikam, sah er Josette.

Sie saß vorgebeugt auf einer der *banquettes* und sah José und Banat beim Kartenspielen zu. Ihre Hände lagen auf der Kante des Sitzes, ihre Lippen waren leicht geöffnet, das Haar fiel ihr über die Wangen herab. Etwas an dieser Haltung erinnerte ihn an den Augenblick, der schon Jahre zurückzuliegen schien, als er mit Kopeikin in ihre Garderobe im Jockey Cabaret gekommen war. Es war ihm, als müsse sie gleich den Kopf heben und ihm zulächeln.

Plötzlich wurde ihm bewußt, daß er sie zum letztenmal sah, daß er, ehe noch 24 Stunden vergangen waren, für sie nur noch eine unangenehme Erinnerung sein würde, jemand, der sie schlecht behandelt hatte. Es war eine stechende, seltsam schmerzhafte Erkenntnis. Er sagte sich, daß er albern sei, und daß es für ihn ohnehin nicht in Frage gekommen wäre, sich mit ihr in Paris abzugeben, und er habe das ja auch schon von Anfang an gewußt. Warum sollte ihm da der Abschied jetzt schwerfallen? Aber er fiel ihm doch schwer. Eine Redensart kam ihm in den Sinn: *Partir, c'est mourir un peu.* Plötzlich wurde ihm klar, daß er nicht von Josette Abschied nahm, sondern von einem Teil seiner selbst. Im Hintergrund seines Bewußtseins ging langsam eine Tür zu, für immer. Josette hatte sich darüber beklagt, daß sie für ihn nur ein Teil der Reise von Istanbul nach London sei. Doch sie war mehr. Sie gehörte zu der Welt hinter dieser Tür: der Welt, in die er eingetreten war, als Banat im Adler Palace drei Schüsse auf ihn abgegeben hatte, der Welt, in der man den Wolf unter dem Schafspelz erkannte. Nun war er wieder auf dem Rückweg zu seiner eigenen Welt, zu seinem Haus und seinem Wagen und der freundlichen, umgänglichen Frau, mit der er verheiratet war. Diese Welt würde noch genau dieselbe sein wie bei seiner Abreise, nichts würde verändert sein — nichts als er selbst.

Er ging weiter, in seine Kabine.

Er schlief unruhig. Einmal schrak er empor und glaubte, es mache jemand die Tür seiner Kabine auf. Dann fiel ihm ein, daß die Tür ja verriegelt war, und er sagte sich, er müsse geträumt haben. Als er dann wieder aufwachte, standen die Maschinen still, und das Schiff schaukelte nicht mehr. Er knipste das Licht an und sah, daß es 4.15 Uhr war. Sie waren an der Hafen-Einfahrt von Genua angekommen. Nach einer Weile hörte er das Knattern eines kleinen Bootes und, etwas schwächer, ein Poltern auf dem Deck über ihm. Auch Stimmen waren zu hören. Er horchte, ob er nicht Mr. Kuvvetlis Stimme heraushören könne, aber sie waren zu gedämpft. Er döste weiter.

Er hatte seinen Kaffee auf 7 Uhr bestellt. Um 6 Uhr gab er es auf, noch einmal einschlafen zu wollen. Er war bereits angezogen, als der Steward kam.

Er trank seinen Kaffee, packte den Rest seiner Sachen in den Koffer, setzte sich hin und wartete. Um 8 Uhr sollte er in die leere Kabine gehen, hatte Kuvvetli gesagt. Er hatte sich vorgenommen, Kuvvetlis Anweisungen haargenau zu befolgen. Er hörte zu, wie Mathis und seine Frau sich beim Packen zankten.

Etwa ein Viertel vor 8 begann das Schiff einzufahren. Fünf Minuten darauf klingelte er dem Steward. Als es fünf Minuten vor 8 war, hatte der Steward schon den Koffer abgeholt und mit kaum verhehltem Erstaunen 50 Lire in Empfang genommen. Graham wartete noch eine Minute, dann machte er die Tür auf.

Der Gang war leer. Langsam ging er bis zu Nummer 4, blieb stehen, als wenn er etwas vergessen hätte, und schaute zurück. Die Luft war immer noch rein. Er machte die Tür auf, trat rasch in die Kabine, schloß die Tür ab und drehte sich um.

Im nächsten Augenblick fiel er beinahe in Ohnmacht.

Auf dem Boden lag, die Beine unter der Koje, Mr. Kuvetli in seinem Blut.

11. Kapitel

Das meiste Blut stammte aus einer Wunde im Hinterkopf. Links unten am Hals war eine zweite Wunde, die von einem Messer herzurühren schien und nur wenig geblutet hatte. Durch die Bewegungen des Schiffes war das langsam gerinnende Blut auf dem Linoleumboden hin und her gelaufen — es sah aus wie das Geschmier eines Irren. Mr. Kuvvetlis Gesicht war fahlgelb. Er war zweifellos tot.

Graham biß die Zähne zusammen, um nicht erbrechen zu müssen, und suchte am Waschtisch Halt. Sein erster Gedanke war, er dürfe sich nicht übergeben, er müsse sich zusammenreißen und dann Hilfe herbeirufen. Die Tragweite seiner Entdeckung war ihm im Moment nicht klar. Um die Leiche nicht ansehen zu müssen, heftete er seinen Blick auf das Bullauge. Erst als er den Schornstein eines Schiffes hinter einer langen Betonmole sah, realisierte er, daß sie in den Hafen einfuhren. In weniger als einer Stunde würde man die Gangway hinunterlassen. Und Mr. Kuvvetli hatte das türkische Konsulat nicht erreicht.

Der Schock dieser Erkenntnis brachte ihn wieder zu sich. Er blickte auf den Toten.

Es war zweifellos Banats Werk. Wahrscheinlich hatte er den Türken in seiner Kabine oder auf dem Gang durch einen Schlag betäubt, ihn dann in die nächste leere Kabine geschleift, und den Bewußtlosen abgestochen. Moeller war kein Risiko eingegangen. Er hatte eine mögliche Bedrohung des glatten Ablaufs seines Plans eliminiert. Nun würde der Schlachtung des Opfers nichts mehr im Wege stehen. Graham dachte an das Geräusch, das ihn in der Nacht geweckt hatte. Das war sicher aus der Nebenkabine gekommen. »Verlassen Sie Ihre Kabine unter keinen Umständen vor 8 Uhr früh. Das könnte gefährlich sein.« Mr. Kuvvetli hatte sich an seinen eigenen Rat nicht gehalten, und es *war* gefährlich gewesen. Er hatte gesagt, er sei bereit, für die Türkei zu sterben, und nun war er auch für die Türkei gestorben. Da lag er, die rundlichen Fäuste kläglich geballt, den grauen Haarkranz mit Blut verklebt, den Mund, der so viel gelächelt hatte, halb geöffnet, leblos.

Draußen auf dem Gang ging jemand vorbei, und Graham riß den Kopf empor. Es war, als klärte sich sein Bewußtsein bei dem Geräusch und der Bewegung. Er begann rasch und kühl zu überlegen.

Die Form, in der das Blut geronnen war, ließ erkennen, daß Mr. Kuvvetli schon lange bevor das Schiff gestoppt hatte, getötet worden war. Noch ehe er den Wunsch hatte äußern können, mit dem Lotsenboot von Bord zu gehen. Hätte er den Wunsch schon geäußert gehabt, so hätte man gründlich nach ihm gesucht, als das Boot Bord an Bord kam, und ihn gefunden. Aber man hatte ihn noch nicht gefunden. Er war nicht mit einem gewöhnlichen Paß, sondern mit einem Diplomatenpaß gereist und hatte deshalb seine Papiere nicht beim Zahlmeister abzugeben brauchen. Wenn also der Zahlmeister die Passagierliste nicht dem Beamten der Paßkontrolle in Genua zur Prüfung vorlegte — und Graham wußte aus Erfahrung, daß man sich in italienischen Häfen nicht immer die Mühe machte —, brauchte es nicht aufzufallen, daß Mr. Kuvvetli nicht an Land ging. Damit hatten Moeller und Banat wahrscheinlich gerechnet. Und wenn der Koffer des Toten gepackt war, brachte der Steward ihn sicherlich zusammen mit den übrigen zur Zollabfertigung und nahm an, daß der Besitzer sich nicht sehen lasse, um kein Trinkgeld geben zu müssen. Es konnten Stunden oder sogar Tage vergehen, bis die Leiche entdeckt wurde, wenn er — Graham — nicht jemanden rief.

Seine Lippen verkniffen sich. Er merkte, wie in seinem Kopf langsam eine kalte Wut aufstieg, die seinen Selbsterhaltungstrieb beiseite drückte. Wenn er jemanden rief, konnte er Moeller und Banat anschuldigen. Aber ob er auch in der Lage war, ihnen die Tat nachzuweisen? Seine Anschuldigung an sich besagte noch nichts. Es konnte ohne weiteres der Verdacht auftauchen, das sei nur eine List, mit der er seine eigene Schuld verschleiern wolle. Der Zahlmeister zum Beispiel wäre wahrscheinlich bereit gewesen, diese Theorie zu bekräftigen. Daß die beiden Beschuldigten mit falschen Pässen reisten, ließ sich zweifellos beweisen, aber allein das würde schon einige Zeit in Anspruch nehmen. Auf alle Fälle hätte die italienische Polizei Grund genug gehabt, Graham die Genehmigung zur Weiterreise nach England zu verweigern.

Mr. Kuvvetli war gestorben, damit Graham wohlbehalten zur rechten Zeit in London eintraf, um den Vertrag zu erfüllen. Daß nun ausgerechnet Mr. Kuvvetlis Leiche die termingerechte Lieferung verhindern sollte, war grotesk und sinnlos. Aber gerade das mußte eintreten, wenn Graham unbedingt seine Haut retten wollte. Nein, das durfte nicht sein! Wie er da vor der Leiche des Mannes stand, den Moeller als einen Patrioten bezeichnet hatte, schien ihm, als wäre nur eines wichtig auf der Welt: daß Mr. Kuvvetlis Tod weder grotesk noch vergeblich war, und daß er denen nichts nützen sollte, die daran schuld waren.

Doch wenn er es unterließ, Alarm zu schlagen und auf die Polizei zu warten — was sollte er dann machen?

Aber — vielleicht lag das alles in Moellers Plan? Vielleicht hatte er oder Banat die Anweisungen belauscht, die Mr. Kuvvetli ihm gab, vielleicht hatten sie geglaubt, in seiner Angst würde er alles tun, um sich zu retten, und hatten diese Methode ausgeheckt, um seine Heimkehr zu verzögern. Es war auch denkbar, daß sie sich gerade jetzt anschickten, ihn bei der Leiche zu ›entdecken‹ und ihn auf diese Weise zu belasten. Doch nein — diese beiden Annahmen waren widersinnig. Wenn sie von Mr. Kuvvetlis Plan gewußt hätten, dann hätten sie den Türken sicherlich mit dem Lotsenboot an Land gehen lassen. Dann wäre Graham selbst tot aufgefunden worden, und zwar von Mr. Kuvvetli. Demnach wußte Moeller offenbar nichts von dem

Plan und hatte auch nicht geahnt, daß der Mord so bald entdeckt werden würde. In einer Stunde würde er mit Banat und den Killern, die er an den Hafen bestellt hatte, darauf warten, daß das ahnungslose Opfer ihm in die Arme lief ...

Aber ein ahnungsloses Opfer sollten sie nicht bekommen. Eine geringe Chance hatte er noch ...

Er drehte sich um, faßte nach dem Türgriff und begann ihn langsam zu drehen. Er wußte, daß er über seinen Entschluß nicht nachdenken durfte, weil er sonst seine Meinung ändern würde. Er mußte handeln, bevor er denken konnte.

Er öffnete die Türe einen Spalt, sah niemanden auf dem Gang, und war sofort draußen. Die Tür war zu. Er zögerte nicht, er durfte keine Zeit verlieren. Mit fünf Schritten war er vor der Kabine Nr. 3. Er ging hinein.

Mr. Kuvvetlis Gepäck bestand aus einer altmodischen Reisetasche. Sie stand zusammengeschnallt in der Mitte der Kabine, und auf einem der Riemen lag ein 20-Lire-Stück. Graham griff nach der Münze und hielt sie sich unter die Nase. Der Rosenölduft war deutlich wahrzunehmen. Er suchte im Kleiderfach und hinter der Tür nach Mr. Kuvvetlis Hut und Mantel, fand sie nicht und schloß daraus, sie müßten durch das Bullauge beiseite geschafft worden sein. Banat hatte an alles gedacht.

Er stellte die Reisetasche auf das Bett und machte sie auf. Das, was oben lag, war allem Anschein nach von Banat nur so hineingestopft worden, aber weiter unten war die Tasche sehr ordentlich gepackt. Das einzige aber, was Graham interessieren konnte, war eine Schachtel Pistolenmunition. Von der Pistole, zu der sie gehörte, war nichts zu sehen.

Graham steckte die Munition ein und schloß die Reisetasche; er überlegte, was er mit ihr anfangen sollte. Banat hatte offenbar damit gerechnet, daß der Steward sie zur Zollabfertigung bringen, die 20 Lire behalten und Signor Kuvvetli vergessen würde. Damit wäre für Banat alles in Ordnung gewesen. Bis die Zollbeamten dazu kamen, sich

über ein nichtabgeholtes Gepäckstück zu wundern, würde
Monsieur Mavrodopoulos längst nicht mehr existieren. Graham aber wollte um jeden Preis weiterexistieren, wollte unbedingt lebend unter Verwendung seines eigenen Passes
über die italienische Grenze nach Frankreich gelangen. Sobald Mr. Kuvvetlis Leiche gefunden wurde, würde die Polizei zweifellos alle andern Passagiere vernehmen. Es gab nur
eins: Mr. Kuvvetlis Reisetasche mußte versteckt werden.

Er klappte den Waschtisch auf, legte das 20-Lire-Stück
auf die Ecke neben dem Becken und ging zur Tür. Die Luft
war immer noch rein. Er machte die Tür auf, nahm die Reisetasche und schleppte sie durch den Gang zu Nummer 4.
Noch ein paar Sekunden, und er war in der Kabine und
hatte die Tür wieder zugemacht.

Er schwitzte. Er wischte sich mit seinem Taschentuch
Hände und Stirn ab. Dann fiel ihm ein, daß nun am festen
Ledergriff der Reisetasche und auch am Türgriff Fingerab-
drücke von ihm sein mußten. Er wischte sie mit dem Taschentuch ab und wandte sich dann der Leiche zu.

In der Gesäßtasche steckte die Pistole anscheinend nicht.
Graham ließ sich neben der Leiche auf ein Knie nieder. Er
merkte, daß ihm wieder übel wurde, und atmete tief ein.
Dann beugte er sich über den toten Kuvvetli, packte ihn mit
einer Hand an der rechten Schulter und mit der anderen am
rechten Hosenbein und zog. Die Leiche rollte auf die Seite.
Der eine Fuß rutschte über den andern und schlug auf den
Boden. Graham stand schnell auf. Nach ein paar Sekunden
aber hatte er sich wieder so weit in der Gewalt, daß er sich
von neuem bückte und die Jacke aufschlug. Unter dem linken Arm war eine lederne Pistolenhalfter, aber die Pistole
steckte nicht darin.

Er war nicht übermäßig enttäuscht. Es wäre ihm zwar
wohler gewesen, wenn er eine Waffe besessen hätte, aber er
hatte nicht damit gerechnet, sie zu finden. Eine Pistole war
nützlich, und es lag nahe, daß Banat sie mitgenommen
hatte. Graham griff in die Jackentasche. Sie war leer.

Augenscheinlich hatte Banat auch Mr. Kuvvetlis Geld und Diplomatenpaß an sich genommen.

Er stand auf. Hier war nun nichts mehr zu tun. Er zog sich einen Handschuh an, verließ die Kabine vorsichtig und ging bis zu Nummer 6. Er klopfte an. Von drinnen waren rasche Bewegungen zu hören, und Madame Mathis machte die Tür auf.

Die mürrische Miene, mit der sie dem Steward hatte gegenübertreten wollen, wich einem Ausdruck des Erstaunens, als sie Graham sah. Ganz perplex sagte sie: »Guten Morgen!«

»Guten Morgen, Madame! Könnte ich einen Augenblick Ihren Gatten sprechen?«

Mathis sah ihr über die Schulter. »Hallo, guten Morgen! Sind Sie schon so zeitig fertig?«

»Kann ich Sie einen Augenblick sprechen?«

»Selbstverständlich!« Er kam in Hemdsärmeln heraus, aufgeräumt lächelnd. »Ich bin ein unwichtiger Mann. Ich bin jederzeit zu sprechen.«

»Würde es Ihnen etwas ausmachen, für einen Augenblick in meine Kabine zu kommen?«

Mathis sah ihn verwundert an. »Sie machen ja so ein ernstes Gesicht, mein Freund. Ja, natürlich komme ich.« Er wandte sich an seine Frau: »Ich bin gleich wieder da, *chérie*!«

Als sie in seiner Kabine waren, machte Graham die Tür zu, schob den Riegel vor und drehte sich zu Mathis um, der ihn verdutzt ansah.

»Ich brauche Ihre Hilfe«, sagte er leise. »Nein, ich will mir kein Geld ausborgen. Ich möchte Sie bitten, eine Nachricht zu überbringen.«

»Wenn ich das kann, gerne.«

»Wir müssen sehr leise sprechen«, fuhr Graham fort. »Ich möchte nicht, daß Ihre Frau sich unnötig aufregt, und die Wände sind so dünn.«

Zum Glück entging Mathis die volle Bedeutung dieser Bemerkung. Er nickte. »Ich höre.«

»Ich habe Ihnen gesagt, daß ich bei einer Rüstungsfabrik arbeite. Das stimmt. Im Augenblick stehe ich aber gewissermaßen auch im Dienst der britischen und der türkischen Regierung. Wenn ich nachher dieses Schiff verlasse, werden deutsche Agenten einen Mordanschlag auf mich verüben.«

»Ist das wahr?« Er war ungläubig und mißtrauisch.

»Leider ist das wahr. Ich habe mir das nicht zum Spaß ausgedacht.«

»Verzeihen Sie, ich ...«

»Schon gut. Ich möchte Sie bitten, in Genua zum türkischen Konsulat zu gehen, nach dem Konsul zu fragen und ihm etwas von mir auszurichten. Wollen Sie das tun?«

Mathis starrte ihn einen Augenblick an. Dann nickte er. »Gut. Das mache ich. Was soll ich ausrichten?«

»Ich möchte zuerst einmal betonen, daß es sich um etwas streng Vertrauliches handelt. Ist das klar?«

»Ich kann den Mund halten, wenn ich will.«

»Ich weiß, daß ich mich auf Sie verlassen kann. Wollen Sie sich die Nachricht aufschreiben? Hier sind Bleistift und Papier. Meine Schrift würden Sie nicht lesen können. Sind Sie bereit?«

»Ja.«

»Also: ›Benachrichtigen Sie Oberst Haki, Istanbul, daß der Agent I. K. tot ist, aber benachrichtigen Sie nicht die Polizei! Ich fahre unter Zwang mit den deutschen Agenten Moeller und Banat, die mit den Pässen von Fritz Haller und Mavrodopoulos reisen. Ich ...‹«

Mathis rief ganz erstaunt: »Ist das möglich?«

»Leider ja.«

»Dann waren Sie also gar nicht seekrank?«

»Nein. Soll ich weiterdiktieren?«

Mathis schluckte: »Ja ... Ja. Mir war nicht klar ... Bitte!«

»›Ich werde versuchen, zu entfliehen und zu Ihnen zu kommen. Teilen Sie bitte im Falle meines Todes dem britischen Konsul mit, daß diese beiden Männer dafür verantwortlich sind.‹« Es war ihm klar, daß das kolportagehaft klang, aber das war es ja auch. Mathis tat ihm leid.

Der Franzose starrte ihn voll Entsetzen an. »Nicht möglich!« flüsterte er. »Warum . . .?«

»Das würde ich Ihnen gern erklären, aber ich kann leider nicht. Die Frage ist: Wollen Sie das besorgen?«

»Selbstverständlich. Aber kann ich nicht noch mehr tun? Diese deutschen Agenten — warum können Sie die nicht festnehmen lassen?«

»Aus verschiedenen Gründen. Am besten können Sie mir helfen, indem Sie dem türkischen Konsul das ausrichten.«

Der Franzose reckte kampflustig das Kinn vor. »Das ist doch lächerlich!« platzte er heraus und senkte dann die Stimme zu einem wütenden Geflüster. »Diskretion muß sein, das verstehe ich. Sie sind beim englischen Geheimdienst. So was erzählt man nicht. Aber ich bin doch nicht auf den Kopf gefallen. Also! Warum schießen wir beide nicht diese dreckigen *boches* über den Haufen und machen uns davon? Ich habe meinen Revolver, und wir zusammen . . .«

Graham fuhr empor. »Haben Sie gesagt, Sie hätten einen Revolver — hier?«

»Allerdings habe ich einen Revolver«, sagte Mathis auftrumpfend. »Warum nicht? In der Türkei . . .«

Graham ergriff ihn am Arm. »Dann können Sie noch etwas tun, um mir zu helfen.«

Mathis sah ihn ungeduldig an. »Was denn?«

»Verkaufen Sie mir Ihren Revolver!«

»Sind Sie etwa unbewaffnet?«

»Mein Revolver ist mir gestohlen worden. Wieviel wollen Sie für Ihren haben?«

»Aber . . .«

»Ich werde ihn nötiger brauchen als Sie.«

Mathis richtete sich auf. »Den verkaufe ich Ihnen nicht.«

»Aber . . .«

»Den gebe ich Ihnen so. Da . . .« Er zog einen kleinen

vernickelten Revolver aus der hinteren Hosentasche und drückte ihn Graham in die Hand. »Nicht doch, ich bitte Sie, keine Ursache! Ich würde gern noch mehr tun.«

Graham dankte seinem guten Stern dafür, daß er sich am Tage zuvor bei dem Ehepaar Mathis entschuldigt hatte. »Sie haben schon mehr als genug getan.«

»Ach wo! Er ist geladen, sehen Sie? Hier ist die Sicherung. Der Abzug geht ganz leicht. Sie brauchen kein Herkules zu sein. Halten Sie den Arm gerade, wenn Sie schießen . . . aber das brauche ich Ihnen ja wohl nicht zu sagen.«

»Ich bin Ihnen dankbar, Mathis. Und Sie gehen zum türkischen Konsul, sowie Sie an Land sind?«

»Klar.« Er streckte ihm die Hand hin. »Viel Glück, mein Freund!« sagte er bewegt. »Kann ich sonst noch etwas für Sie tun?«

»Nein.«

Einen Augenblick später war Mathis fort. Graham wartete. Er hörte den Franzosen in die Nebenkabine gehen und dann die scharfe Stimme seiner Frau: »Nun?«

»Du mußt wohl auch alles wissen? Er ist blank, und ich habe ihm 200 Francs geborgt.«

»Idiot! Die siehst du nie wieder!«

»Meinst du? Dann will ich dir verraten, daß er mir einen Scheck gegeben hat.«

»Von Schecks halte ich nichts.«

»Ich bin nicht besoffen. Es ist ein Scheck auf eine Bank in Istanbul. Wenn wir ankommen, gehe ich gleich zum türkischen Konsulat und erkundige mich, ob der Scheck in Ordnung ist.«

»Du bildest dir doch nicht ein, daß die das wissen, oder sich dafür interessieren!«

»Schluß! Ich weiß, was ich tue. Bist du fertig? Nein! Dann . . .«

Graham atmete erleichtert auf und nahm den Revolver in Augenschein. Er war kleiner als der von Kopeikin, ein belgisches Fabrikat. Graham betätigte den Sicherungsflügel und fuhr mit dem Finger über den Abzug. Es war eine handliche kleine Waffe, die gut gepflegt schien. Wohin damit? Der Revolver mußte an einem Ort sein, wo man ihn nicht sah, wo Graham ihn aber sofort ziehen konnte. Schließlich entschied er sich für seine linke obere Westentasche. Lauf, Verschluß und der halbe Abzugsbügel hatten gerade darin Platz. Wenn er die Jacke zuknöpfte, war der Griff nicht zu sehen, und die Revers legten sich so, daß die Ausbuchtung nicht auffiel. Außerdem waren seine Finger, wenn er an seine Krawatte faßte, nur noch fünf Zentimeter vom Griff entfernt. Er war bereit.

Er ließ Mr. Kuvvetlis Munitions-Schachtel durch das Bullauge fallen und ging hinauf an Deck.

Sie waren jetzt im Hafen und steuerten auf die Westseite zu. Über der See war der Himmel klar, aber über den Höhen oberhalb der Stadt lag Dunst, der die Sonne verdeckte, so daß die wie ein Amphitheater ansteigende weiße Häusermasse kalt und trübselig wirkte.

Außer ihm war nur noch Banat auf dem Deck. Er stand da und beobachtete mit dem hingegebenen Interesse eines kleinen Jungen den Schiffsverkehr. Man konnte sich nur schwer vorstellen, daß dieses blasse Kerlchen irgendwann im Laufe der vergangenen zehn Stunden aus Kabine Nummer 4 herausgekommen war, in der Hand ein Messer, das er gerade Mr. Kuvvetli in den Hals gestoßen hatte, daß er in diesem Augenblick Mr. Kuvvetlis Papiere, Mr. Kuvvetlis Geld und Mr. Kuvvetlis Pistole in der Tasche hatte und daß er innerhalb der nächsten paar Stunden noch einen weiteren Mord zu begehen gedachte. Gerade seine Unscheinbarkeit war so grauenerregend. Sie gab der Situation den Schein des Normalen. Wäre sich Graham nicht so brennend der Gefahr bewußt gewesen, in der er schwebte, so hätte er fast glauben können, die Erinnerung an das, was er in Kabine Nummer 4 gesehen hatte, sei gar keine Erinnerung an ein wirkliches Erlebnis, sondern an einen Traum.

Angst empfand er nicht mehr. Sein ganzer Körper

prickelte merkwürdig: er war außer Atem, und ab und zu stieg eine Welle von Übelkeit aus seiner Magengrube hoch; doch sein Hirn schien den Kontakt mit dem Körper verloren zu haben. Seine Gedanken ordneten sich mit einer Geschwindigkeit und Präzision, über die er erstaunt war.

Er wußte: Wenn er nicht alle Hoffnung aufgeben wollte, schleunigst nach England zu kommen, so daß der türkische Lieferungsauftrag zum vereinbarten Termin ausgeführt werden konnte, dann blieb ihm nichts anderes übrig, als Moeller mit seinen eigenen Waffen zu schlagen. Mr. Kuvvetli hatte ihm klargemacht, daß Moellers Ausweg eine Finte war, die nur den Zweck hatte, den Mord von einer belebten Straße in Genua an einen weniger öffentlichen Schauplatz zu verlegen. Mit anderen Worten: er sollte entführt und kaltgemacht werden. Sehr bald war es nun soweit, daß Moeller, Banat und ein paar andere mit einem Auto vor der Zollabfertigung warten würden, bereit, ihn nötigenfalls an Ort und Stelle niederzuschießen. Wenn er aber so einsichtig war, in den Wagen einzusteigen, dann würden sie ihn an irgendeinen stillen Platz zwischen Genua und Santa Margherita bringen und ihn dort kaltmachen. Eine kleine Chance blieb ihm: Sie dachten, er steige in den Wagen im Glauben, sie würden in ein Hotel fahren und genau nach Plan seine Erkrankung vortäuschen. Doch da waren sie im Irrtum, und mit diesem Irrtum gaben sie ihm eine Möglichkeit, mit heiler Haut davonzukommen. Wenn er schnell und beherzt war, konnte er sie nutzen.

Er sagte sich, sie würden ihm vermutlich nicht gleich beim Einsteigen eröffnen, was sie vorhatten, sondern bis zum letzten Augenblick an der Fiktion vom Hotel und der Klinik in Santa Margherita festhalten. Von ihrem Standpunkt aus war es viel leichter, mit einem Mann durch die engen Straßen von Genua zu kutschieren, der sich einbildete, er habe sechs Wochen Urlaub vor sich, als mit einem, den man mit Gewalt davon abhalten mußte, die Aufmerksamkeit der Passanten auf sich zu ziehen. Vermutlich waren sie geneigt, ihm entgegenzukommen, würden ihm vielleicht sogar erlauben, sich in einem Hotel anzumelden. In jedem Falle aber war es unwahrscheinlich, daß der Wagen glatt durch die Stadt kam, ohne ein einzigesmal im Verkehr steckenzubleiben. Seine Hoffnung auf ein Entkommen hing daran, daß es ihm gelang, sie zu überraschen. Wenn er sich einmal in einer belebten Straße freimachen konnte, dann würde es ihnen sehr schwerfallen, ihn wieder einzufangen. Sein Ziel würde das türkische Konsulat sein. Er hatte sich für das türkische Konsulat statt für sein eigenes entschieden, einfach deshalb, weil er den Türken nicht so viel zu erklären brauchte; ein Hinweis auf Oberst Haki würde die Sache gewiß erheblich vereinfachen.

Das Schiff näherte sich jetzt dem Ankerplatz, und am Kai standen Männer bereit, um die Taue aufzufangen. Banat hatte ihn nicht gesehen, aber jetzt kamen Josette und José aufs Deck heraus. Er ging schnell auf die andere Seite hinüber. Josette war die letzte, mit der er in diesem Augenblick sprechen wollte. Es konnte sein, daß sie vorschlug, sie sollten gemeinsam mit einem Taxi ins Stadtzentrum fahren. Dann hätte er eine Erklärung dafür vorbringen müssen, daß er in einem Privatauto mit Moeller und Banat vom Kai wegfuhr. Daraus konnten sich allerlei andere Schwierigkeiten ergeben. Da sah er sich plötzlich Moeller gegenüber.

Der alte Mann nickte liebenswürdig. »Guten Morgen, Mr. Graham! Ich hatte gehofft, Sie hier zu finden. Es ist angenehm, wieder Boden unter den Füßen zu haben, nicht wahr?«

»Ja. Hoffentlich.«

Moellers Miene veränderte sich leicht. »Sind Sie bereit?«

»Ja.« Er machte ein besorgtes Gesicht. »Ich habe Kuvvetli heute morgen noch gar nicht gesehen. Wenn nur alles gut geht!«

Moeller zuckte nicht mit der Wimper. »Sie brauchen sich keine Sorgen zu machen, Mr. Graham.« Dann lächelte er mild. »Wie ich Ihnen gestern abend gesagt habe, können Sie ruhig alles mir überlassen. Kuvvetli wird uns keine Schwierigkeiten machen. Nötigenfalls«, fuhr er glatt fort, »wende ich Gewalt an.«

»Ich hoffe, das ist nicht nötig.«

»Ich auch, Mr. Graham, ich auch!« Er senkte vertraulich die Stimme. »Aber weil wir gerade von Gewaltanwenden sprechen — ich möchte Ihnen empfehlen, sich mit dem Aussteigen nicht zu sehr zu beeilen. Sehen Sie, wenn Sie etwa an Land kommen, ehe Banat und ich Zeit gehabt haben, den Leuten, die unten auf uns warten, die neue Lage zu erklären, dann könnte ein Unglück geschehen. Sie sehen typisch englisch aus. Die da unten würden Sie auf den ersten Blick erkennen.«

»Das habe ich mir auch gesagt.«

»Ausgezeichnet! Es freut mich sehr, daß Sie sich so in unser Vorhaben hineindenken.« Er wandte den Kopf. »Ah! Wir liegen schon am Kai. Also dann auf Wiedersehen in ein paar Minuten!« Er kniff die Augen zusammen. »Sie werden doch hoffentlich mein Vertrauen nicht enttäuschen, Mr. Graham?«

»Ich werde schon da sein.«

»Ich weiß, daß ich mich auf Sie verlassen kann.«

Graham ging in den leeren Salon. Durch ein Bullauge sah er, daß ein Teil des Decks mit Tauen abgesperrt war. Zu Josette, José und Banat waren inzwischen auch das Ehepaar Mathis und Signora Beronelli mit ihrem Sohn getreten, und während Graham hinaussah, kam auch Moeller mit seiner ›Gattin‹ herauf. Josette sah sich um, als warte sie auf jemanden, und Graham konnte sich denken, daß sie sich fragte, wo er wohl bleiben mochte. Eine Begegnung mit ihr war schwer zu vermeiden. Es konnte sogar sein, daß sie an der Zollabfertigung auf ihn wartete. Dem mußte er vorbeugen.

Er wartete, bis die Gangway angelegt war und die Passagiere, voran Monsieur und Madame Mathis, langsam hintereinander hinuntergingen. Dann trat er hinaus und stellte sich als letzter in die Reihe, direkt hinter Josette.

Sie drehte sich halb um und sah ihn. »Ach, ich habe mich schon gefragt, wo du bist. Was hast du denn gemacht?«

»Gepackt.«

»So lange? Na, jetzt bist du ja da. Ich dachte, wir könnten vielleicht zusammen einen Wagen nehmen und unser Gepäck auf dem Bahnhof zur *consigne* geben. Da sparen wir das zweite Taxi.«

»Da müßtest du ziemlich lange auf mich warten. Ich habe einiges zu deklarieren. Außerdem muß ich dann zuerst zum Konsulat. Ich glaube, wir bleiben lieber bei unserer Verabredung, daß wir uns im Zug treffen.«

Sie seufzte. »Du bist so schwierig. Na gut, dann treffen wir uns im Zug. Aber komm nicht zu spät!«

»Nein, ich werde schon rechtzeitig dort sein.«

»Und nimm dich vor dem kleinen *salaud* mit dem Parfüm in acht!«

»Um den wird sich die Polizei kümmern.«

Sie waren bei der Paßkontrolle am Eingang des Zollgebäudes angekommen, und José, der vorausgegangen war, wartete schon, als ob die Sekunden ihm Geld kosteten. Sie drückte hastig Grahams Hand. »*Alors, chéri, à tout à l'heure!*«

Graham nahm seinen Paß und ging langsam hinter ihnen her zum Zoll. Es war nur ein einziger Beamter da. Als Graham herankam, fertigte er gerade Josette und José ab und wandte sich dem Gepäckberg der Beronellis zu. Graham war froh, daß er warten mußte. Er machte den Koffer auf, entnahm ihm einige Papiere, die er brauchte, und steckte sie in die Tasche. Doch es vergingen noch einige Minuten, bis er sein Transitvisum vorzeigen konnte. Er bekam ein Kreidezeichen auf seinen Koffer und gab ihn einem Gepäckträger. Als er sich durch die Gruppe trauernder Verwandten gezwängt hatte, die sich um die Beronellis scharten, waren Josette und José schon weg.

Dann sah er Moeller und Banat.

Sie standen neben einer großen amerikanischen Limousine, die hinter einer Reihe Taxis parkte. Auf der anderen Seite des Wagens standen zwei Männer, ein großer magerer mit Regenmantel und Schirmmütze, und ein dunkler Typ mit massigem Kinn, der einen grauen Ulster mit Gürtel und einen weichen Hut ohne Kniff trug. Am Steuer des Wagens saß ein fünfter, jüngerer Mann.

Mit klopfendem Herzen winkte Graham dem Gepäckträger, der in Richtung Taxi gegangen war, und ging auf die Wartenden zu.

Moeller nickte, als er herankam. »Gut! Ihr Gepäck? Ach ja.« Er nickte dem großen, mageren Mann zu, der herzutrat, dem Gepäckträger den Koffer abnahm und ihn hinten in den Gepäckraum legte.

Graham gab dem Gepäckträger ein Trinkgeld und stieg ein. Moeller folgte und setzte sich neben ihn. Der große, magere Mann stieg neben dem Fahrer ein. Banat und der Mann mit dem Ulster setzten sich auf die Klappsitze, Graham und Moeller gegenüber. Banats Gesicht war ausdruckslos. Der Mann mit dem Ulster wich Grahams Augen aus und sah zum Fenster hinaus.

Der Wagen fuhr los. Gleich darauf zog Banat seine Pistole heraus und entsicherte sie.

Graham wandte sich an Moeller. »Ist das nötig?« fragte er. »Ich rücke nicht aus.«

Moeller zuckte die Achseln. »Meinetwegen.« Er sagte etwas zu Banat, der grinste, die Pistole wieder sicherte und in die Tasche zurücksteckte.

Der Wagen bog in die steingepflasterte Straße ein, die zur Hafenausfahrt führte.

»In welches Hotel fahren wir denn?« erkundigte sich Graham.

Moeller wandte leicht den Kopf. »Ich weiß noch nicht genau. Die Frage können wir uns aufheben. Wir fahren zuerst mal hinaus nach Santa Margherita.«

»Aber . . .«

»Da gibt's kein Aber. Das regle ich.« Diesmal machte er sich gar nicht die Mühe, den Kopf zu wenden.

»Wie ist das mit Kuvvetli?«

»Der ist heute früh mit dem Lotsenboot an Land gegangen.«

»Wo mag er denn geblieben sein?«

»Wahrscheinlich verfaßt er einen Bericht für Oberst Haki. Ich empfehle Ihnen, nicht mehr an ihn zu denken.«

Graham schwieg. Er hatte sich nur deshalb nach Mr. Kuvvetli erkundigt, um seine Angst zu verbergen. Er saß noch keine zwei Minuten in dem Wagen, und schon hatten sich seine Chancen erheblich verschlechtert. Der Wagen holperte über die Pflastersteine auf die Hafenausfahrt zu, und Graham machte sich auf die scharfe Rechtskurve gefaßt, die sie zur Stadt und zu der Straße nach Santa Margherita führen mußte. Im nächsten Augenblick rutschte er jäh auf dem Sitz zur Seite. Der Wagen war nach links eingeschwenkt. Banat riß seine Pistole heraus.

Graham setzte sich langsam wieder zurecht. »Entschuldigung«, sagte er, »ich dachte, nach Santa Margherita müssen wir rechts einbiegen.«

Er bekam keine Antwort. Er lehnte sich in seine Ecke zurück und versuchte, sich nichts anmerken zu lassen. Grundlos hatte er angenommen, daß sie durch die Stadt fahren würden, bevor sie ihn auf der Straße nach Santa Margherita abknallten. Damit hatte er fest gerechnet. Er hatte sich getäuscht . . .

Er warf einen Blick auf Moeller. Der deutsche Agent saß zurückgelehnt da, die Augen geschlossen — ein alter Mann, dessen Tagewerk getan war. Der Rest war Banats Sache. Graham wußte, daß die kleinen, tiefliegenden Augen die seinen suchten, und daß der gequälte Mund grinste. Banat freute sich auf seine Aufgabe. Der andere Mann sah immer noch zum Fenster hinaus. Er hatte keinen Ton von sich gegeben.

Sie kamen an einer Straßengabelung an und bogen nach rechts in eine Straße zweiter Ordnung ein, die laut Wegweiser nach Novi und Turin führte. Es ging nach Norden. Die Straße war gerade und von staubigen Platanen gesäumt. Hinter den Bäumen lagen ein paar Fabriken. Bald jedoch wand sich die Straße bergan, und die Fabriken blieben zurück. Sie waren aus dem Stadtgebiet heraus.

Graham wußte, daß seine Aussichten, die nächste Stunde zu überleben, nun praktisch gleich Null waren, falls sich nicht eine ganz unerwartete Fluchtmöglichkeit ergab. Jeden Augenblick mußte der Wagen anhalten, und dann würde man ihn herausholen und ihn erschießen, so präzis und planmäßig, als wenn er von einem Kriegsgericht zum Tode verurteilt worden wäre. In seinem Kopf rauschte das Blut, und sein Atem ging schnell und oberflächlich. Er versuchte, langsam und tief zu atmen, doch die Muskeln in seiner Brust waren verkrampft. Er versuchte es wieder und wieder. Er wußte, daß er der Angst nicht nachgeben, sich nicht gehenlassen durfte. Wenn er Angst hatte, war er auf jeden Fall verloren. Er durfte keine Angst haben. Das Sterben, sagte er sich, konnte ja nicht so schlimm sein. Ein Augenblick des Erstaunens, dann war es vorbei. Früher oder später mußte er doch sterben, und ein Genickschuß jetzt war wahrscheinlich besser als Monate der Krankheit im Alter. Vierzig Jahre waren eine ganz schöne Lebensspanne. Wie viele junge Männer gab es jetzt im kriegführenden Europa, die jemanden, der dieses Alter hatte erreichen können, mit Neid betrachteten! Sich einzubilden, es sei eine Katastrophe, wenn die normale Lebensfrist um vielleicht dreißig Jahre verkürzt würde, hieß, sich eine Bedeutung anzumaßen, die kein Mensch besaß. So angenehm war das Leben schließlich auch nicht. Es handelte sich ja im wesentlichen nur darum, mit einem Minimum von Unannehmlichkeiten von der Wiege zur Bahre zu gelangen, die Bedürfnisse des Körpers zu befriedigen und seinen Verfall hinauszuzögern. Warum stellte man sich eigentlich so an, wenn man so eine armselige Sache aufgeben mußte? Warum eigentlich? Und doch stellte man sich an ... Er dachte an den Revolver, der gegen seine Brust drückte. Wenn sie nun auf den Gedanken kamen, ihn zu durchsuchen? Aber nein, das war nicht anzunehmen. Einen Revolver hatten sie ihm abgenommen und einen dem toten Kuvvetli. Sie nahmen wohl kaum an, daß noch ein dritter vorhanden war. Von den fünf Männern im Wagen waren vier bewaffnet. Er hatte sechs Schuß im Revolver. Er konnte vielleicht zwei davon abfeuern, ehe er selbst getroffen wurde. Wenn er einen günstigen Augenblick abwartete, in dem Banat nicht aufpassen würde, konnte er vielleicht drei oder gar vier von ihnen erledigen. Wenn er schon ermordet werden sollte, dann wollte er seine Haut so teuer wie möglich verkaufen. Er holte eine Zigarette aus der Tasche, fuhr dann mit der Hand in seine Jacke, als suche er nach einem Streichholz, und entsicherte dabei den Revolver. Einen Augenblick dachte er daran, ihn jetzt gleich herauszuziehen. Wenn er Glück hatte, wenn der Fahrer erschrak und zuckte, mochte Banats erster Schuß ihn verfehlen. Doch die Waffe lag ruhig und fest in Banats Hand. Außerdem konnte immer noch etwas Unerwartetes geschehen, eine besondere Gelegenheit sich bieten. Zum Beispiel konnte der Fahrer zu schnell in eine Kurve fahren und der Wagen dabei zu Bruch gehen.

Doch der Wagen fuhr mit ruhig summendem Motor weiter. Die Fenster waren fest geschlossen, und der Duft von Banats Rosenöl breitete sich aus. Der Mann mit dem Ulster wurde allmählich schläfrig. Ein paarmal gähnte er. Dann zog er, wohl um sich zu beschäftigen, eine schwere deutsche Pistole heraus und betrachtete das Magazin. Als er sie wieder wegsteckte, ruhten seine stumpfen Augen mit den schweren Tränensäcken einen Augenblick auf Graham. Dann sah er gleichgültig wieder weg, wie ein Reisender in der Eisenbahn, der einem Fremden gegenübersitzt.

Sie fuhren nun seit etwa 25 Minuten. Sie kamen durch ein kleines Dorf mit verstreut liegenden Häusern, zwei oder drei Geschäften und einem einzigen schmutzigen Café, vor dem eine Benzinpumpe stand. Die Straße stieg weiter an. Graham nahm flüchtig wahr, daß die Felder zu beiden Seiten von Baumgruppen und unbebaubaren Hängen abgelöst wurden und vermutete, sie kämen nun in das nördlich von Genua und westlich der Eisenbahnlinie oberhalb Pontedecimo gelegene Hügelland. Plötzlich bog der Wagen links ab, in eine schmale Nebenstraße mit Bäumen auf beiden Seiten, und kroch im ersten Gang einen steilen bewaldeten Hang hinauf.

Neben Graham bewegte sich etwas. Das Blut schoß ihm in den Kopf. Er wandte sich rasch zur Seite und begegnete Moellers Augen.

Moeller nickte: »Ja, Mr. Graham. Da wären wir nun.«

»Aber das Hotel . . .?« stammelte Graham.

Die blaßblauen Augen blieben ruhig. »Sie sind anscheinend sehr naiv, Mr. Graham. Oder sollten Sie etwa mich für naiv halten?« Er zuckte die Achseln. »Na, das ist ja unwesentlich. Aber einen Wunsch habe ich. Nachdem Sie mir schon so viel Mühe und Kosten verursacht haben, ist es vielleicht nicht zuviel verlangt, wenn ich Sie bitte, mir nicht noch mehr zu verursachen. Wenn wir halten und Sie aussteigen müssen, dann tun Sie das bitte ohne Widerrede und ohne Widerstand zu leisten. Wenn Sie unfähig sind, in einem solchen Moment Haltung zu bewahren, dann nehmen Sie wenigstens Rücksicht auf die Polsterung.«

Er wandte sich unvermittelt ab und nickte dem Mann mit dem Ulster zu, der an die Scheibe hinter sich klopfte. Der Wagen hielt ruckartig an, und der Mann mit dem Ulster sprang von dem Klappsitz hoch, die Hand auf der Klinke der Tür neben sich. Im gleichen Augenblick sagte Moeller etwas zu Banat. Banat grinste.

Da handelte Graham. Er mußte nun alles auf die Karte setzen, die ihm noch geblieben war. Sie wollten ihn umbringen und machten sich nicht einmal mehr die Mühe, es vor ihm zu verbergen. Es ging ihnen nur darum, daß die Polsterung, auf der er saß, nicht mit seinem Blut besudelt würde. Da ergriff ihn blinde Wut. Seine Selbstbeherrschung, die auf die Folter gespannt worden war, bis jeder Nerv in seinem Körper bebte, war plötzlich dahin. Ehe ihm noch recht bewußt wurde, was er tat, hatte er Mathis' Revolver herausgezogen und ihn mitten in Banats Gesicht abgefeuert.

Während der Knall des Schusses ihm durch den Kopf dröhnte, sah er, wie mit dem Gesicht etwas Grauenvolles geschah. Dann warf er sich nach vorn.

Der Mann mit dem Ulster hatte die Türe schon etwas geöffnet, als Graham mit voller Wucht auf ihn prallte. Er verlor das Gleichgewicht, stürzte rücklings aus dem Wagen und fiel zusammen mit Graham auf die Straße.

Von dem Aufprall halb betäubt, wälzte Graham sich zur Seite und kroch schnell hinter dem Auto in Deckung. Er wußte, daß es nun nicht mehr lange dauern konnte. Zwar war der Mann im Ulster außer Gefecht, aber die beiden anderen hatten schon laut brüllend die Türen aufgestoßen, und Moeller mußte jeden Augenblick zu Banats Revolver greifen. Einen Schuß konnte Graham vielleicht noch abgeben. Auf Moeller vielleicht . . .

Da griff der Zufall ein. Graham bemerkte, daß er nur einen halben Meter neben dem Benzintank des Wagens hockte, und in der abenteuerlichen Hoffnung, seine Verfolger aufhalten zu können, falls er wegkäme, hob er den Revolver und gab Feuer.

Die Mündung des Revolvers hatte den Tank fast berührt, als er abdrückte, und die Flamme, die tosend emporloderte, ließ ihn aus seiner Deckung taumeln. Schüsse krachten, eine Kugel pfiff ihm am Kopf vorbei. Panik ergriff ihn. Er machte kehrt und rannte auf die Bäume und auf den Hang zu, der vom Straßenrand abfiel. Er hörte noch zwei Schüsse, spürte einen heftigen Stoß im Rücken, sah Sterne, und dann wurde ihm schwarz vor den Augen.

Er konnte nicht mehr als eine Minute bewußtlos gewesen sein. Als er wieder zu sich kam, lag er mit dem Gesicht auf einer Schicht verdorrter Piniennadeln am Hang unterhalb der Straße. Schmerzen bohrten sich wie Dolche in seinen Kopf. Erst machte er gar nicht den Versuch, sich zu bewegen. Dann schlug er die Augen auf, und sein Blick, der langsam vorwärts kroch, traf auf Mathis' Revolver. Instinktiv streckte er die Hand danach aus. Sein ganzer Körper zitterte und schmerzte, aber seine Finger ergriffen den Revolver. Nach ein paar Sekunden zog er ganz langsam die Knie an den Leib, stützte sich auf die Hände und kroch zur Straße zurück.

Die Explosion des Benzintanks hatte Stücke der Holzverkleidung und glimmende Lederfetzen auf der Straße verstreut. Inmitten dieses Trümmerfeldes lag der Mann mit der Schirmmütze. Der Regenmantel hing ihm in versengten Fetzen an der linken Seite herunter. Die Überreste des Wagens selbst waren eine flammende, glühende Masse, und das Stahlskelett, das darin gerade noch zu sehen war, krümmte sich in der gewaltigen Hitze wie Papier. Etwas abseits davon stand der Fahrer auf der Straße, die Hände vorm Gesicht, taumelnd wie ein Betrunkener. In der Luft hing der widerliche Geruch brennenden Fleisches. Von Moeller keine Spur.

Graham kroch wieder ein paar Meter den Hang hinunter, richtete sich unter Schmerzen auf und stolperte zwischen den Bäumen hindurch auf die Straße hinab.

12. Kapitel

Mittag war schon vorbei, als er das Café im Dorf erreichte. Er telefonierte dem Konsul, und als der Wagen des türkischen Konsulats kam, war Graham schon gewaschen und hatte einen Kognak getrunken.

Der Konsul war ein hagerer, sachlicher Mann, dessen Englisch so klang, als sei er in England gewesen. Er hörte sich aufmerksam an, was Graham zu sagen hatte, ehe er selbst etwas dazu sagte. Doch als Graham fertig war, verdünnte der Konsul seinen Vermouth mit einem Spritzer Sodawasser, lehnte sich in seinem Sessel zurück und pfiff durch die Zähne.

»Ist das alles?« fragte er.

»Ist das nicht genug?«

»Mehr als genug.« Der Konsul lächelte entschuldigend. »Ich will Ihnen sagen, Mr. Graham, daß ich gleich heute morgen, als ich Ihre Nachricht bekam, an Oberst Haki telegrafiert und ihm gemeldet habe, daß Sie höchstwahrscheinlich tot seien. Gestatten Sie mir, daß ich Ihnen gratuliere.«

»Danke. Ich habe Glück gehabt.« Er sagte es mechanisch. Es klang albern, wenn man dazu beglückwünscht wurde, daß man am Leben war. Er fuhr fort: »Kuvvetli hat mir neulich abends erzählt, er habe für Mustafa Kemal gekämpft, und er sei bereit, für die Türkei sein Leben zu opfern. Wenn jemand so etwas sagt, rechnet man eigentlich nicht damit, daß er so schnell beim Wort genommen wird.«

»Das ist wahr. Es ist sehr traurig«, sagte der Konsul. Er brannte offensichtlich darauf, zur Sache zu kommen. »Aber jetzt«, fuhr er gewandt fort, »dürfen wir keine Zeit verlieren. Mit jeder Minute wächst die Gefahr, daß seine Leiche gefunden wird, bevor Sie Italien verlassen haben. Die Italiener sind im Augenblick nicht sehr gut auf uns zu sprechen, und wenn Kuvvetli gefunden würde, bevor Sie außer

Landes sind, wäre selbst ich nicht in der Lage, Ihnen ein paar Tage Untersuchungshaft zu ersparen.«

»Aber wie ist das mit dem Wagen?«

»Da soll sich der Fahrer eine Erklärung ausdenken. Wenn Ihr Koffer bei dem Brand vernichtet worden ist, wie Sie sagen, dann weist ja nichts darauf hin, daß Sie etwas mit dem Fall zu tun haben. Fühlen Sie sich reisefähig?«

»Ja. Ich bin mit einem blauen Auge davongekommen. Ich zittere noch etwas, aber ich werde es überstehen.«

»Gut. Dann ist es sicher das beste, wenn Sie gleich fahren.«

»Kuvvetli hat etwas von einem Flugzeug gesagt.«

»Von einem Flugzeug? Hm. Darf ich bitte Ihren Paß sehen?«

Graham reichte ihm seinen Paß. Der Konsul blätterte ihn durch, klappte ihn wieder zu und gab ihn zurück. »In Ihrem Transitvisum ist angegeben«, sagte er, »daß Sie in Genua einreisen und in Bardonecchia ausreisen. Wenn Sie unbedingt das Flugzeug nehmen wollen, können wir das Visum ändern lassen, aber das würde etwa eine Stunde dauern, und Sie müßten erst noch einmal nach Genua. Und für den Fall, daß Kuvvetli in den nächsten paar Stunden gefunden wird, ist es unklug, durch Änderungen im Reiseplan die Aufmerksamkeit der Polizei auf sich zu ziehen.« Er sah auf seine Uhr. »Es gibt einen Zug nach Paris, der um 2 Uhr in Genua abfährt. Kurz nach 3 Uhr hält er in Asti. Ich würde empfehlen, daß Sie dort einsteigen. Ich kann Sie mit meinem Wagen nach Asti bringen.«

»Ich glaube, es würde mir guttun, wenn ich etwas zu essen bekäme.«

»Mein lieber Mr. Graham, wie dumm von mir! Etwas zu essen — natürlich! Wir können in Novi halten. Sie sind mein Gast. Und wenn etwas Champagner zu haben ist, dann trinken wir ihn. Champagner ist das beste Mittel gegen trübselige Gedanken.«

Plötzlich fühlte sich Graham fast übermütig. Er lachte.

Der Konsul schaute ihn erstaunt an.

»Verzeihung«, entschuldigte sich Graham. »Sie dürfen's mir nicht übelnehmen. Aber es ist ziemlich komisch. Ich hatte mich nämlich im 2-Uhr-Zug mit jemandem verabredet. Die wird Augen machen, wenn sie mich sieht.«

Er merkte, daß jemand ihn am Arm rüttelte, und schlug die Augen auf.

»Bardonecchia, *signore*. Ihren Paß bitte!«

Als er aufblickte und den Schlafwagenschaffner sah, der sich über ihn beugte, wurde ihm klar, daß er seit der Abfahrt von Asti geschlafen hatte. In der Tür standen zwei Beamte der italienischen Bahnpolizei. Die Silhouette ihrer Uniformen hob sich vom Dämmerlicht des Abends ab.

Er setzte sich mit einem Ruck auf und griff in die Tasche.

»Meinen Paß? Ja, natürlich.«

Einer der Männer sah sich den Paß an, nickte und drückte einen Stempel hinein. »Grazie, *signore!* Haben Sie italienisches Geld bei sich?«

»Nein.«

Graham steckte den Paß weg, der Schaffner knipste das Licht wieder aus, und die Tür schloß sich. Das war erledigt.

Er gähnte mißmutig. Ihn fror. Er war zerschlagen. Er stand auf, sich den Mantel anzuziehen, und sah, daß der Bahnhof verschneit war. Es war dumm von ihm gewesen, sich ohne Mantel schlafen zu legen. Er wollte doch nicht mit Lungenentzündung zu Hause ankommen. Aber die italienische Paßkontrolle hatte er nun hinter sich. Er drehte die Heizung auf und setzte sich hin, um eine Zigarette zu rauchen. Es mußte an dem reichlichen Mittagessen und dem Wein gelegen haben. Es...

Da fiel ihm plötzlich ein, daß er sich noch gar nicht um Josette gekümmert hatte. Auch Mathis war vermutlich in dem Zug.

Der Zug fuhr mit einem Ruck an und ratterte auf Modane zu.

Er drückte auf die Klingel, und der Schaffner kam. »*Signore?*«

»Bekommt der Zug einen Speisewagen, wenn wir über die Grenze sind?«

»*No, signore.*« Er zuckte die Achseln. »Der Krieg . . .«

Graham gab ihm Geld. »Ich hätte gern eine Flasche Bier und ein paar Sandwiches. Können Sie mir das in Modane besorgen?«

Der Schaffner warf einen Blick auf das Geld. »Gern, *signore.*«

»Wo sind die Wagen 3. Klasse?«

»Vorn im Zug, *signore.*«

Der Schaffner ging. Graham rauchte eine Zigarette und beschloß, bis nach Modane zu warten, ehe er Josette suchen ging.

Der Aufenthalt in Modane kam ihm endlos vor. Aber schließlich hatten die französischen Paßbeamten ihre Pflicht getan, und der Zug setzte sich wieder in Bewegung.

Graham trat in den Gang hinaus.

Abgesehen von den trüben blauen Notlichtern war es nun dunkel im Zuge. Langsam suchte er sich seinen Weg zu den Wagen der 3. Klasse. Der Zug führte nur zwei davon, und er hatte keine Mühe, Josette und José zu finden. Sie saßen allein in einem Abteil.

Als er die Tür aufschob, wandte sie den Kopf und sah ihm unsicher entgegen. Dann, als er mit einem Schritt in den bläulichen Schein der Deckenlampe trat, sprang sie mit einem Schrei auf.

»Was ist denn passiert?« wollte sie wissen. »Wo hast du gesteckt? Wir haben bis zum letzten Augenblick gewartet, José und ich, aber du bist nicht gekommen, wie du versprochen hattest. Gewartet und gewartet haben wir. José kann dir erzählen, wie wir gewartet haben. Sag mir, was passiert ist!«

»Ich habe in Genua den Zug verpaßt. Ich mußte ein ganzes Stück mit dem Auto fahren, um ihn einzuholen.«

»Du bist mit dem Auto bis Bardonecchia gefahren? Ist doch nicht möglich!«

»Nein, nur bis Asti.«

Eine Pause trat ein. Sie hatten französisch gesprochen. Jetzt lachte José kurz auf, lehnte sich in seine Ecke zurück und fing an, mit dem Daumennagel in den Zähnen herumzustochern.

Josette ließ die Zigarette, die sie geraucht hatte, zu Boden fallen und trat sie aus. »In Asti bist du eingestiegen«, sagte sie leichthin, »und jetzt erst kommst du mich besuchen? Das ist sehr höflich!« Sie hielt inne und setzte dann hinzu: »Aber in Paris läßt du mich nicht so warten, *chéri*?«

Er zögerte.

»Wie ist das, *chéri*?« Ihre Stimme tönte gereizt.

Er sagte: »Ich möchte dich gern allein sprechen, Josette.«

Sie starrte ihn an. Ihr Gesicht war ausdruckslos in dem trüben, gespenstischen Licht. Dann trat sie auf die Tür zu. »Ich glaube«, sagte sie, »es ist besser, du unterhältst dich mal mit José.«

»José? Was hat denn José damit zu tun? Mit dir will ich mich unterhalten.«

»Nein *chéri*, du mußt dich mit José unterhalten. Ich bin geschäftlich nicht auf der Höhe. Das liegt mir nicht. Du verstehst?«

»Kein bißchen.« Er sprach die Wahrheit.

»Nicht? José wird's dir erklären. Ich komme gleich wieder. Jetzt unterhältst du dich mit José, *chéri*.«

»Aber . . .«

Sie trat in den Gang hinaus und schob die Tür hinter sich zu. Er wollte sie wieder aufmachen.

»Sie kommt ja gleich wieder«, sagte José. »Setzen Sie sich doch hin und warten Sie!«

Graham setzte sich langsam hin. Er war verdutzt. José, der immer noch in seinen Zähnen herumstocherte, warf ihm einen Blick zu.

»Sie verstehen wohl nicht?«

»Ich weiß überhaupt nicht, was ich verstehen soll.«

José betrachtete seinen Daumennagel, leckte ihn ab und machte sich wieder über einen Eckzahn her. »Sie haben Josette gern, nicht?«

»Natürlich. Aber . . .«

»Sie ist sehr hübsch, aber sie hat keinen Verstand. Sie ist eine Frau. Vom Geschäft hat sie keine Ahnung. Deswegen besorge ich als ihr Mann immer das Geschäftliche. Wir sind Partner. Das verstehen Sie doch?«

»Das ist ganz einfach. Und?«

»Ich bin am Gewinn beteiligt. Weiter nichts.«

Graham überlegte einen Augenblick. Er fing an, ihn nur zu gut zu verstehen. Er sagte: »Bitte sagen Sie mir doch mal ganz genau, was Sie meinen.«

Mit der Miene eines Mannes, der einen Entschluß gefaßt hat, ließ José von seinem Eckzahn ab, wandte sich um und sah Graham an. »Sie sind doch Geschäftsmann?« sagte er jovial. »Sie wissen doch, daß man nichts umsonst kriegt. Na also! Ich bin Josettes Manager, und ich gebe nichts umsonst her. Sie wollen sich in Paris amüsieren, stimmt's? Josette ist ein sehr nettes Mädchen, und ein Mann kann sich sehr gut mit ihr amüsieren. Sie tanzt auch sehr gut. In einem guten Haus können wir zusammen mindestens 2000 Francs in der Woche verdienen. 2000 Francs in der Woche. Das ist doch was, nicht?«

Graham schossen Erinnerungen durch den Kopf: an Maria, die Araberin, die gesagt hatte: »Sie hat viele Freunde«; an Kopeikin, der gesagt hatte: »José? Der kommt dabei ganz gut weg«; an Josette selber, die gesagt hatte, José sei nur dann eifersüchtig, wenn sie des Vergnügens wegen den Beruf vernachlässige; an unzählige kleine Bemerkungen und Gesten. »Na und?« fragte er kalt.

José zuckte die Achseln. »Wenn Sie sich mit ihr amüsieren, können wir nicht auftreten, und dann gehen uns 2000 Francs pro Woche flöten. Da müssen wir halt auf andere Weise zu unserm Geld kommen.« Im Halbdunkel sah Graham, wie ein schwaches Lächeln den dunklen Strich von Josés Mund verzog. »2000 Francs pro Woche. Das ist doch annehmbar, nicht?«

Es war die Stimme des Philosophen der Wölfe im Schafspelz.

›Mon cher caid‹ rechtfertigte seine Existenz. Graham nickte.

»Durchaus annehmbar.«

»Dann können wir das jetzt gleich abmachen, meinen Sie nicht?« fuhr José jovial fort. »Sie haben doch Erfahrung? Sie wissen, daß das so üblich ist.« Er grinste und zitierte dann: »Chéri, avant que je t'aime n'oublieras pas mon petit cadeau.«

»Ich verstehe. Und wem gebe ich das Geld? Ihnen oder Josette?«

»Sie können's Josette geben, wenn Sie wollen, aber das wäre wohl nicht ganz schick, nicht? Ich komme einmal in der Woche zu Ihnen.« Er beugte sich vor und klopfte Graham aufs Knie. »Abgemacht, ja? Sie werden schön brav sein? Wenn Sie zum Beispiel jetzt gleich anfangen wollen ...«

Graham stand auf. Er wunderte sich über seine eigene Ruhe. »Ich glaube«, sagte er, »ich gebe das Geld lieber Josette selber.«

»Sie trauen mir wohl nicht?«

»Selbstverständlich traue ich Ihnen. Würden Sie bitte Josette holen?«

José zögerte, dann stand er mit einem Achselzucken auf und ging hinaus auf den Gang. Kurz darauf kam er mit Josette wieder. Sie lächelte etwas nervös.

»Bist du fertig mit deiner Unterhaltung mit José, chéri?«

Graham nickte freundlich. »Ja, aber wie ich vorhin schon gesagt habe, wollte ich mich eigentlich mit dir unterhalten. Ich wollte dir sagen, daß ich nun doch direkt nach England fahren muß.« Sie sah ihn einen Augenblick verwirrt an. Dann kniff sie die Lippen zwischen die Zähne, was ihr einen bösartigen Ausdruck verlieh und fuhr José an: »Du widerlicher spanischer Trottel!« Sie spie ihm die Worte ins Gesicht. »Für was habe ich dich eigentlich? Hältst du dich etwa für einen Tänzer?«

Josés Augen funkelten drohend. Er schob die Tür hinter sich zu. »Nun wollen wir doch mal sehen«, sagte er. »In diesem Ton redest du nicht mit mir, sonst schlag ich dir die Zähne ein.«

»*Salaud!* Ich rede mit dir, wie ich Lust habe.« Sie stand ganz still da, aber ihre rechte Hand bewegte sich ein wenig. Irgend etwas glitzerte schwach. Sie hatte das Diamantenarmband, das sie am Handgelenk trug, über die Fingerknöchel gezogen.

Graham hatte an diesem Tag schon genug Gewalttätigkeiten gesehen. Es reichte ihm. Er sagte rasch: »Einen Moment! Es ist nicht Josés Schuld. Er hat mir alles sehr taktvoll und höflich auseinandergesetzt. Aber wie gesagt, ich bin gekommen, um dir zu sagen, daß ich direkt nach England durchfahren muß. Außerdem wollte ich dich bitten, ein kleines Geschenk anzunehmen. Das hier.« Er zog seine Brieftasche hervor, nahm einen 10-Pfund-Schein heraus und hielt ihn in die Nähe des Lichtes.

Sie warf einen Blick auf den Schein und sah Graham dann finster an. »Ja und?«

»Wie José mir erklärt hat, schulde ich dir die Summe von 2000 Francs. 10 Pfund sind etwa 1750 Francs, und drum lege ich noch 250 französische Francs dazu.« Er nahm die französischen Scheine aus der Brieftasche, faltete sie in den Pfundschein hinein und gab ihr das Geld.

Sie riß es ihm aus der Hand. »Und was erwartest du dafür?« fragte sie spöttisch.

»Nichts. Es war schön, mit dir sprechen zu können.« Er schob die Tür auf. »Adieu, Josette!«

Sie zuckte die Achseln, stopfte das Geld in die Tasche ihres Pelzmantels und setzte sich wieder in ihre Ecke. »Adieu! Wenn du so dumm bist, kann man halt nichts machen.«

José lachte. »Wenn Sie sich's etwa noch anders überlegen, Monsieur«, begann er tastend, »sind wir . . .«

Graham machte die Tür zu und entfernte sich durch den Gang. Er hatte nur den Wunsch, wieder in sein eigenes Abteil zu kommen. Er bemerkte Mathis erst, als er beinahe mit ihm zusammenstieß. Der Franzose trat zurück, um ihn an sich vorbeizulassen. Dann beugte er sich mit aufgerissenem Munde vor: »Monsieur Graham! Ist das möglich!«

»Ich habe Sie gesucht«, sagte Graham.

»Mein lieber Freund, das freut mich aber. Ich habe mich schon gefragt . . . Ich habe gefürchtet . . .«

»Ich habe den Zug in Asti noch erwischt.« Er zog den Revolver aus der Tasche. »Den wollte ich Ihnen mit bestem Dank zurückgeben. Leider habe ich noch keine Zeit gehabt, ihn zu reinigen. Ich habe zwei Schuß abgegeben.«

»Zwei!« Mathis riß die Augen auf. »Haben Sie beide getötet?«

»Nein, nur einen. Der andere ist durch einen Verkehrsunfall ums Leben gekommen.«

»Einen Verkehrsunfall!« Mathis lachte leise. »Das ist eine neue Methode, solche Kerle umzubringen!« Er betrachtete den Revolver zärtlich. »Vielleicht reinige ich ihn überhaupt nicht. Vielleicht hebe ich ihn auf, so wie er ist, als Souvenir.« Er sah auf. »Die Nachricht, die ich überbrachte, hat das funktioniert?«

»Tadellos. Nochmals vielen Dank!« Er zögerte. »Der Zug hat keinen Speisewagen. In meinem Abteil habe ich ein paar Sandwiches. Wenn ich Sie und Ihre Frau bitten dürfte . . «

»Das ist sehr nett von Ihnen — aber nein. Wir steigen in Aix aus. Das dauert nicht mehr lange. Da wohnt meine Familie. Das wird ein seltsames Wiedersehen geben nach so langer Zeit, denn sie . . .«

Die Abteiltür hinter ihm ging auf, und Madame Mathis spähte in den Gang hinaus. »Ach, da bist du ja!« Sie erkannte Graham und nickte mißbilligend.

»Was ist denn, *chérie?*«

»Das Fenster. Du machst es auf und gehst zum Rauchen raus, und ich sitze drin und friere.«

»Du kannst es ja zumachen, *chérie.*«

»Idiot! Ich kann das nicht, es geht so schwer.«

Mathis seufzte mißmutig und reichte Graham die Hand. »Auf Wiedersehen, mein Freund! Ich halte den Mund. Darauf können Sie sich verlassen.«

»Du hältst den Mund?« fragte Madame Mathis argwöhnisch. »Worüber willst du denn den Mund halten?«

»Aha, das möchtest du wissen!« Er blinzelte Graham zu. »Monsieur und ich haben ein Komplott geschmiedet. Wir wollen die Bank von Frankreich in die Luft sprengen, die Abgeordnetenkammer besetzen, die 200 Familien erschießen lassen und ein kommunistisches Regime errichten.«

Sie blickte sich ängstlich um. »So was darfst du nicht sagen, auch nicht im Scherz.«

»Scherz?« Er schaute sie feindselig an. »Du wirst schon sehen, ob das ein Scherz ist. Wir werden diese kapitalistischen Reptilien aus ihren Palästen jagen und sie im Maschinengewehrfeuer zerfetzen.«

»Robert! Wenn das jemand hört ...«

»Sollen sie's doch hören!«

»Ich habe dich nur gebeten, das Fenster zuzumachen, Robert. Wenn es nicht so schwer ginge, hätte ich's selber gemacht. Ich ...«

Die Tür ging hinter ihnen zu.

Graham stand einen Augenblick da und sah aus dem Fenster auf die Suchscheinwerfer in der Ferne: graue Streifen, die unablässig über die Wolken weit hinten am Horizont strichen. Der Anblick erinnerte ihn an die Aussicht von seinem Schlafzimmerfenster, wenn deutsche Flugzeuge über der Nordsee waren.

Er wandte sich um und ging in sein Abteil, zu seinem Bier und den Sandwiches.

Eric Ambler
im Diogenes Verlag

Doktor Frigo
Roman. Deutsch von Tom Knoth und Judith Claassen

Das Intercom-Komplott
Roman. Deutsch von Dietrich Stössel

Waffenschmuggel
Roman. Deutsch von Tom Knoth

Topkapi
Roman. Deutsch von Elsbeth Herlin

Schmutzige Geschichte
Roman. Deutsch von Günther Eichel

Die Maske des Dimitrios
Roman. Deutsch von Mary Brand
und Walter Hertenstein. detebe 75/I

Der Fall Deltschev
Roman. Deutsch von Mary Brand
und Walter Hertenstein. detebe 75/II

Eine Art von Zorn
Deutsch von Susanne Feigl
und Walter Hertenstein. detebe 75/III

Schirmers Erbschaft
Roman. Deutsch von Harry Reuss-Löwenstein,
Th. A. Knust und Rudolf Barmettler. detebe 75/IV

Die Angst reist mit
Roman. Deutsch von Walter Hertenstein.
detebe 75/V

Der Levantiner
Roman. Deutsch von Tom Knoth. detebe 75/VI

Der Kuhhandel
Erzählung. Deutsch von Fritz Güttinger.
In: ›Das Diogenes Lesebuch‹. detebe 83

Ein Roman wird geplant
Episode. In: ›Spionagegeschichten‹,
herausgegeben von Graham Greene, Hugh Greene
und Martin Beheim-Schwarzbach.
Ein Diogenes Sonderband

Über Ambler:

Helmut Heißenbüttel
*Eric Ambler oder
Die kühle Kunst des Killens*
In: ›Das Tintenfaß Nr. 25‹. detebe 100